KB039929

마음의
지혜

내 삶의 기준이 되는 8가지 심리학

마음의
지혜

김경일 지음

포레스트북스

인간의 마음을 숫자로 표현할 수 있다면

저는 인지심리학자입니다.

제가 스스로를 심리학자라고 소개하면 다들 눈빛이 확 바뀌곤 합니다. 마치 심령술사라도 만난 것처럼 말이지요. 1980년대 후반 학부생 시절, 미팅 자리에서 마주 앉은 여학생들은 심리학과라는 말을 듣자마자 다짜고짜 사주팔자를 볼 줄 아냐고 물었고, 군대의 지휘관은 저와 눈이 마주칠 때마다 "내가 무슨 생각하고 있게?"라는 얄미운 질문을 던졌지요. 이 모든 상황도 지금 생각해 보니 마치 먼 옛일처럼 느껴지네요. 그동안 세상이 많이 바뀌었고, 많은 분이 심리학에 대해 수준 높은 이해와 관심을 보여주고 있으니까요. 제가 대학에 입학할 때만 해도 심리학과는 비인기 학과였지만 지금은 제법 학생들에게 인기도 많은 학과가 되었답니다. 비인기

학과에 입학해서 인기 학과의 교수가 되었다니 참으로 감개무량할 일입니다.

많은 분이 알고 계시겠지만 심리학의 분야는 실로 다양합니다. '심리학'이라는 글자가 단독으로 쓰여 있는 것보다는 다른 말과 함께 붙어 있는 것을 더 자주 보셨을 거예요. 상담심리학, 교육심리학, 범죄심리학, 조직심리학, 행동심리학, 발달심리학 등등……. 그중에서도 인지심리학은 꽤나 골치 아픈 학문입니다. 미국심리학회APA에서 심리학과 학생들을 대상으로 조사한 '공부하기 어려운 과목'에서 매년 생물심리학과 1, 2위를 다투는 과목이거든요. 그 이유는 인지심리학이 사람의 마음을 어루만지는 따뜻하고 말랑말랑한 공부가 아니라 머리를 싸매고 분석해야 하는 극악한 이과 학문이기 때문입니다. 함께 공부를 시작한 사회심리학이나 문화심리학과 친구들이 『성격의 이해』라든지 『정신분석』처럼 재밌어 보이는 책을 들고 다닐 때, 저를 비롯한 인지심리학과 학생들은 『공업 수학』, 『자바 스크립트』, 『신경계의 구조』 같은 무서운 이름의 교과서를 엉엉 울면서 외웠던 기억이 스쳐 지나가는군요.

'뉴로트리'라는 재미있는 사이트가 있습니다. neurotree.org라는 짧은 주소를 찾아 들어가면 구글처럼 검색을 할 수 있는 화면이

뜨지요. 그 창에 여러분이 아는 심리학자나 철학자의 이름을 한번 넣어보세요. 프로이드나 융을 넣어도 되고 칸트나 에디슨을 넣어도 검색이 됩니다. 아, 물론 제 이름을 쳐 보셔도 되고요.

보통 네이버나 다음 같은 포털 사이트에서 '김경일'을 검색하면 출생 연도와 소속, 학력, 경력 등이 일목요연하게 나오기 마련입니다. 그런데 뉴로트리에서는 저와 관련된 연구자들의 이름이 나옵니다. 저의 스승과 그분의 스승님까지, 누가 누구의 제자이고, 누구로부터 배웠는지 학문의 관계도를 도식화하여 보여줍니다. 이런저런 연구자들의 이름을 넣어 검색하다 보면 시간 가는 줄 모르

• 뉴로트리 '김경일' 검색 결과

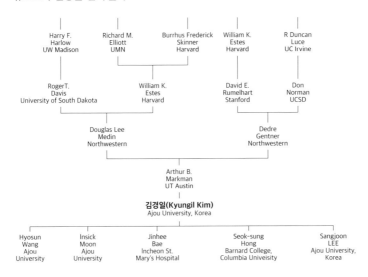

고 놀 수 있답니다. 그런데 뉴로트리에서 최근 활동하고 있는 심리학자를 검색하여 그의 스승을 거슬러 올라가면 얼마 못 가 철학자의 이름이 튀어나옵니다. 자, 이쯤 되면 심리학이 철학으로부터 독립되어 나온 갈래라는 것을 다들 눈치 채셨겠지요? 그런데 정확하게 말하자면 '독립'이란 표현은 어울리지 않습니다. 저는 제 학생들에게 아주 솔직하게 우리 학과 출생의 비밀을 알려주곤 합니다. "심리학은 철학으로부터 쫓겨났다"라고 말이지요.

아니 세상에 어느 국가가 그렇게 쉽고 우아하게 독립을 이룰 수 있겠습니까. 온갖 탄압과 멸시를 받으며 투쟁해 와도 이루기 어려운 것이 국가의 독립입니다. 학문 분야도 다르지 않습니다. 심리학은 철학에서 예쁘게 독립한 게 아니라 잔혹하게 내쫓김을 당했습니다. 그렇다면 왜 쫓겨났을까요? 그 당시로는 용납이 안 되는 이단적인 생각을 하니 쫓겨나지 않았을까요?

그 생각은 바로 '인간의 마음도 숫자로 정리할 수 있지 않을까?'라는 아주 엉뚱하고 발칙한 질문이었습니다.

심리학과 학생들이 공부하는 교과서에는 최초의 심리학자 정보가 실려 있습니다. 분트Wilhelm Max Wundt라는 학자의 생몰 연도와 업적, 그리고 사진까지 볼 수 있지요. 포털 사이트에서도 턱수염을 날렵하게 다듬은 멋진 신사의 흑백 사진을 확인할 수 있습니다. 최초의 학자라는 사람의 얼굴을 사진으로 볼 수 있다는 건 심리학이란 학문이 얼마나 짧은 역사를 가지고 있는지 보여주는 대목이지요. 사진기보다도 나중에 나온 학문이란 얘기니까요.

　심리학은 19세기 말에서 20세기 초에 시작되었습니다. 당시 서양에서는 물리학, 생물학, 화학 등 자연과학 분야가 폭발적인 발전을 이루던 시기였습니다. 자연과학 분야가 발달했다는 것을 다른 말로 풀자면 '우리를 둘러싼 모든 자연적 현상을 숫자로 표현할 수 있게 되었다'는 이야기입니다.

　전라도 광주와 경상도 대구에서 온 친구 두 명이 다음과 같이 대화를 한다고 합시다.

　친구1: 아따, 오늘 광주 허벌나게 더웠으야.
　친구2: 아이다. 대구가 더 삐깔나게 더웠다 아이가.

　자, 두 친구 이야기를 듣고 어느 도시가 더 더웠는지 알 수 있을까요? '허벌나게'와 '삐깔나게' 중에서 무엇이 더 덥게 느껴지십니까? 다행히 현대인들은 이런 식으로 말하지 않습니다. 오늘 광주 최고 온도 34.2도, 대구 최고 온도 36.3도처럼 수치화된 내용을 언급할 수 있으니까요. 멋지지 않습니까? 자연과학의 발달 덕분에 인간은 부피, 압력, 속도, 빛의 밝기 등 자연에서 벌어지는 모든 현상을 수치화할 수 있게 되었습니다. 수치화는 객관화가 가능하다는 말이고, 더 나아가서는 예측도 가능해졌다는 것을 뜻합니다. 세상이 그렇게 변하다 보니 몇몇 이상한 철학자들은 사람의 마음도 숫자로 표현하고 싶은 욕구에 시달렸습니다.

A: 자기, 나 얼마만큼 사랑해?
B: 하늘만큼 땅만큼!

많이들 해보셨던 대화 내용이지요? 만약 우리의 마음을 숫자로 표현할 수 있다면 아마 이런 이야기들이 오가지 않을까요?

A: 나 얼마만큼 사랑해?
B: 에이, 몰라서 물어? 10점 만점에 9.4잖아!
A: 뭐야, 지난달에 측정했을 땐 9.6이었는데 0.2나 떨어졌네?
B: 아아, 미안해. 내가 요즘 소홀했지? 다음 달부터는 0.3 올리도록 노력할게!

물론 웃자고 한 이야기입니다. 하지만 어느 인지심리학자의 소심한 개그 속에는 심리학이란 학문의 뿌리와 정체성이 숨어 있다는 것을 기억해 주시기 바랍니다. 인간의 마음을 수치화하려는 생각을 철학자들만 한 건 아니었나 봅니다. 앞서 말씀드린 뉴로트리 사이트에서 인지심리학자의 조상을 찾아 올라가면 '하인리히 헤르츠Heinrich Hertz'라는 이름이 나옵니다. 네, 라디오 주파수를 맞추는 그 헤르츠가 맞습니다. 전자기파를 통해서 전기적인 신호를 보낼 수 있음을 입증한 물리학자이지요. 물리학에 뿌리를 둔 연구자들, 철학에 뿌리를 둔 연구자들이 지금은 같은 연구과에서 근무하고 있답니다.

이처럼 복잡하고 냉정하기까지 한 이과 학문의 연구자가 여러분과 함께 '마음의 지혜'에 대해 이야기해 보려고 합니다. 마음의 지혜라……. 어떻게 보면 너무 거창하고 어떻게 보면 뜬구름을 잡는 것 같은 주제네요.

살다 보면 막막하고 어려운 순간이 참 많습니다. 꼬여버린 인간관계, 앞이 보이지 않는 미래, 멀게만 느껴지는 돈과 성공, 그리고 사랑까지. 열심히 살아가는 우리들의 삶을 가로막는 크고 작은 문제들 때문에 머리가 터질 지경입니다. 이럴 때 지혜로운 누군가가 뿅 하고 나타나서 이 모든 문제를 해결할 비법을 전수해 준다면 얼마나 좋을까요. 아마 어떤 분들은 저에게 그런 역할을 기대할지도 모르겠네요. 하지만 저는 현인도 아니고 다른 사람의 삶에 마구 개입하는 것을 그다지 좋아하는 스타일도 아니랍니다. 운명을 바꿀 새로운 길을 뚝딱 제시할 수도 없고, 비밀스러운 통찰을 근사하게 말하지도 못합니다.

심리학자란 가설을 세우고, 실험으로 입증하고, 연구하고 분석해서 수치화하는 사람들입니다. 저 역시 그렇습니다. 뉴로트리에서 보이는 세세한 나뭇가지 같은 선만큼 무수한 연구자들이 실패하고 도전하며 쌓아나간 데이터가 우리들의 유일한 무기라고 할 수 있지요.

인간의 마음은 요망하고 아리송합니다. 속절없이 바뀌고 예측도, 측량도 불가능합니다. 대체 어디서 불어왔는지 알 수도 없는 욕망의 파도에 휩싸여서 길을 잃고 허우적거리기 일쑤지요. 배울수록 무지의 영역만 늘어난다더니 공부를 하면 할수록 더욱 궁금한 것이 인간의 마음입니다. 속수무책으로 당하는 무지의 공격에서 어떻게든 정신을 부여잡고 마음을 수치화하고 계량하려는 학자들의 노력은 가련할 지경입니다. 우리 삶의 문제를 풀어줄 대단한 해답지는 없다고 봐야 할 것입니다. 그저 학자들이 인생을 갈아넣어 정리해 온 그들의 데이터 속에 막막한 고민을 덜어줄 실마리가 숨어 있지는 않을까 기대할 뿐이지요. 세상 아래 새로운 고민은 없습니다. 우리의 고민은 이전 세대의 누군가가 해온 고민의 되풀이

일 뿐입니다. 천만다행으로 선조들이 남긴 고생의 흔적으로 우리는 마음의 내비게이션을 그릴 수 있을 것입니다.

이 책은 삼프로TV에서 기획한 〈위즈덤 칼리지〉라는 강의의 내용을 다시 각색하고 정리하여 만들었습니다. 심리학 전공자가 아닌 일반 대중을 대상으로 한 편안한 분위기의 강의였기 때문에 모든 내용에 학술적인 근거를 제시하지는 않았습니다. 그러나 제 입에서 나온 거의 모든 문장은 실험을 통해 입증된 연구를 기반으로 했다고 보셔도 무방할 것입니다.

다양한 연령과 직업을 가진 대중 앞에서 인지심리학을 쉽게 풀어 말씀드리는 것이 저의 역할이고 큰 기쁨이지만 강연을 할 때마다 늘 고민이 앞서곤 합니다.

'내가 지금 예시로 드는 실험은 과연 적확한 방식으로 이루어진 것일까?', '연구자가 연구 윤리를 위반하여 내세운 이론은 아닐까?', '어제까지만 해도 정설로 받아들여진 데이터가 오늘 아침 뒤집혀진 건 아닐까?', '쉽고 재미있게 이야기하려는 욕심이 앞서 자칫 잘못된 정보를 드리는 것은 아닐까?'

숱한 근심과 함께 감히 작은 도움이라도 될지 모른다는 기대를 가지고 이 시대를 살고 있는 많은 분을 만나고자 합니다. 서로의 이야기에 귀를 기울이고 같이 고민하고 길을 찾으려고 노력하다 보면 우리가 간절히 바라는 마음속 지혜에 다가갈 수 있지 않을까요? 인지심리학의 지난한 연구가 한 사람 한 사람의 슬기로운 작은 선택에 도움을 줄 수 있다면 이 골치 아픈 학문을 선택한 학자에겐 더없는 보람이 될 것 같습니다.

차례

3장
일을 해나가는 지혜

4장
사랑을 지키는 지혜

1장

사람을 대하는 지혜

저를 만나러 오신 분들에게 세상에서 제일 힘든 게 무엇이냐고 물으면 가장 많이 나오는 대답이 '인간관계'입니다. 특히 사회적 접촉 지수가 높기로 세계에서 제일가는 대한민국에서는 더욱 힘든 게 인간관계이지요.

우리나라에서는 결혼과 동시에 가족의 수가 두 배로 늘어납니다. 시가와 처가 식구들까지 가족이 되니까요. 그런데 이와는 달리 배우자의 부모님을 가족으로 치지 않는 나라도 많습니다. 유전자가 섞이지 않았으니 엄밀히 가족이라고 부르기 어렵습니다. 또 가족이 아니라는 걸 인정해야 더욱 예의를 지키고 조심할 것이며 불화도 적어지지 않을까요? 그래서 언젠가 강의 중에 '가족' 말고 '새로운 구성원'이라 부르자고 주장했던 적도 있었습니다. 얼마 후 저희 부모님이 그 사실을 아시고 엄청 혼내시더라고요. 정이 없다고요. 맞습니다. '정이 넘치는' 한국 사회에서는 절대 통하지 않는 이야기였어요.

남편과 아내의 일가친척까지 가족으로 여기고 대해야 하는 우리네 민족은 접촉하는 사람의 머릿수만큼 관계의 문제들도 여럿 발생합니다. 어디 가족뿐이겠습니까. 저만 해도 무리한 부탁을 하는 친구의 청을 거절하지 못해 끙끙 앓기도 하고 별것 아닌 일로 총장님과의 관계가 서먹해지는 바람에 직장 생활의 고충이 하나 늘기도 합니다. 얼마 전엔 경제적으로 곤란을 겪고 있다는 지인에게 멋지게 돈을 빌려줬는데, 글쎄 그 친구가 제주도 여행 사진을 SNS에 올리지 뭡니까. 렌트카도 비싼 걸로 골랐고 호텔도 좋아 보이더군요. 그의 4박 5일치 동선을 낱낱이 꿰고 있는 저 자신을 발견하고는 요즘 말로 '현타'를 느꼈습니다.

우리는 왜 이렇게 인간관계를 어려워하는 걸까요? 무엇이 우리를 힘들게 하는 걸까요? 지금부터 그 이야기를 나눠볼까 합니다.

✦ 성격이 아니라 자원의 사용이 문제입니다 ✦

"내향적인 성격 때문에 새로운 사람을 만나기 어렵습니다. 다른 사람들처럼 편안하게 타인에게 다가가고 싶은데 수줍음 많은 성격이 걸림돌이 됩니다."

생각보다 굉장히 많은 분이 이런 고민을 합니다. 나는 왜 내성적일까, 나는 왜 사람에게 다가가기 어려울까, 나는 왜 적극적이고 밝은 사람이 아닐까. 이 시점에서 MBTI에 대해 언급을 안 하고 넘어갈 수가 없네요. 사회생활과 인간관계에서 이런 고민을 토로하는 분들은 내향형 성격을 가진 경우가 많습니다. 요즘 유행하고 있는 MBTI 성격 검사 유형의 I에 해당하는 분들이지요.

• MBTI 선호 지표

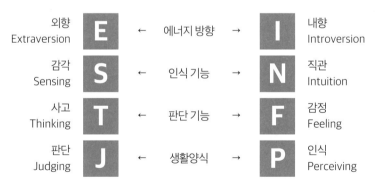

외향 Extraversion	**E**	← 에너지 방향 →	**I**	내향 Introversion
감각 Sensing	**S**	← 인식 기능 →	**N**	직관 Intuition
사고 Thinking	**T**	← 판단 기능 →	**F**	감정 Feeling
판단 Judging	**J**	← 생활양식 →	**P**	인식 Perceiving

MBTI는 에너지의 사용, 정보의 인식, 의사 결정 방법, 라이프 스타일에 따라 상반된 두 가지 유형을 나누고, 각각을 조합해 열여섯 가지의 유형으로 인간의 성격을 정리한 성격 검사 유형입니다. 최근에는 유명인들이 방송에 나와 자신의 이야기를 할 때 MBTI를 언급하는 일이 잦아졌습니다. 그렇다 보니 심리학에 큰 관심을 갖지 않은 사람이라도 자신의 MBTI 네 글자 정도는 알고 있는 세상이 되었네요.

결과의 맨 앞자리는 에너지의 방향이 외향성인지 내향성인지를 보여줍니다. 다들 아시겠지만 외향형을 Extrove의 약자인 'E', 내향형을 Introver의 약자인 'I'로 부릅니다.

기업체에서 외향적인 성격을 선호한다고 하니 "어떻게 해야 MBTI 검사 결과가 E로 나올까요?"라고 묻는 취업준비생들도 있습니다. 사실 대답은 간단합니다. 테스트용으로 나온 검사지를 슥 보면 무엇을 선택해야 외향성이 나올지 뻔하잖아요. 그걸 선택하면 그만입니다. 그러나 내향적인 분들의 고민은 그리 간단한 게 아닌 것 같습니다.

내향적인 성격 때문에 상사나 동료에게 허물없이 농담을 건네는 것도 힘들고, 학생들의 경우엔 새학기에 친구들과 어울리는 데에도 상당한 어려움을 겪는다고 합니다. 하물며 식당에서 반찬을 더 달라고 외치는 것조차 쉽지 않아 맨밥만 입에 꾸역꾸역 넣고 나오기도 하지요. 그래서일까요. 꽤 많은 분들이 적극적이고 밝은 모습으로 타인에게 다가가는 이들을 부러워하고 수줍음 많은 자신의 성격을 고치고 싶다고 호소하더군요.

제가 결론부터 말씀드리겠습니다. 성격, 못 고칩니다.

현대의 심리학자들은 성격에 대해서 아주 많은 연구를 해왔습니다. 성격은 다른 말로 속성, 혹은 기질이라고 하는데 다시 말해 타고나는 것이지요. 만만하게 저를 예로 들어볼까요? 제 MBTI는 ISTJ입니다. 앞자리가 I니 내향적이라는 뜻인데, 제가 제 MBTI를 밝히면 십중팔구 '거짓말하지 마라, 네가 I면 지구상에 E는 한 명도 없을 거다'라는 핀잔이 돌아옵니다. 그런데 MBTI뿐 아니라 학술적 목적으로 사용하는 다른 성격 검사를 해봐도 저는 굉장히 내향적인 사람으로 나옵니다.

내향적인 저는 대학에 입학하자마자 교수가 되기로 결심했습니다. 1980년대 후반이었던 당시는 근사한 커리어를 쌓아 사회적으로 성공하는 것이 대학생들의 로망이었지요. 게다가 그때는 광고의 전성기였으니 많은 심리학과 학생들이 광고회사의 임원을 선망하곤 했습니다. 그러니 입학 첫 학기부터 '난 교수 될래!'라고 다짐했던 저는 특이한 아이로 보였을 수밖에요.

진로 선택의 이유는 아주 간단했습니다. 출근 첫날부터 방을 주는 직업은 교수밖에 없었거든요. 내향적인 제 눈에는 자기만의 방을 가진 교수님이 얼마나 부러웠던지요.

내향인을 대표해서 말씀드리겠습니다. 우리에겐 길고 확실한 나만의 동굴이 필요합니다. 전 동굴에서 잘 쉬고 나왔을 때 에너지가 생기는 것을 느낍니다. 그러면 친구들 앞에서 활기차게 말을 할 수 있고 장난도 잘 칩니다. 마치 장난을 치기 위해 태어난 사람처럼 말이지요. 많은 내향인들이 이 이야기에 공감하더라고요. 아무리 수줍음이 많은 사람이라도 친한 친구들 앞에서는 수다쟁이가 되곤 하잖아요.

내향적인 사람이 사람을 싫어한다거나 낯을 가린다는 건 분명한 오해입니다. 내향성이냐 외향성이냐에 상관없이 누구나 자신의 자원이 허락하는 선 안에서는 타인과 사이좋게 잘 지내고 싶어합니다. 단지 내향적인 사람은 외향적인 사람에 비해 외부에 쓸 사회적 자원이 적을 뿐입니다. 대신 내면에 충분하게 집중할 수 있지요. 그래서 자기 시간을 갖는 동안 스스로를 성찰하고 세계를 통찰합니다. 홀로 있는 시간을 통해 집중력을 얻으면 다시 세상에 나와 열심히 일할 수 있고요. 아마 직장 생활을 하는 분들 중에는 내향적인 성격이 많을 거예요. 기업의 입사 시험을 치르는 게 얼마나 어렵습니까. 홀로 있는 시간의 집중력을 이용하여 그처럼 높은 장애물을 잘 넘어서는 것 또한 내향적인 사람들의 장점이니까요.

부족한 사회적 자원을 잘 배분하여 사용하는 법은 경험을 통해 충분히 익힐 수 있습니다. 우리나라를 대표하는 유명한 개그맨들 중에 내향적 성격의 소유자가 꽤 많답니다. 말을 잘하고 장난을 잘 치니 가까운 동료들도 외향성이라고 착각하는 경우도 있지요. 국민 MC라 불리는 유재석 씨만 하더라도 방송에서 스스로 분명한 내향성임을 언급한 적도 있고요.

예전 방송 자료를 보면 그분들도 사회적 기술이 갖춰지지 못해 좌충우돌하는 게 느껴집니다. 분위기 파악을 제대로 못한다거나 생각과는 달리 거칠게 말이 나가는 경우도 있었지요. 하지만 시간이 지나고 나이가 들면서 치기 어린 모습은 다듬어지고 점차 능숙한 진행자로 변모하더군요. 상대의 말을 경청하고, 집중력을 발휘해 에너지와 시간을 효율적으로 배분하니 프로그램이 안정적으로 운영되는 게 눈에 띕니다. 내향적인 사람이 사회적 기술을 잘 활용하여 스스로의 장점을 살린 케이스입니다.

앞서 말했지만 심리학에서 성격은 타고나는 것이며 쉽게 바꿀 수 없다고 합니다. 과거에는 마음에 안 드는 성격은 고칠 수 있다고 생각했던 모양입니다. 거리를 걷다 보면 '성격 개조 프로그램'

이라고 당당하게 쓰인 간판도 종종 보였으니까요. 참 말도 안 되는 소리입니다. 억지로 바꾼다고 해도 결국 죽도 밥도 안 되는 식으로 결론이 날 것입니다.

어떤 성격이든 각각의 장점과 단점은 존재합니다. 내 성격의 장점을 잘 살리는 것을 우리는 '성숙하다'라고 말합니다. 반대로 단점만 보이며 사는 모습을 '미성숙하다'고 비난합니다. 사이코패스나 소시오패스처럼 기질적으로 특수한 장애가 있는 경우를 제외한다면 나의 성격을 인정하고 사랑하는 것이 좋습니다. 그리고 적절하게 사용하는 사회적 기술을 찾아가는 연습이 필요합니다.

저 또한 나에게 필요한 적정 수준의 에너지와 시간을 찾기 위해 노력하고 있습니다. 하루하루 정신없이 보내고 목요일쯤 되면 스스로에게 묻습니다.

'이번 주에 사회적 에너지를 얼마나 썼지? 좀 지친 건 아닐까?'

지쳤다는 것은 육체적 피로만을 뜻하는 게 아닙니다. 평소보다 사람을 많이 만나고 명함을 수없이 주고받은 날에는 정신적인 피로감이 차오르거든요. 힘들어질 것 같은 순간이 오면 애써 혼자만의 시간을 만들어냅니다. 나만의 공간을 찾기 어려울 땐 스마트폰을 다른 곳에 둔 채 가까운 카페라도 찾아갑니다. 아무도 없는 곳에 피신하여 한 시간 정도 제대로 '멍' 때리기 위해서입니다. 그러고 나면 확실히 정신이 맑아지는 것을 느낍니다. 내향적인 저는 이렇게 문득문득 충전을 해줘야 합니다. 그래야 자신의 장점인 집중력을 살리고 사회적 배려를 훌륭하게 해낼 수 있으니까요.

주기적으로 체크해 보세요. 지난달에 모임을 몇 번 가졌는지, 친구들과 술자리를 몇 번이나 했는지, 사회적 자원을 어느 정도 사용해야 내 상태가 적절한지 말입니다. 사람을 만난다고 해서 사회적 에너지가 떨어지기만 하는 건 아닙니다. 내향적인 사람도 홀로 있는 시간이 너무 길면 외로워지지요. 저 같은 경우엔 지난달에 다섯 번 정도 모임을 가졌더니 조금 피곤하더라고요. 이번 달엔 네 번 정도로 줄여볼까 합니다.

✦ 외로움 때문에 나쁜 관계를 선택하지 마세요 ✦

반면 사회적 에너지를 아무리 써도 남아도는 분들이 있습니다. 이런 분들은 꽤 자주 외로움을 느낀다고 하더군요. 그러다 보니 나쁜 관계라는 것을 알면서도 타인과 접촉을 애써 시도할 때가 있습니다. 나를 유혹하는 사람, 나를 이용하려는 사람이지만 그런 사람이라도 만나 마음을 줘버리는 것입니다. 저의 선배님이자 수많은 명언을 만들어내신 문화심리학자 김정운 박사님은 이런 이야기를 하셨습니다.

"외로움을 견디다 못해 나쁜 관계로 도피한다."

정말 무릎을 탁 치게 하는 명언입니다. 실제로 많은 외향적인 분들이 저를 찾아와 비슷한 고민을 토로합니다.

"저는 왜 늘 이상한 인간들만 꼬이는 걸까요?", "별별 후진 사람들이 나에게 돌진하는 것 같아요."

만약 이 글을 읽으시는 분 중에서도 비슷한 생각을 했다면 남는 사회적 에너지를 나쁜 관계에 소비한 건 아닌지 체크하면 좋겠습니다. 그리고 이럴 때에는 나의 자원을 쓸 수 있는 다른 분야를 찾는 게 도움이 됩니다. 예를 들어 어려운 이웃을 찾아가 눈을 마주치고 시간을 나누는 것은 외향적인 분들이 느낄 수 있는 큰 기쁨일 것입니다.

한편 외향적인 분들이라고 해서 모든 관계에서 에너지를 얻는 것은 아닙니다. 제가 아는 외향적 성격을 가진 어떤 분은 코로나 19로 인해 기존에 만나던 관계가 느슨해지자 외로움을 느꼈다고 합니다. 그래서 각종 동호회나 강연을 찾아서 열심히 참석했지요.

분명히 즐거운 활동이었지만 점차 지치고 피곤해졌습니다. 얼마 못 가 관계를 끊어내야겠다는 생각이 들었다고 합니다.

좋은 관계고 의미 있는 활동이지만 버겁게 느껴지는 것은 당연합니다. 새로운 배움과 만남을 떠올리면 기대가 되는 동시에 힘들지요. 여러 사람과 눈을 마주치고 고개를 끄덕이고 대화에 집중하려면 분명히 많은 에너지가 필요할 테니까요.

'보고 싶은데 피곤하다.' '기대되는데 가기 싫다.' 이렇게 상반된 감정이 동시에 드는 것은 전혀 비정상적인 일이 아닙니다. 우리 인간은 반사적으로 평형 상태를 맞추고 싶어 하니까요.

"너무 귀여워서 꼬집어주고 싶어."
"사랑스러워서 깨물어주고 싶어."

곰곰이 생각해 보면 참 이상한 표현인데 거의 모든 국가에 존재하는 언어 형태입니다. 긍정적인 표현에 파괴적이고 공격적인 어휘가 붙는 것이지요. 심리의 평형 상태를 유지하려는 뇌의 매커니즘이라고 이해하면 될 것입니다.

마찬가지로 외향적인 성격의 소유자도 나름의 고충은 있습니다. 아무리 사교적이고 사람을 좋아해도 사회적 에너지가 무한대로 넘쳐나는 건 아니니까요. 많이 쓰면 바닥이 나고 심리적으로 피로해지기 마련입니다. 그런데 이 상태를 한번쯤 체험해 보는 것도 중요합니다. '어, 이쯤 되면 나도 힘이 드네?'라는 것도 느껴봐야 알기 때문입니다. 어떤 분들은 너무 크게 지친 나머지 일순간 '사람을 끊겠다'라고 결심하기도 합니다. 다소 이분법적인 생각이지요.

사회적 에너지를 어느 정도 쓸 때에 나는 최적의 만족감을 느끼는가. 이것은 우리들이 마땅히 해야 하는 아주 작은 고민입니다. 하지만 작은 고민이 쌓이고 쌓이면 큰 '스키마schema'가 됩니다. 스키마를 단순하게 설명하면 여러 정보를 통합하는 한 사람의 직관 체계입니다. 말 그대로 '딱 보면 안다'는 것이지요.

스키마는 쉽게 만들어지는 게 아닙니다. 따라서 우리가 해야 하는 일은 'Try and Error', 즉 실행과 실패를 반복하는 게 아닐까요? 만약 지쳐서 주변 관계를 끊어내고 싶다면 다시 한번 생각해 보세요. 나쁜 관계가 아니라면 적절한 선에서 조절해도 되니까요.

✦ 나의 삶을 돌아보는 도구 ✦

다시 MBTI 이야기로 돌아가봅시다. 저는 대부분의 성격 검사에서 내향적이라고 나오는 경우가 많다고 말씀드렸지요. 제 평소 언행을 책이나 방송으로 접하신 독자 분들은 갸우뚱하실 겁니다.

심지어 심리학과 교수님들은 "우리가 성격 검사지를 잘못 만들었어. 김 교수가 I가 나오다니!" 하며 농담까지 하시더군요.

저는 그런 반응을 들을 때마다 솔직히 기분이 좋아집니다. 내가 요즘 사회생활을 그럭저럭 잘 하고 있다는 이야기로 들리거든요. '외향적으로 보여'라는 말은 '적극적이다', '능숙하다', '인간관계가 원활하다'라는 칭찬의 다른 표현일 것입니다. 그리고 적극성, 능숙함, 원활함은 성인인 제가 유지해야 하는 사회적 기술이고요.

MBTI를 성격 검사가 아니라 이렇게 정의해 보면 어떨까요? '지난 3~4년간 내가 어떤 사회적 얼굴로 살아왔는지 비추는 거울'이라고요.

몇 년에 한 번씩 MBTI 검사를 하다 보면 실제로 나를 표현하는 글자가 바뀌기도 하지요. 저 또한 분명히 얼마 전엔 I가 나왔는데 오늘 다시 해보니 E가 나오기도 합니다. MBTI 검사 결과는 원래 이렇게 종종 바뀝니다.

한 가지 예를 들어볼게요. 금융기관에 입사한 신입사원을 대상으로 MBTI 검사를 하면 대부분이 I가 나옵니다. 금융권은 상대적으로 보수적인 성격을 띠고 있는 조직이지요. 새로운 사업을 펼치고 혁신적인 아이디어를 추구하기보다는 실수를 줄이고 일어나지 않아야 할 일을 막아내는 것을 더 중요하게 여기는 집단입니다. 그런 집단 속에 갓 들어간 청년들은 다른 이들의 말을 경청하고, 새로운 규칙을 습득하는 데에 시간과 에너지를 쓸 것입니다. 그런 사람이라면 '나는 남의 말에 경청을 잘한다'라는 문항에 당연히 높은 점수를 줄 테니 I가 나올 수밖에요.

반면에 임원진을 대상으로 MBTI 검사를 하면 주로 E가 나옵니다. 그럴 것이 해가 넘어갈 때까지 끝나지 않는 회의, 그리고 그 자리에서 내내 말씀을 이어가는 임원은 직장인이라면 공감할 수밖에 없는 캐릭터입니다. 지난 몇 년간 가장 많이 써온 카드가 내 생각을 타인에게 말하는 것이었으니, '나는 주도적으로 말한다'라는 항목에 높은 점수를 줄 수밖에 없겠지요. 따라서 기업 임원들이 외향적인 사람으로 표현되는 건 어쩌면 당연한 결과가 아닐까요?

많은 분들이 알고 계시듯이 MBTI의 창시자는 마이어스Isabel B. Myers와 브릭스Katharine C. Briggs입니다. 둘은 어머니와 딸의 관계였어요. 브릭스는 홈스쿨링으로 딸을 교육시켰는데 가족 외에 다른 사람을 접할 기회가 없는 마이어스에게 인간 유형의 다양성을 알려주기 위해서 만든 것이 바로 MBTI 지표라고 합니다.

MBTI는 시작부터 인간의 다양성을 알려주는 것이 목적이었습니다. 누군가의 존재를 낙인찍고 그의 미래를 예측하거나 성격을 파악하기 위한 것이 아니라는 말이지요.

"우리 회사는 ENTP 유형만 받겠습니다"라거나 "저는 INFP랑은 정말 안 맞아요"라는 말을 아무렇지도 않게 하는 분들도 있는데 그 야말로 MBTI를 '오남용'하는 사례라고 생각합니다. 안약을 눈에 넣으면 약이 되지만 먹으면 독이 됩니다. MBTI도 분명 우리에게 쓸모 있는 시스템이지만 엉뚱한 곳에 사용하면 위험해질 수 있겠 지요. MBTI에 나오는 네 개의 알파벳으로 누군가의 모든 것을 판 단하려고 하는 건 어리석고 성의 없는 생각이지요.

"나는 INFP인데 당신은 ESTJ네요!"
"우리가 이렇게 다른데 같은 일을 하다니 신기하군요."

서로가 다른 존재라는 것. 그래서 우리 사회가 더욱 풍요롭고 다채롭다는 것. 그것을 즐기기 위한 첫 출발로 MBTI만큼 제격인 게 없습니다.

지난 몇 년간의 나의 모습을 진지하게 살펴보는 도구로 MBTI를 활용하는 것도 추천합니다. 내가 생각하기에도 그동안의 난 꽤 괜 찮은 사람이었고 주변인들도 좋게 평가했다면, 나를 표현하는 네 개의 알파벳 카드를 적절하게 사용한 셈입니다. 반대로 스스로 만 족스럽지 못한 삶을 살았다거나 다른 사람에게 미성숙하다는 평가 를 들었다면 카드를 잘못 골라 썼다는 뜻이지요. 그땐 카드를 한번 뒤집어보는 건 어떨까요? 다른 기술을 활용하려고 노력한다면 또 다른 삶이 펼쳐질 테니까요.

✦ 매일의 작은 고민이 큰 직관을 만듭니다 ✦

내 안의 다양한 카드를 적절하게 사용하라는 이야기를 들으니 또 다른 고민이 드는 분도 있을 것입니다.

"그러면 대체 언제 외향성의 카드를 쓰고, 언제 내향성의 카드를 써야 하나요?"

사실 저도 잘 모르겠습니다. 그때그때 다르니까요.

정직과 겸손에 대해 이야기해 볼까 합니다. 겸손하고 예의 바른 사람은 자기 자신을 낮추고 때론 감추기도 합니다. 정직한 사람은 솔직하게 나 자신을 내놓지요. 정직과 겸손 모두 인간에게 필요한 덕목이지만 둘은 사실상 반대되는 개념입니다. 그렇다면 정직한 게 좋을까요? 겸손한 게 좋을까요? 당연히 그때그때 다릅니다.

이제 막 일을 시작한 풋내기 신입사원에게 부장님이 칭찬을 했다고 가정해 봅시다.

"지훈 씨, 이번에 프로젝트 보고서 좋던데? 정리 잘했어!"

"천만의 말씀이십니다. 이 모든 것은 수많은 동료분들께서 도와 주신 덕분입니다.”

어떠세요? 20대 청년이 지나치게 겸손하면 솔직히 좀 징그럽지 않나요? 50대 상무님이라면 얘기가 다를 겁니다. 회장님이 회의 시간에 부하 직원들 앞에서 칭찬을 했다고 합시다.

“박 상무, 이번 계약 정말 수고 많았네. 다 자네 덕분이야.”

“헤헷, 제가 좀 해요.”

나이 지긋한 상무님이 지나치게 정직하다면 그것도 참 꼴불견이네요. 정직과 겸손은 서로 반대 방향에 있는 미덕인데 어느 때에 얼마만큼 정직하고 또 겸손해야 할지는 정해져 있는 게 아닙니다. 현재 내가 정해놓은 정직과 겸손의 기준은 10년 후에는 결코 유효하지 않을 테니까요.

누구나 갖고 있지만 그 누구도 읽지 않은 책, 마이클 샌델의 『정의란 무엇인가』에는 이런 구절이 써 있습니다.

“정의란 오늘의 정의가 무엇인지 그때그때 매번, 기꺼이 고민하는 것이다.”

인간이라면 삶의 순간순간마다 고민에 휩싸입니다. 아이를 키우는 부모라면 이해하실 겁니다. 어디까지 훈육해야 할지, 몇시에 재워야 할지, 첫째와 둘째가 싸울 때 누구 편을 들어야 할지도요.

'그래도 첫째 편을 들어주는 게 맞다'라고 원칙을 세워버리면 엉뚱한 데서 문제가 터져나올 수 있습니다. 매번 고민해야 하면 당연히 힘이 들겠지요. 하지만 고민이 쌓이면 직관이 이루어집니다.

심리학자들이 가장 부정적으로 생각하는 사람은 한 번 정한 카드로 끝까지 밀고 나가는 사람입니다. 아무리 좋은 원칙이라도 한 가지 카드로만 살아가는 것은 절대 좋은 삶의 방식이 아니지요. 나이 먹어서 손가락질을 받는 사람들을 보면 본인만의 원칙으로 고정관념의 늪에 빠져 있는 경우가 많습니다.

매번 고민을 하다 보면 자괴감에 빠지기 쉽습니다. 마치 스스로가 아주 소심한 사람이 된 것 같거든요. 하지만 괜찮습니다. 인간은 다 소심하니까요.

『난중일기』 읽어보셨나요? 어찌나 고민이 많은지 난중일기가 아니라 걱정일기일 정도로 이순신 장군의 속마음이 잘 드러나 있습니다. 그런데 그 고민이 쌓여 거대한 직관 체계가 되니, 위기 상황에서 중요한 결정을 내릴 수 있었던 것이지요. 이순신 장군은 말 그대로 걱정이 많으면서도 용기 있는 사람이었던 셈입니다.

심리학에서 자주 쓰는 격언 중에 "Fear is reaction, Courage is decision"이란 말이 있습니다. 우리말로 "두려움은 반응이고 용기는 결정"이라는 뜻이지요. 사람은 불안한 상황 앞에서 걱정하고 고민해야 합니다. 두려움이 없는 인간을 우리는 사이코패스라고 부르지요. 하지만 용기는 결정입니다. 좋은 결정은 숱한 고민을 통해 살이 붙은 직관 체계를 통해 이루어지는 것이고요.

✧ 자신의 욕구를 솔직하고 품위 있게 말하는 법 ✧

가스라이팅은 타인의 심리나 상황을 교묘하게 조작해 상대방이 스스로의 판단력을 의심하고 다른 사람에게 의존하도록 만드는 일종의 감정적 학대입니다. 최근 들어 연인이나 친구, 혹은 가족과 직장 상사로부터 가스라이팅을 지속적으로 당해왔다고 고백하는 분들이 많지요. 상당히 많은 분들이 가스라이팅을 당하지 않는 방법뿐 아니라 나도 모르는 사이에 가해자가 되지는 않을까 걱정합니다.

고백하건대 저 역시 아주 가까운 친구에게 가스라이팅 비슷한 것을 해왔던 부끄러운 경험이 있습니다. 사실 친구에게 이 이야기를 듣기 전에는 눈치 채지도 못했을 정도로 악의를 갖고 한 말은 아니었지요.

지금은 장사로 꽤 의미 있는 성공을 거둔 친구입니다. 장사를 시작하기 전부터 저와는 꽤 막역한 사이로 퇴근 후에 자주 만나 술잔을 기울이곤 했지요. 그가 다니던 직장을 그만두고 장사를 할 생각이라고 하자 제가 줄기차게 "에이, 넌 절대 장사하면 안 돼"라고 말한 모양입니다. 아마 친구를 걱정해서 한 말이었을 것입니다. 그런데 같은 말도 자주 듣다 보니 친구 입장에서는 '너는 장사를 할 수 없는 인간이다'라는 뜻으로 받아들여졌습니다.

오랜 시간이 흐른 후에 친구는 그때 섭섭했다고 이야기해 주더군요. 제가 나쁜 뜻으로 한 말은 아니었지만 친구의 기억이 존중받아야 한다고 생각했습니다. 그리고 결과적으로 가스라이팅이라는 것을 인정하게 되었지요. 친구가 장사를 하면서 소소한 어려움에 부딪힐 때마다 제 말이 떠올랐다고 했거든요. 다른 사람도 아닌 심리학자의 말이었으니 더 크게 다가왔던 모양입니다. 다행히 친구는 아내의 응원과 격려 덕분에 고비를 이겨내고 성공을 이루었지만 그 말을 들은 저는 큰 충격을 받았습니다. 이처럼 상대를 도태시키거나 지배하려는 의도가 전혀 없어도 나도 모르는 사이에 소중한 사람에게 가스라이팅을 할 수 있습니다.

"당신은 안 돼."
"그건 네가 잘못 생각한 거지."
"내가 아니면 누가 이런 말을 해줘?"

교묘하고 집요하게 상대를 조종하는 가스라이팅. 어쩌면 나도 누군가에게 가해자였을지도 모릅니다. 어떻게 해야 우리는 이런 말로 소중한 사람에게 상처를 주지 않을 수 있을까요?

진화심리학자 데이비드 버스는 '왜 남편은 끊임없이 부인의 외모를 폄하하는가'라는 주제로 재미있는 연구를 해왔습니다. 기혼자라면 꽤 공감하시는 주제일 겁니다. 꽤나 정상적이고 바람직한 보통의 남편들도 부인의 외모를 폄하하는 경우는 많으니까요.

데이비드 버스는 상대가 나를 떠날지도 모른다는 심연의 두려움이 외모 폄하로 이어진다고 밝혔습니다. 부부 사이에 아이가 태어나면 아내는 자녀에게 무한한 애정을 갖게 되지요. 남편은 상대적으로 소외감을 느끼고 무의식 중에 자신이 버려질 수도 있다는 불안을 갖게 됩니다. 그 불안의 마음이 '당신은 밖에 나가봤자 더 이상 매력적인 여성으로 보이지 않는다'라는 왜곡된 언어로 표출되는 것이죠.

이 연구를 접한 뒤 친구에게 했던 나의 말과 행동을 냉정하게 되짚어보았습니다. 나 또한 친구가 떠날까 봐 불안한 마음에 그랬던 것일까요? 아마 100퍼센트 원인은 아니었겠지만 인정할 수밖에 없었습니다. 친구의 직장은 제가 근무하는 아주대학교 근처에 있었습니다. 덕분에 하루가 멀다 하고 만날 수 있었는데 장사를 하게 되면 다른 지역으로 떠날 게 분명했으니까요. 이전처럼 친구를 만날 수 없다는 두려움과 불안감이 '너는 장사하면 안 돼'와 같은 왜곡된 말로 나왔을지도 모르겠습니다.

이제라도 가스라이팅을 하는 이유를 알았으니 해결 방법도 찾을 수 있지 않을까요? 당하는 쪽에서 먼저 상대의 불안을 잠재워 줄 수도 있을 것입니다. 예를 들어 친구가 "내가 장사를 하더라도 너랑은 예전처럼 자주 만날 거야"라고 안심시켜 줄 수도 있었을 겁니다. 그보다 더 좋은 건 내가 먼저 다짐을 받아내는 거겠지요.

"너 바쁘다고 내 연락 피하면 안 된다? 적어도 두 달에 한 번씩은 술 마시러 나와. 아니면 너 대신 다른 사람 남겨놓고 가든지!"

좀 유치하고 오글거리면 어떻습니까. 어린아이였다면 손가락도 걸었겠지요. 하지만 다 큰 어른이라는 이유로 우리는 그 과정을 소홀히 한 탓에 서로에게 상처를 입혔습니다.

요즘도 가깝게 지내던 동료나 친구들이 급작스럽게 떠나는 경험을 하곤 합니다. 그럴 때 저는 어린아이처럼 약속을 청합니다. 원거리 근무를 하러 가는 동료에게도, 외국으로 유학을 떠나는 지인에게도, 자주 연락할 테니 멀어지지 말자고 선뜻 이야기를 꺼냅니다. 이별을 어려워할 상대를 위해서만이 아닙니다. 서운함을 제대로 표현하지 못하면 엉뚱하게 말썽을 피울지 모르는 나 자신을 위해서지요. 홀로 남겨지거나 버림받고 싶지 않은 욕망은 어른이라고 해서 사라지지 않으니까요.

　나이 들면서 가져야 하는 중요한 능력 중 하나는 자기 욕망을 솔직하면서도 품위 있게 말하는 것입니다. 많은 사람들은 자칫 착각을 하곤 합니다. 나이가 들수록 자신이 원하는 것을 잘 숨겨야한다고, 드러내지 않고 꾹꾹 눌러 담을수록 원숙한 인간이라고 말이지요. 말 그대로 착각입니다. 어른들의 세계에서 관계를 해치는 온갖 바보 같은 말들은 자신의 욕구를 솔직히 드러내지 않았기 때문에 발생합니다. 그 바보 같은 말들을 전문용어로 '개소리'라고 합니다. 해리 G.프랭크퍼트는 『개소리에 대하여』라는 책을 통해 영양가 없이 무작정 내뱉는 말들이 바로 개소리Bull-shit라고 정의내립니다. 그럴 때 개소리야말로 거짓말보다 더 위험하다고 주장하지요.

　"이게 다 널 위해서 하는 말이야."
　"자네는 아직 어려서 잘 몰라."
　"내가 이렇게 된 건 다 당신들 탓이라는 거 인정하지?"

　우리가 힘과 권력이 있는 어른이 되어서도 이러한 개소리를 하지 않으려면 나의 욕구를 솔직하고도 품위 있게 드러내는 법을 알아야 합니다.

심리학에서 자주 하는 실험 중에 '거래 게임'이라는 것이 있습니다. 다양한 연령대의 피실험자들을 대상으로 모의 거래를 하도록 합니다. 내가 가진 것의 일부를 내어주고, 상대로부터 원하는 것을 가져오는 것입니다. 중요한 비즈니스 계약이나 부동산 월세 계약 등을 시뮬레이션하기도 합니다. 어떤 팀은 양측 모두 만족하는 소위 '윈윈win-win'의 결과를 내놓기도 하고, 어떤 팀은 완전히 파국을 맞기도 합니다.

재미있는 것은 최상위 결과를 내는 팀과 최하위 결과를 내는 팀 모두가 고연령자로 이루어진 그룹이라는 것입니다. 나이가 어린 사람들로 구성된 그룹에서도 좋은 결과나 나쁜 결과가 모두 나오기도 하지만 최선이나 최악으로까지 이어지지는 않았습니다. 역시 삶의 경험은 중요한가 봅니다. 그러면 대체 어떤 어르신들이 완벽한 거래를 성공시키고, 또 거래를 엉망으로 만들었을까요?

그 포인트는 욕구의 표현이었습니다. 자신이 원하는 것을 솔직하게 밝힐 줄 아는 분들은 거래를 성공시켰고, 원하는 것은 많은데 자신의 욕구를 끝까지 꽁꽁 숨기는 분들은 결국 거래를 망쳤다고 합니다.

이처럼 내 욕구를 솔직하게 말하면서도 품위를 잃지 않는 사람은 상대에게도 이익을 안겨주고 스스로도 만족스러운 결과를 얻습니다. 욕구를 숨기면 상대도 잃고 나도 잃습니다. 적당히 나이를 먹은 우리가 가스라이팅의 가해자가 되지 않으려면 내 욕구에 대해 소위 '선빵'을 날릴 줄도 알아야 한다는 것입니다.

저도 이제 나이가 나이인지라 내 욕구를 솔직하게 말하는 법을 연습하려고 합니다. 사실 품위까지 챙기는 것은 아직 조금 어렵습니다. 대신 주책맞아 보이지 않으려고 노력하는 선에서 스스로 조금 내려놓고 우스워지는 것을 택하지요.

회의가 시작될 때면 씨익 웃으며 연구원들에게 선언합니다.

"알지? 이 회의의 주인공은 나야. 너희들 머릿속 생각을 빨아먹어서 총장님께 예쁨을 받고 말겠어!"

다정한 우리 연구원들은 솔직한 지도교수의 '선빵'에도 기꺼이 큭큭대며 대꾸해 줍니다.

"물론입니다. 교수님. 총장님께 귀여움도 뿜뿜 받으셔야죠."

정말 고마운 친구들입니다.

2장

행복을 만끽하는 지혜

많은 사람들이 어떻게 하면 행복해지는지 궁금해합니다. 그런데 최근에 아주 특이한 분을 만났어요. 그는 제게 "어떻게 해야 불행해지나요?"라고 물으셨습니다. 삶이 너무 행복해서 불행이 무엇인지 모르겠다는 거예요. 그분은 부자가 아니었습니다. 하반신 마비로 인해 통행에 어려움을 겪는 장애인이셨지요. 길섶마다 불행이 도사리고 있는 이 불안한 삶에서 모든 것이 완벽하게 행복하다는 분을 보며 많은 생각을 하게 되더라고요. 행복이 상황이나 조건과는 관계없는 마음의 상태라는 건 아마 다들 알고 계실 거예요. 그렇다면 무엇이 우리를 행복하게 만드는 걸까요?

이 글을 읽는 여러분은 행복하신가요?

너무 삼류 드라마 같은 질문이라고요? 저는 아주 공식적인 자리에서도 비슷한 질문을 종종 받습니다. 인지심리학을 필요로 하는 분야는 다양하지만 가장 많이 찾아주시는 곳은 기업일 것입니다. 소통, 리더십, 판단, 의사 결정, 세대 갈등 등 상황과 조건을 바꾸며 인간의 능력을 끌어올리는 방법에 대해 알고 싶어 하는 기업이 많아요. 그런데 최근엔 직접적인 이익과 관련된 주제보다 어떻게 해야 직원들이 행복한 직장 생활을 할 수 있는지를 더 궁금해하시더라고요. 그러다 보니 행복에 관한 내용으로 강연을 진행하는 일이 부쩍 많아졌습니다. 준비한 강의를 모두 마치고 질의응답 시간이 되면 꼭 한 분 정도는 이렇게 물어보시더군요. "그래서 교수님은 행복하신가요?"라고 말이죠.

저 역시 저만의 대답을 해야겠지요. 그래서 늘 행복에 대해 생각하곤 합니다. 행복이란 무엇일까? 나는 행복한가? 기왕 이렇게 된 거 여러분들에게 다시 삼류 드라마 같은 질문을 꿋꿋하게 해보겠습니다.

여러분, 행복하신가요?

만나는 사람들에게 느닷없이 질문해 보았습니다.

"행복하세요?"

누군가는 "네, 아주 행복해요"라고 자신 있게 말할 것이고, 고개를 갸웃거리며 "글쎄요, 잘 모르겠어요"라고 대답하는 이도 있겠지요. 많은 이들이 대답을 마친 후에도 '내가 정말 행복한가?' 하고 지금 나의 상태를 점검해 볼 것입니다.

그렇다면 질문을 바꿔볼게요.

"불행하세요?"

이 질문을 들으면 사람들은 곰곰이 생각합니다. 곧장 그렇다고 말하기에도, 그렇다고 아니라고 단정 짓기도 난감합니다. 이번에도 여러 대답이 나올 수 있겠네요. "때때로요", "그럴 때도 있고, 아닐 때도 있어요", "불행하다고 느낀 적이 없었던 건 아니죠" 등으로 말입니다.

재미있는 건 "행복한가?"라는 질문을 받을 때와 "불행한가?"라는 질문을 받을 때 떠오르는 생각이 다르다는 것입니다.

'행복'이라는 말을 들으면 우리는 전반적인 나의 상태를 체크합니다. 내가 생각하는 가장 만족스러운 상태를 10점이라고 했을 때, 8점이 넘으면 '행복'이라는 합격 점수를 주고, 5점 정도에 머물러 있다면 '모르겠다'거나 '행복하지 않다'라고 대답하는 식입니다.

한편 불행을 생각하면 구체적인 사례를 떠올립니다. '최근에 나를 힘들게 하는 사건이 있었나?'를 먼저 생각한 후에 그 사건이 얼마나 컸는지, 혹은 얼마나 자주 닥쳐왔는지를 헤아리지요. 그 사건이 일어난 당시에는 무척 불행했지만 지나고 나면 금세 괜찮아질 때도 있으니까요. 그러니 '때때로 불행하다'거나 '불행할 때도 있고 아닐 때도 있다'라는 대답이 나오는 것입니다.

100명에게 물어보아도 결과는 비슷합니다. 행복은 전반적인 만족도의 평균을 계산하고, 불행은 구체적인 사례를 찾는 것이 사람들의 기본적인 생각의 패턴입니다. 그렇다면 이 생각의 방식을 바꿔보는 건 어떨까요? 구체적인 사건으로 행복을 정의하고, 평균적인 상태로 불행을 측정해 보는 겁니다. 그 방법에 대해 조금 더 이야기해 볼까요? 여러분은 행복이 무엇이라고 생각하시나요?

혹자는 근심이나 불만이 없는 상태라고도 하고, 누군가는 괴로움이 없는 마음이라고도 합니다. 만족감 그 자체라고 정의 내리는 사람도 있고 하루를 마무리하려고 침대에 누웠을 때 걱정거리가 없으면 그게 바로 행복이라고 말하는 분도 있지요.

그렇습니다. 확실히 불안과 행복은 거리가 먼 것 같습니다. 얼마 전 꽁꽁 숨겨둔 비상금을 아내에게 걸렸는데 어찌나 불안하던지요. 오전 10시쯤에 '이 돈 뭐야?'라는 메시지를 받고 저녁 7시에 집에 도착하기까지 머릿속에 수만 가지 시나리오를 썼다 지우기를 반복했습니다. 결국 그 시나리오는 아무짝에도 쓸모가 없었지만요. 그날 제가 '행복했다'고 하면 이상하겠지요? 행복을 느끼기 위해서는 나쁜 상황이 없어야 할 것만 같습니다.

그렇다면 여러분은 최근에 행복하다고 느낀 적이 있었나요? 행복했던 순간을 생각해 보세요.

열심히 한 일에 대해 인정을 받았을 때
무심코 도와준 것에 감사의 인사를 들었을 때
아이를 포근하게 안아줄 때
멋진 공연을 보았을 때
친구와 기쁜 순간을 나누었을 때……

누구에게나 행복의 순간들은 존재합니다. 소소하지만 기분 좋고, 배가 간질거리며 미소가 절로 나는 바로 그런 순간 말이지요. 의미, 인정, 애착, 연대감, 공감 등 행복을 느끼게 해주는 상황은 모두 다르지만 분명한 건 행복은 구체적이고 실질적인 경험이라는 것입니다. 괴로움이 하나도 없고, 삶의 만족도가 평균 이상이어야 비로소 행복하다고 정의 내릴 수 있을 것만 같지만 의외로 행복의 순간은 완벽한 세팅과는 관련이 없었습니다. 나쁜 게 완전히 사라진 순간도 아니었어요.

큰 고민이 해결되지 않아 스트레스를 받다가도 아이를 안고 있으면 충만해지고, 쏟아지는 일을 처내느라 정신없는 와중에도 동료의 진심 어린 감사 인사에 눈물이 핑 돌며, 오늘 있었던 화나는 일에 분개하다가도 술잔을 기울이며 내 이야기를 들어주는 친구가 있다는 데에 가슴이 찡해집니다. 그렇게 좋은 순간은 어느 곳에나 있고 우리는 날마다 행복을 경험합니다.

행복에 대한 정의도 어렵고, 행복에 대한 이야기를 한다는 것도 쉽지 않습니다. 그러나 분명한 것은 행복은 '나쁜 게 없는 상태'가 아니라 무언가 '좋은 게 있는 상태'라는 것입니다.

심리학은 오래전부터 '행복'이라는 주제를 탐구해 왔습니다. 1980년대까지만 해도 학자들은 행복을 관념적이고 추상적인 개념으로 접근했어요. 행복을 인간이 이루어야 하는 인생의 미덕이나 숭고한 가치로 여긴 것이지요. 그런데 최근 10여 년 사이에 굉장히 많이 달라졌습니다. 행복을 인간이 목표로 삼아야 할 가치로 보지 않고 삶에 필요한 사건이나 경험으로 보기 시작한 것입니다. 과거의 학문적인 개념이 시간이 지나면서 바뀌는 경우는 많지만 행복과 관련된 빠른 변화는 아주 이례적이라고 봐도 무방할 것입니다. 왜 이런 변화가 일어났을까요? 가장 중요한 이유 중 하나로 길어진 인간의 수명을 꼽는답니다.

✢ 인간은 살기 위해 행복해야 합니다 ✢

여러분은 몇 살까지 살 것 같나요? 90살? 100살? 여러분이 생각하는 것 이상으로 오래 살아야 할 수도 있습니다. 제 주변의 어떤 연구자는 '재수 없으면' 120살까지 살 거라고 무서운 예언을 하더군요. 만약 결혼을 하셨다면, 꼴 보기 싫은 그 인간을 80년 이상 계속 봐야 할 수도 있다는 말입니다.

2000년대에 태어난 아이들은 기대 수명을 130세 정도로 예측하고 있습니다. 확실한 것은 지난 100년 동안 인간 수명의 증가를 표시한 그래프의 기울기가 한 번도 줄어들지 않았다는 것입니다. 저와 주변 심리학자들 또한 어떤 연구를 진행하기에 앞서 앞으로 인간의 삶이 120~130세까지 유지된다는 것을 전제한 후에 가설을 세우곤 합니다.

기쁜 소식일 수도 있지만 어떻게 생각하면 조금 끔찍하기도 해요. 인류는 긴 역사를 통해 삶에서 부딪히는 다양한 상황들을 고민하고 연구했으며 그것을 기록으로 남겨놓았습니다.

아이를 어떻게 키워야 하는지, 조직 생활을 어떻게 해야 하는지, 어떻게 좋은 판단을 내리고 적절한 결정을 해야 하는지, 수많은 사례가 이미 나와 있으며 분석도 되어 있지요. 그런데 이 모든 데이터들은 대부분 60대 이전의 인생과 관련된 것들입니다. 이후의 인생에 대해서는 구체적으로 연구된 바가 없어요. 그저 '노후'라는 애매한 단어로 뭉뚱그려져 있을 뿐입니다.

80대 남성에게 일어날 수 있는 심리적 문제는 무엇인지, 90대 여성들은 어떤 관계 속에서 살아가야 할지, 안타깝게도 우리의 선조들은 미처 연구해 놓지 않으셨습니다. 그런데 실제로 내가 120세까지 살아가야 한다고 생각해 보십시오. 앞으로 갈 길이 엄청나게 멀게만 느껴집니다.

저도 물론 그렇지만 현대 심리학을 연구하고 있는 저의 학생들은 무척 혼란스러울 것입니다. 매일 머리를 싸매고 한숨을 내쉬는 가엾은 영혼들에게 저는 위로를 건네곤 합니다.

"성경 말씀에도, 불전에도, 코란에도 100살 넘는 사람이 어떻게 살아야 하는지, 또 적성과 진로를 어떻게 찾아야 하는지 나와 있지 않으니 너희가 힘들 수밖에……."

수십만 년 동안 인류의 수명은 60세를 넘기지 못했을 뿐 아니라 적성에 맞는 진로를 생각하며 살지도 않았습니다. 대부분 농부의 자식은 농사를 짓고, 대장장이의 자식은 풀무질을 했으며, 귀족의 자식은 비단 옷을 입고 귀한 음식을 먹었지요. 신분이라는 것이 인간의 운명을 결정하던 시대였으니까요. 오랜 시간 동안 인간은 '나는 앞으로 무슨 일을 해서 살아야 할까?'라는 생각을 하지 않고 살았던 것입니다.

이제 우리는 조상님들이 하지 않은 고민을 안고 살아야 합니다. 어쩌면 우리가 인류 최초로 진지하게 '행복'에 대해 고민해야 하는 가없은 세대일지도 모르지요. 처음 문을 열고 미지의 세계로 나간 다는 건 얼마나 힘든 일입니까. 그게 우리가 얻은 수명의 대가일지 도 모릅니다.

60세까지 살지 못하는 시절에는 60세에 이루어놓은 것이 삶의 결과였습니다. 그러나 수명이 120세로 늘었으니, 60세는 중간 기착지일 뿐입니다. 결과였던 많은 것들이 과정으로 바뀌겠지요. 그 대표적인 것이 '행복'입니다. 앞서 말씀드렸듯이 수십 년 동안 심리학에서 행복을 대하는 관점이 많이 달라졌습니다. 만약 여러분이 행복에 관한 현대 심리학의 생각이 궁금하다면 반드시 읽어야 할 책이 있습니다. 연세대학교 서은국 교수가 쓴 『행복의 기원』입니다. 그 안에는 이런 명문장이 등장합니다.

"행복은 목표가 아니라 도구다."

행복이 목표가 아니라 도구라니, 무슨 말이냐고요? 드라마에서 한번쯤 이런 장면 보셨을 거예요. 바람이 부는 강가에서 함께 고난을 이겨낸 남녀가 헝클어진 머리로 이렇게 말합니다.

A: 왜 살아야 하죠?

B: 행복해지려고요.

뉘엿뉘엿 해가 지고 잔잔한 음악이 흐르며 시청자의 마음에 감동이 번지려는데……, 행복에 대해 연구하는 현대 심리학자들은 느닷없이 '땡!' 하는 소리를 내며 산통을 깰 것입니다. 대화의 앞뒤가 틀렸기 때문이지요. 행복해지기 위해 사는 게 아니라, 살기 위해 행복해야 하는 것입니다. 인류의 수명이 길어졌으니 결과는 과정으로 바뀌고 원인과 결과도 바뀌게 마련입니다.

행복은 오랫동안 인생의 완성이요, 미덕이요, 결과였지만 서은국 교수를 비롯한 오늘날의 심리학자들은 두툼한 데이터를 기반으로 이렇게 주장합니다.

"살기 위해, 버티기 위해, 행복해야 한다."

서은국 교수는 종종 꿀벌의 예로 행복을 설명합니다. 꿀벌은 왜 살까요? 꿀을 모으기 위해서일까요? 아닙니다. 꿀벌은 살기 위해 삽니다. 진화학적으로 보면 생명이 있는 모든 것들의 목적은 생존 그 자체와 유전자의 번식입니다. 꿀벌 역시 꿀을 모으기 위해 존재하는 것이 아닙니다. 꿀벌은 나와 유전자가 같은 다음 세대를 만들기 위해 살아내는 것이며, 생존을 위해 힘든 일도 버텨내야 하는 것이지요. 달콤한 꿀은 그저 꿀벌이 생을 지속할 수 있는 동력원이 되어줄 뿐입니다.

다시 말해 꿀은 꿀벌의 삶의 목표가 아니라 생존을 위한 도구인 셈입니다. 여기서 꿀벌을 인간으로 바꾸고 꿀의 자리에 행복을 넣으면 새로운 공식이 만들어집니다.

'인간은 살기 위해 행복해야 한다.'
'행복을 경험한 개체는 생존성이 강해진다.'

그렇습니다. 이것이 우리가 행복해야 하는 이유입니다.

✦ 금지 약물이 가진 진짜 효능 ✦

우리를 행복하게 만들었던 많은 순간을 다시 떠올려보세요. 상대방의 성장을 지켜보며 느꼈던 흐뭇함, 칭찬과 감사를 들을 때의 기쁨, 나의 즐거움을 공유하는 연대감, 살과 살이 맞닿는 애착의 행복……. 이 모든 것을 경험할 때 우리 뇌는 강하게 반응합니다. '아, 나 그때 참 행복했다'라는 좋은 느낌과 기억은 강력한 생존 의

지와 연결됩니다.

제2차 세계대전 당시 유대인의 무덤과도 같았던 아우슈비츠 수용소. 나치 독일의 잔혹한 만행으로 수많은 유대인들이 그곳에서 죽음을 당했습니다. 독가스나 총살 같은 직접적인 학살이 아니어도 비위생적인 환경, 형편없는 영양 상태, 버티기 힘든 노동 강도, 온갖 병원균과 정신적 트라우마 등으로 수용소에 들어간 이들은 몇 달 안에 죽음을 맞이하곤 했습니다. 그런데 이런 곳에서도 끝까지 살아남은 사람들이 있었습니다.

도대체 어떤 이들이 이처럼 강한 생명력을 갖고 있었던 걸까요? 어느 정도 시간이 흐른 후, 유럽과 미국의 학자들은 죽음의 수용소에서 살아남은 이들에 대해 연구하기 시작했습니다.

처음엔 우선 신체적으로 건강하고 나이가 어릴수록 생존 확률이 높았을 거라 가정하고 자료를 모았습니다. 물론 부분적으로 맞기는 했지만, 완전하게 설명이 되지는 않았지요.

오랜 시간 조사를 거듭한 후에 생존의 중요한 요인 중 하나가 '행복'이었다는 것을 알게 되었습니다. 즉, 수용소에 끌려들어가기 전까지 얼마나 행복한 삶을 살았는지가 살아남는 데에 적지 않은 영향을 끼쳤다는 것입니다.

그저 죽지 않으려 했던 이들은 모두 죽었습니다. 그러나 살아야 할 분명한 이유가 있는 사람들은 살았습니다. 그 이유가 바로 행복입니다. 행복을 자주, 또 많이 경험했던 사람은 그것이 얼마나 좋은지 잘 알고 있기에, 다시 되풀이하고자 하는 욕구가 강했으며 그것이 심리적 에너지로 작용한 것입니다.

한 가지 더 예를 들어볼까요? 최근 올림픽에서 금지 약물을 복용한 외국 선수들이 경기에 출전해 논란이 된 일이 있었지요. 그런데 이 금지 약물이 선수들의 신체에 어떤 영향을 끼치는지 궁금하지 않으세요?

일단 많은 분들이 예상하신 대로 금지 약물은 근육의 양이 순간적으로 늘어나고 강화되어 신체적인 능력을 향상시킨다고 합니다. 그런데 그것만으로는 설명이 되지 않는 부분도 있습니다. 의학과 약학 관계자들은 약물을 통해 강화된 근육만으로는 운동 결과가 그토록 좋아지기는 어렵다고 보았지요.

이 자료는 타 분야 연구자들에게도 공유되었고, 결국 심리학에서 빠른 신체능력 향상의 비밀을 밝혀냈습니다. 금지 약물은 인위적 행복 촉진제Anabolic Steroid였던 것입니다. 즉, 복용하는 즉시 마음이 뜹니다. 학생들에게 했던 말을 그대로 전하자면 기분이 '열라리' 행복해지는 거예요. 이 행복감에 자신감도 동반되는 건 물론이고요.

이 약물은 복용 다음 날 또 다른 놀라운 효과를 가져옵니다. 약물을 통해 인위적으로 행복해진 선수는 다른 선수들이 견디지 못하는 혹독한 훈련을 해내는 것이죠. 평소에는 시작할 엄두도 내지 못하던 어려운 목표에도 도전하고요. 신체능력을 강화시키는 기본적인 효과에다 심리적 효과까지 더해지니 상상 이상으로 강하고 빠른 결과가 나타난 것입니다.

이것이 바로 도구로서의 행복입니다. 행복은 인간의 능력을 끌어올리고 목표를 달성하게 해주며 새로운 도전까지 가능하게 만듭니다.

학교에 있다 보니 국방의 의무를 지기 위해 떠나는 학생들도 많이 만납니다. 아무리 시대가 달라졌어도 영장을 받고 나면 마음이 복잡해지는 건 매한가지인가 봅니다. 청년들은 입대 전까지 남은 시간 동안 어떻게 보내야 할지 고민도 하고 인사를 전하겠다며 교수실을 찾아오기도 합니다.

그런데 이 중요한 시점에 꼭 피트니스 센터에서 몸을 만드는 녀석들이 있습니다. 왜 그렇게 운동을 하냐고 물으면 군대에서 힘든 훈련을 버티려면 기초 체력이 있어야 할 것 같다는 대답이 돌아옵니다. 특전사로 가는 것도 아닌데 군대의 훈련이 아무리 힘들다 해도 대한민국의 신체 건강한 보편적인 남성들이 받을 수 있게 짜여 있지 않을까요? 그런 학생들을 보면 전 인생 선배로서 운동 말고 다른 것을 하라고 충고해 주곤 하지요.

"여자친구나 가족들과 행복한 기억을 많이 만들고 가. 두고 봐라, 그 기억이 힘든 훈련을 이겨내는 버팀목이 되어줄 테니까."

별거 아닌 조언도 효과가 있나 봅니다. 시간이 흘러 첫 휴가를 받으면 군기가 바짝 든 녀석들이 저를 찾아와 감사의 인사를 전하곤 하니까요.

"교수님 말씀이 맞았어요. 힘든 훈련받을 때마다 교수님 생각이 많이 났습니다."

그런데 이 녀석들, 말로는 고맙다고 하면서 매번 빈손입니다. 김영란 법에도 캔 커피 정도는 허용되는데 말이죠. 심지어 차비까지 빌려간다니까요. 그래도 제자들의 환한 얼굴을 보면 저 또한 빠르게 행복해지곤 합니다. 그 감정이 제게는 힘든 일을 이겨내는 동력이 되어주겠지요? 행복은 아주 강력한 도구니까요.

✛ 행복은 크기가 아니라 빈도입니다 ✛

요즘 같은 때일수록 행복은 더욱 필요합니다. 우리 삶에 많은 시련이 찾아오는 때니까요. 최근 2년 동안만 하더라도 코로나19 때문에 얼마나 많은 분들이 고생을 하셨습니까. 수많은 생명을 살린 의료진들, 학교에서 일하시는 선생님들, 밤샘 작업을 밥 먹듯 하던 공무원 분들, 통신사의 직원들과 집에서 육아하느라 몸과 마음을 다 써버린 주부님들까지⋯⋯. 매일매일이 힘들고 지친 날들이었습니다. 다행히 전 세계를 혼란에 빠뜨린 이 코로나 팬데믹도 어느덧 지나가고 있습니다.

코로나가 끝나면 모든 게 다 좋아질 것 같지요? 아닙니다. 더 큰 위기가 올 것입니다. 생각해 보세요. 우리 인생에서 완벽하고 평화로웠던 1년이 존재한 적이 있었나요? 한 번도 없었습니다. 그리고 앞으로도 없을 것입니다.

직장에서도 마찬가지입니다. 사장님은 매년 이번 위기만 넘기자고 하시지만 다음 해엔 기다렸다는 듯이 더 큰 위기가 찾아오지요. 올해가 단군 이래 최대 불황이었다면 내년은 해방 이래 최대 시련이 다가올 테지요. 인생은 시련의 연속이고, 우리는 그 시련을 버텨내며 생존하는 존재입니다. 그러니 우리에게 행복이 얼마나 많이 필요하겠습니까?

꿀벌이 살기 위해 꿀을 모으듯 인간도 시련을 버티기 위해 행복을 모아야 합니다. 그렇다면 어떻게 해야 더 많은 행복을 차지할 수 있을까요? 다시 서은국 교수님의 이야기로 돌아오겠습니다.

『행복의 기원』의 결론은 생각보다 소소합니다. 모든 페이지를 통해 결론에 향하는 논리를 '빌드 업' 해놓았지만 저자는 인간에게 있어 가장 크고 중요한 행복을 이렇게 정의합니다.

'사랑하는 사람과 음식을 먹는 것.'

많은 분들이 저에게 행복하냐고 묻습니다. 행복은 삶의 평균치가 아니라 구체적인 경험이기에 저 또한 최근에 가장 행복했던 일을 떠올리곤 하죠. 오래 생각할 필요도 없습니다. 어제만 해도 전 정말 행복했거든요. 무엇을 했냐고요? 저 어제 친한 친구 녀석 만나서 오징어 회 먹었습니다! 오징어 회는 그다지 비싸지도 않았어요. 어제 먹은 데서는 한 접시에 2만 7천 원 정도 하더라고요. 내친 김에 멍게도 먹고 소라도 먹고, 물론 소주도 한 병 했습니다. 캬, 정말 행복했습니다. 서은국 교수가 『행복의 기원』에서 말하는 결론은 말로만 들었을 땐 코웃음이 쳐질지 몰라도 직접 경험해 보면 인정하게 됩니다. 좋은 사람과 맛있는 것을 먹는다는 행위는 인간에게 정말 중요한 행복이라는 것을요. 먹는다는 것은 생존과 직결된 일이고, 좋아하는 사람과의 관계는 행복감과 뗄 수 없는 요인이기 때문이지요.

그런데 말입니다, 이 하찮아 보이는 행복의 정의에 심오한 통찰이 숨겨져 있다는 사실, 알고 계신가요? 행복은 크기보다 빈도가 중요하다는 것입니다. 심리학을 풍월로 들어보신 분들은 아실 것입니다. 1년에 100점짜리 커다란 행복 하나를 경험하는 것보다 10점짜리 행복 열 개를 경험하는 것이 더 효과적이라는 것을요. 그러니 행복의 격을 조금 낮춰서라도 더 자주 행복을 누리는 것이 생존에 유리하다는 뜻이지요.

'좋아하는 사람과 맛있는 것을 먹는 게 나의 행복이야'라고 스스로 인지하고 있는 사람은 '1억 원짜리 복권에 당첨되는 게 나의 행복이야'라고 생각하는 사람보다 생존할 확률이 높아집니다. 행복에 대한 소박한 정의를 최대한 여러 개 가져보세요. 거창한 정의 하나보다 훨씬 낫습니다.

가끔 자신의 삶을 비관하여 스스로 생을 마감한 분들의 소식이 들려오곤 합니다. 이런 분들이라고 해서 평생 동안 불행했던 건 아닙니다. 큰 상을 받았거나, 큰돈을 벌었거나, 커다란 명예를 얻은 분들도 많으니까요. 단순히 행복의 크기만 놓고 보자면 일반인들이 범접할 수 없는 경험을 가진 사람들도 적지 않습니다. 그러나 이미 경험한 행복의 크기가 너무 컸다면 이후에 남은 행복은 작게 느껴질 수밖에 없습니다. 그러면 어쩔 수 없이 행복의 빈도가 줄며 삶의 만족도 또한 떨어질 수밖에 없습니다. 스스로 죽음을 선택할 수밖에 없었던 고통은 총체적으로 경험한 행복의 크기가 아니라 현저하게 낮은 빈도에서 출발했다는 것을 짐작할 수 있습니다.

이 법칙은 대부분의 분야에서 마찬가지로 적용됩니다. 가족 여행을 계획할 때도 한번 잘 따져보세요. 1년 동안 꾹꾹 참고 있다가 15박 16일짜리 긴 여행 한방 다녀온 것보다 1박 2일이나 3박 4일짜리 가벼운 여행을 여러 차례 다녀왔던 기억이 더 좋은 추억으로 남아 있지 않나요? 이는 행복의 경험을 잘게 잘라서 횟수를 늘리는 나름의 기술이라고도 할 수 있습니다. 총합은 같지만 가성비가 훨씬 낫다는 얘기입니다. 그리고 다들 아시잖아요? 어차피 휴가는 떠나기 전날이 가장 좋다는 거!

중년의 자녀가 노년의 부모와 대화를 나눕니다. 종종 어린 시절의 추억에 대한 이야기들이 오갑니다. 정확히 무슨 일이 있었는지 기억이 나지는 않지만 어렴풋하게 좋은 느낌으로 남아 있는 시절이 있지요.

"아, 나 그때 참 행복했는데……."

자녀의 말에 노인이 된 부모들은 고개를 갸웃합니다. 이 아이를 크게 행복하게 만들어준 사건이 떠오르지 않기 때문이죠.

부모가 떠올린 것은 행복의 크기입니다. 반대로 자녀는 행복의 빈도를 떠올렸을 것입니다. 개별적인 사례는 기억나지 않지만 자주자주 느낀 기분 좋은 감정이 마음속 거대한 행복의 뭉치로 남은 거니까요.

반대의 경우도 있습니다. 부모는 아이를 행복하게 해주기 위해 많은 애를 썼는데 자녀는 기억을 못하는 경우지요. 그랜드캐니언도 데려가고 유럽여행도 데려갔고 남들은 못하는 귀한 경험을 시켜주기 위해 애를 썼을 테지만 안타깝게도 자녀에게는 행복의 느낌이 남지 않은 것입니다.

제가 행복과 빈도에 대한 이야기를 하면 어떤 분들은 이렇게 질문합니다.

"교수님, 100점짜리 한 번의 행복보다, 10점짜리 열 번의 행복이 낫다면, 0.1번짜리 행복 천 번은 어떨까요?"

행복에는 빈도가 중요하지만 무조건 빈도가 잦다고 해서 좋은 게 아니랍니다. 조카에게 용돈 주는 상황을 생각해 볼까요? 이모가 명절 때 척 하고 10만 원을 내민다고 칩시다. 조카는 "와우, 이모! 짱!"이라며 호들갑을 떨 것입니다. 그런데 500원을 주면 어떻게 될까요? 녀석은 떨떠름한 표정으로 이렇게 말할 것입니다.

"에이, 이모 왜 이러세요. 장난치지 마요……."

행복은 크기보다 빈도가 중요하다는 생각에 만날 때마다 500원씩, 500원씩, 열 번을 주고 스무 번을 주고 100번을 주어봤자 조카의 얼굴에서 짜증을 걷어내기는 쉽지 않을 것입니다. 조카의 머릿속엔 이런 생각이 강하게 잡혀 있을 테니까요.

'아무리 그래도 만 원은 되어야 용돈으로 쳐주는 거 아닌가?'

여기서 '쳐준다'는 것을 '부킹 프라이스booking price'라고 합니다. 사실 이 말은 인지심리학자나 행동경제학자들이 사용하는 학술 용어는 아닙니다. 학자들에게 통하는 일종의 은어인 셈이죠. 부킹이란 말은 자주 들어보셨지요? 주로 골프장이나 무도회장에서 즉석 만남을 할 때 많이들 쓰셨을 텐데 여기서 부킹은 '장부에 기입한다'는 뜻을 갖고 있습니다.

다시 말해, 부킹 프라이스란 조카가 자신의 마음속 장부에 '이모에게 용돈 1회 받았음'이라고 기입할 만한 최소 금액을 뜻해요. 만 원보다 적다면 아예 받지 않은 것으로 친다는 말입니다.

이 부킹 프라이스는 사람마다 달라요. 그러니 상대의 부킹 프라이스를 잘 알고 있다면 어느 정도 유리하게 적용할 수 있겠지요? 만약 조카의 부킹 프라이스가 만 원이고, 이모가 조카에게 1년 동안 줄 수 있는 용돈의 총합이 10만 원이라고 가정해 봅시다. 어떤 방식으로 용돈을 주는 것이 이모에게 가장 유리할까요? 그렇습니다. 열 번에 나눠서 만 원씩 주는 게 가장 좋겠지요. 조카 마음의 장부에는 행복의 바를 정正자가 10회나 새겨질 테니까요.

5만 원씩 두 번 용돈을 주더라도 지갑에서 나가는 돈의 총합은 같겠지만 조카는 '올해는 이모가 용돈을 두 번밖에 안 주셨네?'라고 기억할지도 몰라요. 인간은 크기보다 빈도를 더 중요하게 여깁니다. 그렇기에 같은 돈을 받아도 자주 받는 것이 더 많은 혜택을 누

린 것처럼 느껴지는 것이지요. 하지만 반드시 기억하세요. 5천 원
씩 스무 번을 준다면 조카 마음속 장부에는 '한 번도 안 받았음'으
로 기록된다는 것을요.

이 빈도와 행복에 대한 연구가 가장 활발하게 일어나는 분야는
바로 '급여학'이 아닐까 싶어요. 한국에서는 아직 경제학이나 행정
학 분야가 심리학과 맞물려 연구되는 경우가 드물지만, 급여에 대
한 만족감이나 활용도를 높이는 방식을 고안하는 것은 상당히 중
요한 문제입니다.

현재 우리나라에서는 거의 모든 사람이 한 달에 한 번, 같은 날
짜, 같은 주기로 급여를 받지요. 그러나 사람마다 부킹 프라이스가
다르기에 한 번에 큰돈을 받아야 만족도가 높아지는 사람도 있고
적은 돈을 여러 차례 쪼개어 받는 것을 선호하는 사람도 있겠지요.
15일에 한 번씩 1년에 스물네 번의 급여를 받을 때 일에 대한 만족
도가 충족되는 사람도 있을 것이고, 유럽에서처럼 주급으로 받길
원하는 사람도 있지 않을까요?

인지과학자에게 수여되는 룸메라트상을 받은 저명한 언어인지
학자 마이클 토마슬러는 이런 말을 했습니다 .

"모든 세대는 그 이전 세대보다 복잡하고 다음 세대보다는 단순
하다."

부모님 세대보다 우리 세대가 더 다양한 모습인 것처럼 앞으로 살아갈 다음 세대는 우리가 경험한 것보다 훨씬 더 다양한 선택지를 받게 될 것이라는 말입니다. 당연히 부킹 프라이스의 종류도 다양해지겠지요. 경리 회계 업무에는 어려움이 따르겠지만 받는 이의 수요에 따라 급여의 방식과 시점에 변주를 주는 발칙한 시도를 누군가는 시도해 볼 수 있다는 생각도 드네요.

잠시 경영 이야기로 빠졌습니다. 그만큼 사람의 부킹 프라이스는 다양하며 또 생각보다 크지 않다는 것을 강조하기 위해서였어요. 제가 오징어 회를 먹고, 어머니가 아이를 안고, 학생이 칭찬을 받는 순간. 머릿속 뇌가 '아, 나 지금 행복해!'라고 느끼는 순간은 거대한 성취가 아닌 작고 소소한 경험이었지요. 하지만 그때가 나의 부킹 프라이스를 살짝 넘긴 순간이었고, 그렇기 때문에 행복한 기억으로 각인될 수 있었던 것입니다.

✧ 기록의 쓸모 ✧

행복의 기억들은 대부분 최근의 경험들인 경우가 많습니다. 10년 전이나 5년 전으로 돌아가 작고 소소하지만 웃음을 짓게 만들었던 기억을 떠올려보세요. 안타깝게도 잘 생각이 나지 않아요. 왜 그럴까요? 간단합니다. 기록을 하지 않기 때문이지요. '참 재미있었다'로 끝나는 일기는 초등학생 시절에서 멈춰버린 것 같습니다. 간혹 일기를 쓰는 어른이 있다 해도 우리들의 다이어리엔 시험에서 떨어졌다거나, 프로젝트가 성공했다거나, 아이 때문에 걱정했다거나 하는, 큰 성공에 대한 내용 아니면 힘들었던 일상을 적는 경우가 대부분입니다. 늘 먹던 간식을 먹었는데 오늘따라 맛있었다거나, 잠깐 누구와 대화하면서 웃었다거나, 조금 공감하고 조금 기뻤다는 내용까지 기록하는 경우는 드물 것입니다. 하지만 사전에 비축해 놓은 행복이 많을수록 앞으로 올 시련을 이기는 데 도움이 됩니다. 시련을 피할 수 없다면 버틸 수 있는 힘을 준비해 놓는 것이 좋지 않을까요?

그래서 말인데, 혹시 이런 경험해 본 적 있으신가요? 아무 날도 아닌데 갑자기 내 머릿속에 음식 한 그릇이 강력하게 자리 잡았던 경험이요. '나 오늘은 죽어도 매운탕 먹을래!'라고 다짐하게 된다거나 해장할 일도 없는데 이상하게 아침부터 설렁탕이 당기는 것처럼 말이지요.

꼭 음식에 관련된 생각만 해당되는 건 아닙니다. 갑자기 볼링이 치고 싶어지는 날도 있어요. 강아지라도 된 것마냥 산책이 고픈 날도 있고, 사람 없는 카페에서 커피 한 모금이 간절해지는 날도 있거든요. 이게 사실은 뇌에서 주는 시그널이랍니다.

아마 우리는 과거에 이와 비슷한 경험으로 시련을 이겨냈던 적이 있었을 것입니다. 구체적인 기억은 가물가물하지만 몇 달 전에 매운탕 한 그릇 먹고 살짝 좋아진 기분 덕분에 다음 날 닥친 어려움을 씩씩하게 극복했으며, 산책하면서 들은 새소리와 따뜻한 햇살에 충만함을 느낀 덕분에 이튿날 닥쳐온 갑작스러운 난관을 슬기롭게 해결했던 겁니다.

그러나 안타깝게도 우리 뇌는 이 시그널을 충분하게 주지는 않습니다. 그러니 스스로 써야 합니다. 기록해야 한다는 말이지요.

사실 저와 제 주변 심리학자들은 이와 관련된 연구를 준비하고 있습니다. 작은 행복의 경험과 시련을 극복한 체험의 상관관계를 분석하는 것이지요. 차근차근 기록을 남기다 보면 나도 모르게 일정한 패턴을 발견할지도 모릅니다.

'어라, 그러고 보니 나 이거 먹고 기분이 좋아졌네?'

'이런 기분 들 때마다 이 친구랑 통화하고 괜찮아졌구나.'

몸과 마음이 바닥까지 처졌을 때 무언가 먹고 괜찮아졌던 경험, 엉망진창 우울했던 날 누군가와 짧은 대화를 나누고 회복했던 경험, 폭풍처럼 강하게 때리는 시련과 고통에서 나를 끌어올린 아주 작은 행복의 기억들이요. 실제로 사례를 많이 적어보면 참고가 될 수 있습니다. 행복의 기억이 많을수록 더 큰 시련을 이겨냈을지도 모르지요. 현미경을 대고 분석하다 보면 일정한 매커니즘을 발견하게 될지도 모르겠습니다.

뇌에서 주는 시그널에만 의존하지 않고 작은 행복의 경험을 성실하게 기록한 덕분에 일반인은 감당하기 힘든 삶을 이겨내셨던 분도 있습니다. 이 실험에 참가하지는 않았지만 모든 일상을 아주 꼼꼼하게 적으셨더라고요. 그 덕에 후세 학자들이 참고할 수 있는 자료의 양도 꽤나 방대합니다. 그리고 시련이 닥치는 순간 헤쳐나간 방식도 어찌나 슬기로운지 많은 이에게 귀감이 되어주고 있어요. 여러분도 아주 잘 아시는 분일 겁니다. 누구냐고요? 어벤저스를 능가하는 인류 최고의 히어로로 손꼽히는 이순신 장군입니다.

『난중일기』를 직접 읽어본 독자들의 솔직한 반응은 "이게 뭐야?"라고 합니다. 이순신 장군의 숭고하고도 장엄한 기록이 페이지마다 가득 차 있을 것이라 기대하고 책을 펼친 독자들은 대부분 실망하고 말아요. 전투를 앞둔 장군의 고뇌와 번민도 나와 있긴 하지만 생각보다 그 비중은 매우 적습니다. 대다수의 페이지에는 이런 말들이 써 있습니다.

오늘 날씨가 좋았다. 경치가 예뻤다. 저녁에 뭘 먹었다. 누구와 농을 주고받았다. 활을 쏘았다. 누구와 함께 갈대밭을 걸었다. 출근하여 공무를 보았다. 누구와 술을 마시며 이야기했다…….

이처럼 사소하기 짝이 없는 한두 줄의 기록이 『난중일기』거든요. 저와 많은 협업을 하고 있는 인지심리학자 이윤형 교수가 최근 갑자기 이런 말을 했어요.

"형, 이순신 장군의 『난중일기』보면 거의 다 수다 떤 얘기, 장난친 얘기, 갈대밭 걸은 얘기들이잖아. 그런데 계속 읽다보면 패턴이 보이는 거 같지 않아?"

"무슨 말이야?"

"어떤 종류의 시련이 오면 그날 어떤 음식을 드시고 다음 날 아무렇지 않게 출근하시더라?"

아, 그러고 보니 이순신 장군이 어떤 난관이 있을 때, 습관처럼 작지만 소소한 기쁨을 주는 행동을 하고 그다음 날 주저앉지 않고 일어나는 패턴이 보이는 것도 같았습니다. 주변의 역사학자나 서체를 전공하는 다른 분들에게 문의했을 때에도 비슷한 의견이 나왔어요. 아직 확실하게 증명된 것은 아니고 시작 단계에 있는 연구이기 때문에 섣부르게 단정 짓기는 어렵습니다만 누구보다 힘든 미션 앞에서 허덕였을 분이 왜 그렇게 매일 두 줄씩 끈질기게 기록을 남겼는지 이해가 갑니다. 몇 년 뒤, 이순신 장군의 부킹 해피니스와 고난 극복의 씨실과 날실처럼 연결된 매커니즘이 자세히 밝혀지면 그때 학자로서 좀 더 자신 있게 이 이야기를 들려드릴 수 있겠지요.

우리 모두가 성웅이 되지는 못하겠지만 나름의 시련 앞에서 살짝 메모를 해보는 건 어떨까요? 출근해서 책상에 앉자마자 가장 먼저 하는 아침 일과로 '나 어제 뭘 맛있게 먹었더라? 나 어제 뭐 때문에 웃었지?'를 떠올리며 적어보는 것도 괜찮겠네요. 아주 사소하고 소박하지만 나를 살짝 힘나게 해주었던 것들. 그것이 바로 나에게 부킹되었던 최소한의 행복일 테니까요.

프로야구 감독님들께 여쭤본 적이 있었습니다.

"어떤 선수를 에이스라고 생각하세요?"

대체로 오는 대답은 비슷했습니다. 비가 오나 눈이 오나, 컨디션이 좋든 나쁘든, 자기 순서가 되면 꾸역꾸역 등판하여 한결같은 공을 던져주고 가는 선수. 그들을 최고의 선수로 꼽고 싶다는 것이었습니다.

"어떤 직원이 좋은 직원입니까?"

기업의 CEO들께도 비슷한 질문을 해보았습니다. 되돌아오는 대답은 비슷했습니다. 비가 오나 눈이 오나, 컨디션이 좋든 나쁘든, 조직에 어떠한 시련이 닥쳐도 꾸역꾸역 출근하여 자신이 해야 할 일을 해내는 직원. 그 꾸준함과 성실함이 가장 큰 무기가 되어

주었다는 것이지요.

꾸역꾸역. 언제부터인가 저에게 이 말은 존경과 감사를 담은 표현이 되었습니다. 아이가 예쁘든 아프든 모자라든 부모는 꾸역꾸역 사랑을 주고, 선생님은 꾸역꾸역 바른길을 가르칩니다. 가게 사장님들은 꾸역꾸역 정해진 시간에 문을 열고, 버스 기사님은 꾸역꾸역 제시간에 도착하며, 군인은 꾸역꾸역 훈련장에 가고, 지휘자는 꾸역꾸역 지휘봉을 잡습니다.

우리의 순조로운 일상이 매일 누군가가 꾸역꾸역 해내는 일 덕분에 이루어진다는 건 경이롭습니다. 인간의 마음은 날씨처럼 바뀌고 느닷없이 찾아오는 소나기처럼 혹독한 시련은 하루가 멀다 하고 다가옵니다. 그럼에도 불구하고 내가 해야 할 일을 꾸역꾸역 할 수 있는 이 엄청난 에너지는 대체 어디서 나오는 것일까요? 로또 당첨이나 노벨상 수상 같은 대단한 행운이 아닙니다. 학자들은 단단한 근육이 매일 살짝 부킹되던 작은 행복에서 나온다고 확신했습니다.

보란 듯이 희망이 엎어지고, 좌절이 예정되어 있고, 몇 번이고 모든 걸 엎어버리고 싶은 때에도 우리 마음속 장부에는 희미한 바를 정자가 새겨지고 있습니다. 사소한 식사, 소소한 수다, 별 의미 없어 보여도 기분 좋아지는 장난, 심지어 매일 같은 길을 발 딛고

걷는 행위까지도 질긴 힘줄처럼 얽히고설켜 강인한 근력을 만든 것이지요.

✦ 나만의 난중일기 만들기 ✦

우리 뇌는 생각보다 민감하게 어떤 상황과 전혀 상관이 없는 행위를 연결시키려는 습성이 있습니다. 예를 들자면 비 오는 날 저녁에는 파전과 동동주가 자동으로 떠오릅니다. 혹자는 빗방울이 땅 위로 떨어지는 소리와 팬 위에서 부침개가 지글지글 익어가는 소리가 비슷하기 때문이라며 제법 과학적인 근거를 들어 말하곤 합니다. 이렇게 억지로 과학의 옷을 입히고 싶을 만큼 우리는 구체적인 상황에 따른 부킹 해피니스를 필요로 하는 존재랍니다.

월드컵 경기가 있는 날은 대한민국 닭들의 대수난이지요. 우리가 어떤 민족입니까? 축구를 볼 땐 치킨과 맥주를 먹어야 하고, 이사 날엔 짜장면을 먹고, 한여름엔 삼계탕, 먼지를 뒤집어쓴 날엔 삼겹살을 먹어주는 게 '국룰'인 민족입니다. 정확한 이유는 알 수 없지만 그날 먹은 그 음식 덕분에 힘든 내일을 살아갈 에너지를 얻는다고 말하지요. 대한민국이라는 사회가 동시에 써나가는 '난중일기'인 셈이지요.

저 같은 경우에도 몇 가지 반복적으로 써먹는 나만의 부킹 해피니스가 있습니다. 제 나이도 어엿한 중년이지만 사회생활을 하다 보면 선배 세대에게 혼날 때가 종종 있습니다. 총장님께 질책을 듣거나 부모님께 섭섭한 한소릴 듣는 날이면 기분이 한없이 다운되지요. 그런 날이면 뜨끈뜨끈한 사우나에 몸을 녹이고, 저녁으로 알탕 한 그릇을 먹습니다. 그러고 나면 이상하게 힘이 나서 다시 웃으며 그분들을 뵐 수 있을 것 같더라고요.

학생이나 후배들이 말을 안 들어서 화가 날 때도 있습니다. "이씨, 다신 애들 안 가르칠래!" 하고 다 집어던지고 싶습니다만 그렇게 하면 책임지지 못할 길로 가게 되겠지요. 가슴에 열이 부글부글 끓어오르는 날엔 찬물로 샤워하고 냉콩국수를 먹곤 합니다. 그래야 다시 웃으며 학생들과 세미나를 진행할 수 있을 것 같아요.

주의할 점은 반대로 하면 큰일 난다는 겁니다. 아이들 때문에 화가 났는데 알탕을 먹었더니 더 속이 터지고, 선배한테 서운한 마음이 있는데 냉콩국수를 들이키면 그 사람을 다신 안 보고 싶어지더라고요.

제가 너무 먹는 이야기만 했나요? 제가 음식을 좋아하긴 하지만 꼭 먹는 것으로만 시련을 극복하지는 않습니다. 가끔 일하다 보면 내가 돌머리가 아닌가 의심될 때가 있습니다. 아무 생각도 안 나서 연구를 그만두고 싶으면 카센터를 운영하는 친구를 찾아갑니다. 특별한 일을 하는 건 아닙니다. 제법 먼 거리지만 기꺼이 찾아가 커피 한잔 놓고 두어 시간 수다를 떨고 집으로 가는 거지요. 그럼 얼마쯤 뒤에 괜찮은 아이디어가 떠오르곤 합니다.

가슴이 서늘할 땐 주변 환경을 뜨겁게 하고, 열이 뻗쳐오를 땐 몸의 온도를 낮춰줍니다. 머릿속이 답답할 땐 멀찍이 떨어진 곳으로 내 몸을 이동시킵니다. 제가 자주 쓰는 난중일기는 이처럼 환경만 살짝 바꿔주는 온습도 조절 장치 같아요. 좀 억지스러워 보이지만 생각보다 효과가 좋습니다.

인간은 환경과 상황에 예민하게 반응하는 존재입니다. 온도와 질감, 천장의 높이, 빛의 밝기, 무겁거나 가벼움을 느끼는 사소한 감각은 뇌의 어느 부분에든 영향을 끼쳐 생각과 기분을 바꾸게 해주거든요. 별것 아닌 행동이 큰 변화를 가져올 수 있습니다. 그것을 발견하고 활용해 보세요. 그게 바로 나만의 난중일기를 만드는 방법입니다.

÷ 좋아하는 것과 잘하는 것 ÷

이미 눈치 채셨겠지만 제 대부분의 부킹 해피니스는 음식이랍니다. 통통하게 부풀어 오르는 뱃살을 보면 고민이 되기도 하지만 이순신 장군과 같은 부킹 해피니스라는 게 자랑스럽기도 합니다. 어떤 사람은 저에게 묻더라고요. 정말 알탕을 먹기만 하면 기분이 좋아지냐고요. 맛없는 알탕을 먹으면 오히려 기분이 나쁘지 않냐고 말이죠.

이제 저의 비밀을 고백해야 할 것 같습니다. 저는 맛에 대해 무지하게 둔한 사람입니다. 오죽하면 대학 동기들 사이에 '경일이가 맛없다고 하는 음식은 상한 음식이다'라는 말이 돌았을까요. 그만큼 웬만한 음식은 다 맛있게 먹고 만족하는 사람이 바로 저입니다. 그러니 음식으로 쉽게 행복해질 수 있겠지요.

물론 음식에 예민한 사람도 있습니다. 저 같은 사람은 TV에서 백종원 님을 볼 때마다 신기하다고 느낍니다. 똑같은 칼국수인데 어떤 걸 먹으면 봄날의 화사함을 느끼고 다른 걸 먹으면 지옥을 느낀다니요. 저한테는 양만 다를 뿐 칼국수는 칼국수일 뿐이거든요.

여러분도 유독 까탈스러운 분야가 있나요? 그렇다면 그것이 바로 나의 적성입니다. 대부분의 사람은 좋아하는 분야가 적성이라고 생각하지만 사실은 그 반대예요. 먹는 걸 좋아하는 제가 요리사가 된다면 어떨까요? 보나마나 망하는 지름길이겠지요?

가끔씩 부모들이 아이를 데리고 찾아와 진로 상담을 할 때가 있습니다.

"교수님, 우리 아이는 음악을 정말 좋아해요." 자랑스럽게 말하는 부모의 눈을 피해 아이에게 은근슬쩍 어떤 음악을 좋아하냐고 물었습니다. 아이의 말이 클래식부터 트로트까지 음악이라면 다 좋다는 거예요.

저는 그 순간 확신했습니다. 그 아이는 음악을 직업으로 가지면 안 된다는 것을요. 오히려 음악 동호회에 들어가서 활동하는 게 나을 겁니다. 제가 음식으로 쉽게 행복해지는 것처럼 그 아이는 음악으로 쉽게 행복해질 수 있을 테니까요. 아마도 아이의 난중일기에는 상황별로 들어야 하는 음악 리스트가 있을 것입니다. 저에게 맛없는 알탕이 존재하지 않는 것처럼 그 또한 듣기 싫은 음악이란 세상에 없을 테니 말입니다.

우리는 좋아하는 일과 잘하는 일을 착각하곤 합니다. 내가 잘하는 분야에서는 아주 까탈스럽고 소위 '지랄 맞아'지지요. 그리고 좋고 나쁘고의 명확한 구별을 해내는 변별력이 높아집니다.

가수 이적 씨와는 방송에서 만나 사석에서 어느덧 형 동생 하는 사이가 되었습니다. 가까이에서 보니 그는 음악을 해야 하는 사람이 틀림없더라고요. 파일 용량을 줄이느라 음질이 살짝 떨어진 음원을 듣는 것만으로도 아주 불쾌해하고 힘들어하니 말입니다. 옆에 있던 저는 같은 음악을 들으면서도 "대체 뭐가 다른 건데?" 하며 어리둥절할 뿐이었죠. 그 예민함이 바로 그의 재능이고, 그가 택한 직업에서 요구하는 덕목입니다.

그런데 우리는 지금 행복에 대해 이야기하고 있습니다. 여기서 한번 질문해 보겠습니다. 행복하게 살기 위해서는 좋아하는 일을 해야 할까요, 잘하는 일을 해야 할까요? 여기서부터 우리들의 슬픔이 시작됩니다. 전문가의 사전적 정의는 '그 일을 누구보다 잘하는 사람', '그 분야에서 뛰어난 사람'입니다. 그런데 심리학자들은 전문가를 보며 다른 정의를 내리지요.

'그 일을 잘해놓고도 만족하지 못하는 사람.'

그렇습니다. 대부분의 전문가들은 객관적인 기준으로 일을 훌륭하게 처리해 놓고도 즐거움을 못 느끼는 사람이랍니다. 자신의 일에서 기뻐하는 모습을 찾을 수 없어요. 일상의 소소한 기쁨이 우리를 행복으로 이끄는데 매일 하는 일에 만족하지 못한다니요. 남보다 예민하고 까탈스러워서 전문가가 된 사람일수록 빨리 불행해진다는 결론에 이릅니다. 게다가 프로의식까지 더해지면 엎친 데 덮친 격입니다.

그럼 우리는 어떻게 해야 할까요? 행복해지기 위해 전문가가 되는 것을 포기해야 할까요? 프로답지 못하게 굴어야 할까요? 그건 어리석은 결론이라는 것, 다들 아시겠지요?

좋아하는 일과 잘하는 일, 둘 중에 하나만을 선택해야 한다는 건 이상한 생각입니다. 저는 이렇게 말씀드리고 싶습니다. 행복을 위해 우리는 좋아하는 일의 초보가 되어야 한다고요.

대부분의 사람들은 일을 즐기지 않습니다. 뛰어난 농구 선수였던 서장훈 씨도 어느 방송에서 분명히 말했지요. 훈련은 고통스럽다고요. 농구 선수로서의 인생이 즐겁고 기분 좋지 않았으며 하루하루 너무나 힘들었다고 말이에요.

저도 동의합니다. 프로의 일상은 고통스럽습니다. 실제로 노동자가 일하는 순간, 학생이 공부를 하는 순간, 주부가 가사 일을 하는 순간, 연구자가 논문을 쓰는 순간의 뇌를 찍어보면 어느 부분에서도 쾌감을 느끼지 못한다는 것을 알 수 있습니다.

물론 일을 끝낸 직후의 상태는 다릅니다. 결과에 대한 보람과 의미가 보상처럼 주어지니까요. 연구자는 논문이 잘 나와서 기분이 좋고, 직장인은 프로젝트 결과를 보고 뿌듯해하며 운동선수는 경기에 이긴 성취감에 다시 훈련장으로 돌아갈 수 있습니다. 그러나 우리가 일로써 행복을 찾는 것은 어렵습니다. 한 분야의 전문가인 데다가 프로이기까지 한 사람이 습관처럼 '난 내 일이 너무 재밌어'라고 말한다면 한번쯤 의심해 봐야 합니다. 솔직하지 못한 자기 위선일 수도 있으니까요.

일이 정말 즐거운 때도 있습니다. 커리어 초반에는 누구나 그랬지요. 소위 거지같이 일을 해놓고도 흐뭇하게 바라보며 '오, 그럴듯한데?' 하며 자신감 뿜뿜 올라갔던 기억, 누구나 있을 것입니다. 지금 생각하면 자다가 이불을 발로 차고 싶지만 그 시절 우리는 알수 없는 자신감에 들떠 있었습니다. 그 '뿜뿜'의 이름은 행복의 한종류인 성장감입니다. 신입사원, 신입생, 초임교사…… 하나하나새로운 것을 배워가던 초창기, 우리는 이 성장감이라는 행복으로수많은 시련을 버텨냈어요. 커리어 초반부에만 느낄 수 있는 특별한 행복이지요.

만약 지금 하는 일에 익숙해진 나머지 성장감을 더 이상 느낄수 없다면 어떻게 해야 할까요? 저는 성장감을 꿔와야 한다고 말하곤 합니다. 내 일이 아닌 다른 곳에서요.

조금 이상하다고 느끼는 분들도 있으실 거예요. 내 직업에서 권태로움을 얻었는데 아무 상관없는 다른 일에서 행복을 가져오는게 가능할까요? 결론부터 말하자면 가능합니다.

우리나라 속담에 '종로에서 뺨 맞고 한강에서 눈 흘긴다'는 말이있지요. 심리학적으로 아주 정확한 표현입니다. 인간의 감정은 원인을 제공한 대상에게만 표출되지 않거든요. 경계선을 넘어 전혀상관없는 곳까지 철철 흘러넘칩니다.

부부싸움 하고 출근하신 부장님이 내가 쓴 멀쩡한 보고서에 노발대발 화를 내셨던 건 바로 그 이유 때문이랍니다. 직전에 느낀 지금의 상황과 무관한 감정을 끌어다 표현한 거예요. 감정의 여운이라고 아름답게 표현할 수도 있겠지만 엄밀히 말하자면 뒤끝이지요. 인간은 뒤끝의 동물입니다. 포유류 중에서 영장류가, 영장류 중에서는 인간이, 또 아이큐 높기로 널리 알려진 한국인들이 감정의 뒤끝이 가장 길다고 할 수 있어요. 행복을 위해 이 뒤끝을 잘 활용해 보자고요. 종로에서 만든 성장감도 한강으로 가져올 수 있습니다. 한강은 바로 나의 직업이고 생계입니다.

번아웃burn out 증후군은 일을 많이 해서 오는 게 아닙니다. 오로지 그 일만 해서 오는 거예요. 직장인만 번아웃에 시달리는 게 아닙니다. 어떤 분야에서든, 전업주부도 학생도 번아웃 증후군에 빠질 수 있습니다. 그럼 성장감을 느끼기 위해 기꺼이 초보자가 되어볼까요? 문화, 예술, 취미, 레저의 문이 활짝 열려 있습니다. 그런데 여기서 또 고민이 생깁니다. 문화나 예술은 진입장벽이 높고 취미나 레저를 하자니 돈이 좀 듭니다. 저렴하면서도 효과가 큰 방법이 있습니다. 바로 공부입니다. 단, 내 직업이나 생계와는 전혀 상관없는 공부를 시작하는 거예요. 엔지니어라면 역사 공부를, 심리학자라면 동식물 공부를 해보는 거지요. 이렇게 하다 보면 성장감이 가파르게 치솟는 것을 느낄 수 있을 것입니다.

저도 몇 년 전 슬럼프가 온 적이 있었어요. 연구에 진척이 없으니 이제 연구는 접고 강의만 해야 하나 심각하게 고민도 했지요. 부킹 해피니스로 버텨내기도 했지만 뭔가 새로운 전환이 필요했습니다. 그래서 새로운 해가 시작되는 시점에 붓글씨와 한자 공부에 도전했습니다. 중고마켓에서 4만 5천 원짜리 붓글씨 세트를 구입해서 유튜브를 보며 조금씩 연습하다 보니 한두 달 동안 벅차오르는 감정을 느낄 수 있더라고요.

그런데 제 아내라는 사람이 글쎄, 제가 쓴 글씨를 가만히 보더니 이렇게 말하는 게 아닙니까?

"당신, 손으로 하는 일은 코 후비는 거 말곤 하지를 마."

그게 남편한테 할 소리입니까? 하긴, 저의 아내는 제 글씨를 다른 사람의 글씨와 비교했으니 형편없게 느껴질 수밖에 없었을 거예요. 하지만 제 비교 대상은 타인이 아니라 두 달 전의 나 자신이었습니다. 그때는 아내의 모진 말도 전혀 상처가 되지 않더라고요. 이렇게 빠른 속도로 성장하다 보면 몇 달 안에 추사 김정희 선생을 따라잡을 것 같았거든요.

저의 공부는 7개월 정도 계속되었고, 그동안 심리적으로 많은 덕을 보았습니다. 내 전문분야와 상관없는 공부는 아주 중요합니다. 일은 재미없고, 훈련은 버겁고, 공부도 힘들거든요. 그러나 버티고 버텨서 전문가가 되어야 합니다. 행복감과 성장감은 바로 그 무기가 되어줄 테니까요.

÷ ADHD라는 오명 ÷

자녀나 자기 자신의 주의력이 떨어진다는 생각에 힘들어하시는 분들이 꽤 많습니다. 저는 강의를 많이 하는 편인데 제 강의를 들으면서 웃고 있는 청중 분들 중 절반 정도는 '재미있긴 한데 언제 끝나지?'라고 생각하시겠지요? 이해합니다. 말하는 것보다 듣는 게 훨씬 힘들거든요. 그래서 전무님은 세 시간을, 사장님은 다섯 시간을 혼자 연설하시는 건지도 모르겠어요.

저도 가끔씩 다른 사람의 강연을 들으면 진이 빠지더라고요. 30분이 넘어가니까 나가고 싶다는 생각도 들어요. 물론 내용에 관심도 있고 강연자의 실력이 훌륭함에도 힘들다는 감정이 동시에 듭니다. 뇌에서 상반된 감정을 동시에 느끼는 것은 전혀 이상한 일이 아닙니다.

재미있지만 나가고 싶고, 후회하면서도 만족할 수 있으며, 사랑하면서도 미울 수 있고, 불행하면서도 행복할 수 있습니다. 안 좋은 것을 막아내는 매커니즘과 좋은 것을 취하려는 시스템은 각각 다르게 작동하기 때문이에요.

제 아내는 저와의 결혼을 후회할까요? 가끔 하는 것 같습니다. 특히 옆집 남편과 비교할 때요. 옆집 남편은 7시 전에 들어와 아이들과 놀아주고 가사 일을 돕는데 저라는 사람은 그렇지 못하거든요. 오늘 나가면 내일 새벽에 들어오고 이따금 술에 취해서 들어오니 속이 터지겠지요. 옆집의 자상한 남편과 비교하면 할수록 '나는 왜 저놈과 결혼했을까……' 하는 후회가 밀려올 것입니다.

반대로 만약 옆집 남편이 사이코패스라면 우리 아내가 만족할까요? 옆집 남편과 나를 비교하며 '그래도 우리 남편은 사이코패스가 아니라서 참 좋다' 하며 저에게 애정을 느낄까요? 그렇지는 않을 겁니다. 아내의 행복은 옆집 남편과 상관없습니다. 아내의 행복은 제가 잘할 때 커집니다. 옆에서 아양도 떨고 선물도 주고 어려운 일도 해결해 주면 '이 남자랑 결혼해서 좋은 것도 있네?' 하며 만족할 것입니다.

만족의 감정은 그 대상 자체에서 나오고, 불행은 다른 것과의 격차로 느낍니다. 전혀 다른 시스템이 작용되기 때문에 후회하면서도 만족할 수 있지요. 그러니 꼭 '후회 없는 경기를 했기 때문에 만족합니다'라고 말할 필요는 없는 거예요. 후회를 하지만 만족할 수도 있는 게 사람 마음이거든요.

특히 한국인은 양립할 수 없는 두 가지 감정을 동시에 느끼는 분야에서 독보적인 민족입니다. 한국어의 많은 단어와 문장이 다양한 감정 표현에 특화되어 있거든요. 외국인 연구자를 만나면 감정과 관련된 한국어의 어휘는 너무 많은 것이 한꺼번에 들어 있어서 번역이 힘들다는 이야기를 듣곤 합니다.

일단 '섭섭하다'를 예로 들어볼까요? 사전에서 찾으면 일차원적으로 'disapoint'로 번역되는 경우가 있습니다. 그런데 한국인들은 다들 느낄 겁니다. 실망하다와 섭섭하다는 다른 말이라는 것을요.

섭섭하다라는 말은 전혀 다른 코드의 꽤 많은 감정들이 섞여 들어가 있는 십전대보탕 같습니다. 일단 둘 사이가 깊다는 것을 전제로 해야 합니다. 처음 만난 사이에 섭섭하기는 쉽지 않잖아요. 오래 알고 지내서 정도 좀 들어야 해요('정'이라는 말 또한 번역이 쉽지 않죠). 거기에 'sad(슬픔)' 한 스푼, 또 'angry(화남)' 한 스푼이 더 들어갑니다. sad는 고개를 숙이는 감정이고 angry는 고개를 쳐드는 감정인데 방향이 다른 두 감정이 팽팽하게 잡아당기는 모양새입니다. 그것만으로도 어려운데 한국인들은 여기에 더 엄청난 어휘를 붙이곤 합니다. '시원섭섭하다.' 외국인 연구자는 무릎을 꿇고 마는 것이죠.

잠시 이야기가 한국어로 샜지만 심리학에서는 전혀 다른 두 감정의 공존을 아주 당연하게 받아들입니다. 재미있지만 집중이 어려운 것은 이상한 일이 아니에요.

저도 사실 집중력이 좋은 편이 아닙니다. 솔직히 말하면 논문을 30분 이상 읽을 수가 없어요. 30분을 읽은 다음 잠시 다른 것을 하고 돌아와 다시 30분을 읽는 식으로 일을 진행합니다. 만약 제가 한 자리에서 40분을 넘어 50분 넘게 책을 보고 있다면 그건 읽는 척하는 거예요. 아무도 보지 않는 곳에서도 내가 나 자신에게 '척하는' 경험 다들 있지 않나요? 저도 이런 나 자신에게 속아 넘어 갈 뻔했지만 이제 30분 이후에 집중하는 내 모습은 거짓이라는 것을 인정하게 되었습니다. 집중력이 짧으니 영화 보는 것도 어렵더라고요. 영화 한 편을 얌전히 앉아서 보긴 봤는데 후반부 내용은 잘 기억이 안 나는 경우도 많아요. 그래서 같은 영화를 여러 번 본 경험이 저는 참 많습니다.

물론 집중력이 뛰어난 사람도 있습니다. 타고난 경우도 있지만 그의 의지와는 상관없이 상황이 만들어주는 집중력도 있어요. 시험 전날엔 바둑 채널도 재미있습니다. 낚시 채널을 틀어봐도 흥미 진진합니다. 나에게 이처럼 엄청난 집중력이 존재했는지 신기할 정도입니다. 세상 하기 싫은 시험공부가 버티고 있으니, 그것 아닌 다른 것들이 모두 재미있게 느껴지는 것이지요.

집중할 수 있는 시간과 분야는 사람마다 다릅니다. 저는 여러 분야에 두루두루 관심이 많은 편입니다. 그래서 웬만한 것에는 적당히 흥미를 보이고, 30분 정도 강하게 집중합니다. 꽤 재미있는 주제라면 40분 정도는 집중하고 그 외의 시간은 흘려보내지요.

어떤 분들은 관심의 범위가 좁은 대신 집중의 시간이 긴 경우도 있습니다. 적은 확률로 극단적인 집중력을 보이는 유형의 사람들이 존재합니다. 심리학에선 그런 유형을 'Fit Theorists(적합 이론가)'라고 부르지요. 말 그대로 나에게 딱 맞는, 어울리는 무언가가 맞아떨어질 때 놀라운 집중력을 발휘하지만 반대로 나와 맞지 않는 분야에는 거의 집중을 못하는 유형입니다. 반면 어떤 일이든 그것에 대한 열정과 의미가 점차적으로 증가하는 'Develop Theorists(개발 이론가)' 유형도 있습니다.

저처럼 듬성듬성 어울리는 인간들은 웬만큼 재미있는 분야에도

• 집중 유형에 따른 심리학적 구분

÷	적합 이론가 (Fit Theorists)	개발 이론가 (Develop Theorists)
특징	자신에게 적합한 일을 만나야만 열정이 생성됨	어떤 일이든 그것에 대한 열정과 의미가 점차적으로 증가함
적성 찾기	'다양한 분야의 일을 해보아야 함	일정 카테고리 안에서 직무를 변경해야 함
진로 선택의 기준	정말 좋아하는 것을 찾아라	정말 싫은 것을 피하라

30분 정도 집중하고 아주 재밌더라도 40분 이상 집중하지 못하지만 적합 이론가 유형은 맞는 분야에서는 열 시간 이상, 그렇지 않은 분야에서는 5분 정도도 집중하는 걸 어려워합니다. 본인에게 맞는 분야를 찾는 건 그만큼 어렵겠지요. 안타까운 사실은 이런 분들이 유년기를 거쳐 청년기까지 주의력 결핍 과잉행동 장애ADHD로 오해받는 경우가 많다는 것입니다.

얼마 전에 제 친구이자 정신과 전문의인 류한욱 원장을 통해 들은 이야기입니다. 어느 날, 류 원장의 병원에 한 청년이 찾아왔다고 합니다. 진료 기록과 기억을 더듬어 보니 구면이라는 것을 깨달았습니다. 약 10여 년 전, ADHD 치료를 받기 위해 부모님과 찾아왔던 적이 있었거든요. 당시에는 지나치게 불안정하고 산만한 모습이었기에 누가 진료를 해도 ADHD 진단을 받았을 소년이었습니다. 물론 류 원장도 그 아이에게 ADHD 판단을 내렸지요.

청년이 된 환자는 전혀 다른 이유로 류 원장을 다시 찾아왔습니다. 직장 생활 중 상사로부터 당한 괴롭힘 때문에 트라우마 치료가 필요했던 거예요. 환자의 사연은 대략 이와 같았습니다.

학교를 졸업하고 여러 일을 했지만 산만한 성격 때문에 적응하기가 어려웠습니다. 그러던 중에 소스를 만드는 작은 기업에 입사하게 되었지요. 잼이나 오일 등 다양한 맛과 재질의 소스를 개발하는 일이었어요. 꽤 재미있었고 열심히 했습니다. 시간이 어떻게 흘러가는지 모를 정도로요. 사실 처음엔 제가 기면증에 걸렸다고 생각했어요. 아침에 출근을 해서 일을 하다가 문득 정신을 차려 보면 이미 저녁이 되어 있었거든요. 잠시 기절을 한 건 아니었을까 고민도 했지만, 만약 제가 정말로 쓰러졌다면 다른 사람들이 병원에 데려갔겠지요. 그런데 그런 일은 없었습니다. 다들 "열심히 하네?"라고 어깨를 두드리며 퇴근을 할 뿐이었지요. 그제야 제가 끼니도 거르고 일에 집중했다는 사실을 알게 되었습니다. 실제로 일하느라 밥 먹는 것을 잊다 보니 체중이 20kg 넘게 줄어서 따로 치료를 받을 정도였지요.

그런데 저의 성장이 빠르고 일의 결과가 좋으니 사장님이 저를 다르게 대했습니다. 처음에는 좋게 보았지만 나중에는 두렵게 느껴졌는지 견제하고 괴롭혔어요. 결국 하지도 않은 도둑질을 했다고 몰아서 회사에서 쫓아내기까지 했습니다. 그때의 상처가 너무 커서 견디기 힘듭니다.

청년의 성장은 과연 소스의 신이라고 불릴 만했습니다. 하지만 사장 입장에선 본인이 30년을 걸려 이룬 일을 1년 안에 해내는 어린 후배를 보니, 덜컥 겁이 났겠지요. 그래서 못난 모습을 보인 것입니다. 류 원장은 이런 일을 겪은 것은 당신 탓이 아니며 적성을 찾았으니 좋은 일이라며 상담을 잘 마무리했다고 합니다. 그러나 마음이 마냥 좋지는 않았는지 그날 저녁 저와 함께한 술자리에서 눈물을 보이더군요.

소년이었던 그 청년에게 잘못 진단한 것이 미안하고 마음이 아팠던 것입니다. 눈치 채셨겠지만 그 청년은 ADHD가 아니었습니다. 아주 전형적인 적합 이론가 유형이었습니다. 그러니 도끼자루 썩는 줄 모르고 소스 개발에 집중할 수 있었던 것이지요. 한국의 경우, 최근 ADHD 진단과 기준이 보편화되기 시작하면서 ADHD 최다 발생국이 되었지요. 정보가 대중화되고 진단 기준이 많은 이들에게 알려지면서 그 질환으로 분류되는 사람이 늘어나는 건 당연한 흐름입니다. 그러나 한편으론 집중력이 남들보다 조금 떨어지는 평범한 사람들이 자기 자신이나 자녀를 ADHD로 낙인찍고 행복하지 못한 삶을 살 가능성도 큽니다. 현재 ADHD로 판정받은 상당수의 분들이 사실은 적합 이론가 유형이라는 사실에 조금 더 집중해 주시길 바랍니다.

만약 내가 적합 이론가 유형이라면 어떻게 해야 할까요? 나에게 딱 맞는 일을 찾을 때까지 다양한 일을 시도해 보는 게 좋습니다. 만약 야구를 하다가 잘 맞지 않으면 사무직도 해봐야지요. 사무직이 잘 맞지 않으면 영업직도 해봅니다. 그게 아니라면 요리도 해보고, 강의도 해봅니다.

만약 내가 개발 이론가 유형이라면 이야기가 다릅니다. 지금 내 일이 마음에 들지 않는다고 섣불리 다른 선택을 했다가는 자칫 불행해질 수도 있어요. 이런 유형의 사람들은 직업이 아니라 직무를 바꾸는 것을 추천합니다. 만약 야구를 했는데 잘 맞지 않았다면 포수에서 야수로 바꿔보는 방식이지요. 야수도 맞지 않으면 프런트도 해보는 겁니다. 이렇게 가장 싫은 것을 피해가다 보면 얼추 적성에 맞게 되어 있지요. '얼추, 얼추, 얼추.' 이 '얼추'가 여러 번 더해지면 꽤 정확도가 높아집니다.

저는 아주 전형적인 개발 이론가 유형으로 싫은 것을 피하는 과정에서 지금의 직업을 갖게 되었습니다. 대학교에 진학하면서 전공을 골라야 하는데 경영학과랑 법학과는 죽어도 못 가겠더라고요. 너무 재미없어 보였기 때문입니다. 그나마 덜 싫어서 고른 것이 심리학과였습니다.

심리학 안에서도 분야는 다양했습니다. 어느 날은 시지각 심리학 수업을 듣는데 너무 어렵더라고요. 눈의 깜빡임이나 피부의 자극, 소리나 형태의 감각을 느끼는 매커니즘을 심리학과 연결한 학문이었어요. 그래서 도망치듯 가장 멀리 떨어진 분야를 골랐는데 판단과 의사결정을 돕는 인지심리학이었습니다. 그리고 아직까지 인지심리학자로 일하고 있답니다.

이 책을 읽는 독자 중 대부분은 아마도 이미 직업을 갖고 있는 성인일 텐데 제가 진로에 관한 이야기를 너무 길게 했나요? 하지만 40대도 50대도 내 적성을 알아야 합니다. 우리는 120세까지 살아야 하는 슬픈 운명의 세대니까요.

지금의 직장에서 하는 일은 나의 첫 번째 커리어에 지나지 않을지도 모릅니다. 우리는 오래 살아야 하고 오래 일해야 하며 계속 성장해야 합니다. 그리고 그 과정에서 행복을 에너지로 사용해야겠지요. 그러기 위해 알아내면 좋겠습니다. 나는 좋아하는 것을 찾아야 하는 사람인지, 싫어하는 것을 피해야 하는 사람인지를요. 만약 결과가 안 좋으면 패를 바꿔보면 어떨까요? 나에 대해 정확하게 아는 것은 때론 삶의 무기가 되어주니까요.

『행복의 기원』의 저자이신 서은국 교수님은 사랑하는 사람과 맛있는 음식을 먹는 것이 인간의 최대 행복이라고 이야기했습니다. 정신없는 현대 문명 속에 살고 있지만 사실 호모사피엔스의 뇌는 원시 시대에서 크게 벗어나지 못하고 먹을 것과 사람에 행복을 느끼도록 설계되었습니다.

나의 행복을 위한 까다롭고 복잡한 조건들은 잠시 내려놓고 오늘 저녁만큼은 소중한 사람들과 맛있는 식사를 나눠 먹으면 어떨까요? 매일 행복의 빈도가 넘치도록 쌓이는 인생이 될 것입니다.

3장

일을 해나가는 지혜

지금 30~40대 직장인 분들, 일하기 참 힘드시죠? 조기 퇴사를 꿈꾸시나요? '애들 학교 졸업하면 나도 좀 푹 쉴 수 있겠지'라고 생각하시나요? 안타깝지만 어려우실 겁니다. 나이가 들어서도 무조건 일해야 하는 시대가 오고 있으니까요.

제가 태어난 1970년도에 대한민국에서는 108만 명의 아기가 탄생했다고 합니다. 그다음 해 즈음엔 출생인구가 110만 명을 넘어갔지요. 그렇다면 2022년에는 몇 명의 아기가 태어났을까요? 25만명을 웃돌 것으로 예측했지만 실제로는 그보다도 적은 24만 9천명이었습니다. 학자들은 2026년에는 채 20만 명도 태어나지 않는다고 예측하지요. 인구가 5분의 1 정도로 줄어든다는 말입니다.

우리의 다음 세대들은 우리를 먹여 살리지 못한다는 것. 이게 바로 우리나라의 준엄한 현실입니다. 게다가 수명은 길어집니다. 인구통계학, 의학, 생물학, 의공학, 심리학, 뇌과학 등 다양한 분야의 연구자들이 인간의 수명을 추정합니다. 모두들 입을 모아 하는 이야기가 100세를 넘기는 것은 기정사실이며, 지금 태어나는 아이들은 심지어 130세 넘어서도 살 수 있을 것이라고 하더군요.

수명이 길어졌다는 소식이 반갑지만은 않은 게 그만큼 길게 일해야 한다는 뜻이기도 하니까요. 분명한 건 전대미문의 기록 경신은 이미 이루어졌다는 것. 그리고 20세에서 50세까지 일하는 고전적 경제 모드로 진행된다면 우리나라는 조만간 보기 좋게 망한다는 사실입니다. 시뮬레이션 했을 때 지금의 40~50대는 85세까지는 일한다고 생각해야 할 것입니다.

더 이상 젊었을 때 바짝 고생해서 일하는 시대는 지나갔습니다. 그런데 일에 대한 고민은 줄어들지 않네요. 매일 습관처럼 일터로 출근하면서 기쁨의 콧노래를 부르는 사람이 얼마나 될까요? 누구나 한번쯤 이런 생각을 해보았을 것입니다.

"지금 하는 일이 벅차요."
"잘하는 일을 할까요, 하고 싶은 일을 할까요?"
"무슨 일을 하면서 살아야 할지 모르겠어요."
"모든 일에 무기력합니다."

"영속성 없이 대체되는 직업이 무의미하게 느껴집니다."

"완벽주의적인 성격 때문에 매번 지칩니다."

　나에게 경제적인 도움을 주고, 나를 성장시켜 주고, 어쩌면 삶 그 자체이기도 한 일. 그리고 앞으로 몇십 년 이상은 나와 떨어질 수 없는 일. 지금부터 일에 대해 허심탄회하게 이야기를 나누어 볼까 합니다.

✤ 당신의 두 번째 인생, 군대에서! ✤

이제 '퇴임'의 뜻이 바뀌는 날이 올 것입니다. 예전에는 기업에서 퇴임을 맞이하게 되면 두둑하게 퇴직금을 받고 여유 있게 노년을 보내다가 세상을 떠나는 인생을 떠올리곤 했습니다. 그런데 이제부터 '퇴임'은 첫 번째 커리어가 끝난다는 뜻으로 받아들여질 것입니다. 그리고 곧 두 번째, 세 번째 커리어가 다가오고 또 지나가겠지요. 인간은 진짜 오래 살 테니까요.

적어지는 인구만큼 빠져나가는 사회의 빈자리를 어떻게 채워야 할지 고민하는 것도 학자들의 임무입니다. 박사 과정을 밟고 있는 저의 제자 중 한 명도 미래 시뮬레이션에 대한 연구를 본격적으로 진행했지요. 그의 보고서를 검토하던 저는 그만 웃음을 '빵' 터뜨리고 말았습니다. 목차 중 한 부분에 〈50대 남성의 재입대 프로젝트〉라고 버젓이 쓰여 있지 않겠습니까? 중년의 남성들을 다시 군대로 보내서, 부족한 군 인력을 메우고 새로운 일자리를 창출하는 게 가능하다는 의견이었지요.

놀랍지 않습니까? 저는 이 기가 막힌 아이디어를 육군 관계자들과 만난 자리에서 은근히 흘려보았습니다. 반응이 놀랍더군요. 제 딴에는 농담이라고 한 말인데 그분들은 절대 농담으로 받아들이지 않으셨습니다. 그도 그럴 것이 현재 국군 수는 60만 명 정도인데 해마다 새로 태어나는 아이의 수가 3분의 1 수준이니까요. 그중 사내아이는 10만 명 남짓일 텐데 그 빠진 인원을 무엇으로 메운단 말입니까. 아무리 AI, 로봇, 무인 드론의 시대가 온다고 해도 급격하게 감소하는 인구를 따라잡기엔 역부족이니까요. 그렇다고 여성도 군대에 보내자고 하면 출산율은 더 급격하게 하락하겠지요.

이 슬프고도 불안한 현실을 해학적으로 풀어내려는 심산인지, 저희 대학원생은 보고서에 당당히 카피까지 적었더라고요.

"당신의 두 번째 인생, 아미army(군대)에서!"

참 재미있는 친구지요. 물론 아주 허무맹랑한 말은 아니라고 생각합니다. 그리고 긍정적인 면도 존재할 것 같아요. '다양성'이란 측면에서 보면 말이지요. 20~30여 년 동안 외부에서 전혀 다른 일을 하던 분들이 군대라는 곳에 함께 모여 스태프의 역할을 하는 모습을 생각해 보니, 꽤 긍정적인 효과가 기대되기도 합니다.

다양성은 꽤 힘이 셉니다. 다양성이 있어야 강해지고, 위기를 넘기는 힘도 세지지요. 2차 세계대전 당시 엄격한 규율과 군사력을 갖춘 일본군이 패망한 이유 중 하나로 손꼽히는 것이 바로 다양성의 부재였습니다. 지휘관의 어리석은 명령에도 충성을 다했고 변수에 대한 대처 능력이 떨어졌지요.

반면 군기가 안 잡혀 있다며 같은 연합군에게도 손가락질을 받던 미군이 위기 상황에서 오히려 빛을 발할 수 있었던 것은 다양성을 인정하는 문화 덕분이었습니다.

똑같은 인간들이 모여 있으면 바보가 됩니다. 기업에서도 마찬가지입니다. 이질적인 사람들이 모여 수평적 대화가 이루어지는 곳이 가장 이상적인 환경이라고 볼 수 있지요. 만약 이런 장면이 가능하다면 고리타분한 한국 군대라는 조직에도 좋은 변화의 바람이 불어올지도 모르겠습니다.

참고로 중년 남성의 신체 능력도 나쁘지 않다고 하네요. 한국전쟁이 끝난 직후의 20대보다 현재 40대의 신체 능력이 훨씬 뛰어나다는 연구 결과도 있습니다. 연구원은 나름 이 프로젝트에 진심이었는지 주관식 문항을 준비하여 설문조사까지 했습니다. 40대인지 50대인지 나이와 인적 사항을 묻고, 다양한 조직과 관리 인력의 필요성에 대해 설파한 후 군대에 다시 갈 의향이 있는지를 확인하는 조사였지요. 아니나 다를까. 중년의 남성들은 10억 원을 준다고 해도, 아니 나를 당장 죽인다고 해도 절대 재입대만큼은 하지 않겠다는 답변을 남겼습니다. 반전은 남성들의 배우자들에게서 나왔습니다. 비슷한 내용의 설문을 가족에게 했더니 적극 찬성하더랍니다. 주관식이다 보니 깨알 같은 소망도 만날 수 있었지요.

'병영 생활 위주로 부탁합니다.'

'통근은 안 됩니다. 군은 단결이잖아요.'

'파병도 좋습니다. 가능하면 위험한 곳으로요.'

✛ 정해진 미래 ✛

인구학자 조영태 교수는 인구의 추이에서 인류의 미래가 보인다고 이야기합니다. 핵전쟁이 일어나서 급작스럽게 멸망하지 않는 한, 인구가 증가하고 감소하는 추세를 통해 앞으로의 세상을 예측할 수 있다는 말이지요.

많은 학자들이 중국의 미래를 위태롭게 전망하고 있는데 그 이유도 역시 인구 때문입니다. 한국의 인구감소율도 심각하지만 현재 성인 인구가 압도적으로 많은 중국의 경우, 훗날의 아이들이 감당해야 할 기성세대의 비율도 많아, 심각한 불균형이 예상됩니다. 많은 분들에게 알려진 조영태 교수의 저서 제목은 『정해진 미래』입니다. 변동성이 큰 미래가 아니라 이미 운명이 확실하게 정해진 미래라는 뜻입니다.

오래 산다는 것은 피할 수 없는 운명입니다. 그러니 받아들여야겠지요. 2030년부터는 전업주부들의 리턴 비율도 높아질 것입니다. 그래서일까요. 요즘 많은 주부 분들이 다양한 분야에서 공부를 하고 있어요. 경력이 단절된 지 꽤 많은 시간이 지났지만 자신의 기량을 더 이상 녹슬게 해서는 안 되겠다는 강력한 느낌을 받은 것이지요. 지금은 마이너리그에 있지만 조만간 메이저리그에서 '콜업call-up'할 것이라는 강력한 예감을 느끼셨던 것 같아요.

실제로도 '경단녀'라는 단어의 언급 자체가 과거에 비해 줄고 있습니다. '청년 실업'이라는 단어도 마찬가지예요. 이제 그런 특정 연령대나 성별의 규정이 무의미할 만큼 인력 부족이 큰 사회적 문제로 대두될 것입니다.

코로나19로 인한 거리두기 때문에 한동안 한적했던 강남역의 술집들도 요즘엔 다시 북적거립니다. 오랜만에 약속이 있어 다시 예전 분위기를 느끼려고 거리로 나갔는데 의외로 11시가 넘자 문을 닫는 집들이 많아졌어요. 코로나 때문이 아닙니다. 아르바이트할 청년이 없기 때문이에요. 최근 2년 사이에 수도권에서만 아르바이트로 일할 청년이 12만 명 정도 사라졌다는 분석이 오가고 있습니다. 2020년, 2021년에는 한참 거리두기를 하느라 눈치 채지 못하고 있었던 것입니다. 청년 인구가 가파르게 줄어들어 이제 아르바이트 직원도 구하기 힘든 세상이 왔어요.

조영태 교수는 이렇게 말합니다. "2020년에 6만 명, 2021년에

6만 명이 줄어든 게 아니라 2020년에 5만 명, 2021년에 7만 명 정도 줄어든 것으로 계산해야 한다."

인구 감소의 경사로는 가파르게 떨어지고 있습니다. 파이어족은 포기해야 하고, 국민연금도 기대하는 것보다 훨씬 더 나중에 받게 될 것입니다. 혹자는 연금 고갈의 문제는 수학이 아니라 내구성으로 풀어가야 한다고 말하더군요.

✦ 다시, 인턴의 시대 ✦

이와 같은 한국의 미래를 정확하게 예견한 할리우드 영화가 있습니다. 실제로 영화 제작 과정에서 심리학 자문을 꼼꼼하게 받은 것으로 알려져 있는데, 그래서일까요? 대사 하나하나가 남다르게 느껴지더군요. 바로 영화, 〈인턴〉입니다.

많은 연구자들이 〈인턴〉의 이야기는 개인의 특별한 경험이 아니라 곧 일반적이고 보편적인 사회 경험이 될 것이라고 합니다. 그리고 가장 먼저 그 경험을 만나게 될 국가로 '한국'을 꼽지요. 전 세계 평균보다 가파른 인구 감소 속도, 그리고 나이에 비해 녹슬지 않은 중장년층의 기량 때문입니다. 곧 우리에게 일어날 일이라고 생각하고 〈인턴〉을 다시 한번 보시길 추천드립니다.

70세 노인인 벤(로버트 드니로)은 어느 날 30세 여성 CEO 줄스(앤 해서웨이)가 있는 회사에 출근합니다. 공교롭게도 새 직장은 자신이 평생 청춘을 바쳐 일했던 회사의 건물과 같은 곳에 있습니다. 벤이 원래 하던 일은 전화번호부를 만드는 일이었어요. 지금은 사라진 산업이지요. 영화의 초반, 이메일을 못 보내서 낑낑거리는 벤의 모습은 짠하게 느껴질 정도입니다. 미국에서는 이메일을 못 보내는 70대 노인을 흔하게 볼 수 있지요. 그에 비하면 우리나라는 참 '어메이징' 하다고 느껴집니다. 얼마 전 지하철을 타니까 최소 80대로 보이는 어르신이 막걸리 한잔 걸친 얼굴로 인스타그램에 올릴 사진을 편집하고 계시더군요.

이 영화의 제목은 '인턴'이지만 실제 내용은 '코치'에 가깝습니다. 초반 30분 정도 헤매던 벤은 나머지 시간 동안엔 아주 지혜로운 모습으로 줄스에게 멘토링을 해주지요. 실제로 미국에 공개된 이 영화의 부제는 '경험은 결코 늙지 않는다experience never gets old'랍니다.

70대인 벤의 인생 경험과 조직 관리 능력, 위기 해결 방식과 동료들을 대하는 애정과 기술은 절대 녹슬지 않았습니다. 전혀 다른 사업군에서도 그의 지혜는 충분히 도움이 되었지요.

인생은 장기전이라고 생각해야 합니다. 일은 아무리 해도 재밌어지지 않지만 어차피 우리는 일을 계속해야 하는 시대에 살고 있으니까요.

제 아내 이야기를 잠시 해드릴게요. 아내는 잠을 아주 많이 자는 사람이랍니다. 어찌나 많이 자는지 제가 집을 나갈 때 잠들어 있었는데 들어와도 주무시고 계시더라고요. 가끔 숨이 붙어 있는지 코 밑에 손가락을 대볼 때도 있습니다. 정말이지 투탕카멘이랑 사는 기분입니다.

잠만 많이 자는 게 아닙니다. 시간에 쫓기며 일에 얽매이는 것보다는 자유롭게 사유하고 예술을 즐기는 것을 꿈꾸는 사람이에요. 그런데 그런 아내가 어느 날부터 갑자기 식물에 대한 공부를 시작했습니다. 취미로 한번 해보는 게 아니라 본격적으로 일을 구할 태세였습니다. 돈이 궁하냐면 그것도 아닙니다. 남편이 박사 과정 때까지만 해도 경제적으로 힘들었겠지만 지금은 그때에 비하면 풍요로운 생활을 하고 있으니까요. 놀란 제가 물었습니다.

"당신 갑자기 무슨 일이야? 일하는 게 제일 싫다던 사람이?"

그러자 아내가 책에 눈을 박은 채 무심하게 대답하더군요.

"오래 살 것 같아서. 이대로는 안 될 것 같아."

아내는 직관적으로 자신의 긴 인생을 보고 있었던 것입니다. 우리 인생이 60세에서 끝난다면 지금처럼 재미있게 놀다가 죽음을 맞이해도 무방합니다. 그러나 안타깝게도 수명은 너무 길어졌고, 일하지 않고 남은 생을 버티려니 그 고요한 평화가 무의미하게 느껴질까 봐 걱정이 된 모양입니다. 우리가 일을 하는 가장 큰 이유 중 하나는 의미와 보람 때문입니다. 일 자체를 즐긴다는 표현은 위선일 수도 있지만 일을 마치고 느껴지는 성취감, 기쁨, 긍정적인 심리는 존재한다는 것, 이제 이해하시겠지요?

✛ 가끔은 스위치를 끄세요 ✛

구글에서 '편안한 자세'라고 치고 이미지를 검색해 보십시오. 소파에 비스듬히 기대어 앉아 리모콘을 돌리는 사람, 벤치에 벌러덩 누워 책을 읽는 사람, 최고급 안마 의자에 몸을 파묻고 지그시 눈을 감고 있는 사람 등 세상 행복해 보이는 사진들이 나옵니다.

내가 지금 불편한 자세로 바쁘게 일하고 있다면 부러운 마음에 한숨이 다 나올 정도입니다. 더욱 편안한 자세를 꿈꾸게 되지요. 그러나 우리는 모두 알고 있습니다. 아무리 세상에서 가장 편한 자세라도 막상 한 시간 이상 꼼짝 않고 유지해야 한다면 지옥이 펼쳐진다는 사실을요.

아무리 휴식이 필요하다지만 휴식만 하면 몸과 정신이 상합니다. 엉덩이도 가끔 들썩여줘야 하고, 고개도 돌려줘야 합니다. 왔다갔다 다리도 움직이고 스트레칭도 해줘야 해요. 마찬가지로 일을 너무 많이 해서 번아웃이 오는 게 아닙니다. 그 일만 해서 번아웃이 생기는 거예요.

우리 주변에는 다른 사람보다 많은 일을 처리하는데도 지치지 않고 언제나 활기를 유지하는 사람들이 있습니다. 그들의 특징은 마치 스위치를 켜고 끄듯 일의 종류를 자주자주 바꿀 줄 안다는 것입니다. 인지심리학자들은 그 능력을 'voluntary switch', 즉 자발적 전환이라고 부릅니다. 자발적 전환에 능한 사람은 번아웃과 관련된 무기력에 쉽게 빠지지 않습니다. 반면, 출근해서 퇴근할 때까지 한 가지 일만 꾸준하게 하는 사람도 있습니다. 멀리서 지켜볼 땐 마치 꽤나 심지가 굳은 인물 같아 보여요. 그러나 심리학자인 저는 그의 상태가 걱정됩니다. 그가 일하는 시간은 고통을 누르는 과정일 테니까요.

매일 저녁, 일이 끝나면 물에 젖은 솜처럼 몸과 마음이 지쳐버리나요? 그땐 내가 일을 대하는 방식을 고민해 보세요. 한 우물만 파는 게 늘 좋은 건 아닙니다. 가끔은 자발적으로 스위치를 켜고 끄는 지혜도 알아야 하니까요.

✦ 높은 목표, 겸허한 수용 ✦

일 때문에 지치는 또 다른 이유는 결과에 대한 해석 때문입니다. 평소 심리학에 관심이 많은 분들은 '아들러'라는 학자의 이름을 한 번 정도는 들어보셨을 것입니다. 아들러의 심리학 하면 꼬리표처럼 따라오는 말이 '높은 목표, 겸허한 수용'이라는 문장이지요.

그의 주장에 따르면 목표는 높게 잡는 것이 좋습니다. 쉽게 달성하고 싶은 마음에 목표를 너무 낮게 잡아버리면 해낸 이후에도 성취감을 느낄 수 없으니까요.

물론 목표가 높으면 실패할 확률도 커집니다. 목표를 80으로 잡았는데 결과는 75가 나온다면 실망할 수밖에 없지요. 그렇다고 해서 목표를 20으로 잡는 건 어리석은 행동입니다. 30 정도만 했는데도 목표를 훌쩍 넘어버리면 그는 더 이상 노력을 안 하게 되니까요. 더 많이 시도하고 더 높은 역량을 끌어올리기 위해서는 높은 목표를 세우는 게 분명히 유리하다는 이야기입니다.

목표를 달성하지 못했을 때 대부분의 사람들은 좌절합니다. 이때 필요한 것이 '겸허한 수용'이에요. 개인과 조직 모두 결과를 있는 그대로 받아들이고 적절한 목표로 수정, 보완하는 과정이 있어야겠지요. 그것을 제대로 하지 못해 괴로움에 빠져버리면 일터는 지옥이 됩니다.

실제로 영업 분야에서 일하는 많은 분들이 마음에 들지 않는 조직원을 내칠 때, 이 방법을 사용한다고 하지요. 지나치게 높은 목표를 주고 달성하지 못할 시 꾸짖는 일을 되풀이하면 실패를 견디지 못한 조직원은 퇴사를 결정할 수밖에 없으니까요.

✧ 완벽주의의 폐해 ✧

'완벽'이라는 언어가 가진 매력 때문일까요? 한국 사회에서는 유난히 완벽주의에 대해서 높게 평가하는 경향이 있습니다. "어유, 그 사람은 완벽주의자야"라는 말을 들으면 '음, 성격은 까칠해도 능력이 뛰어난 사람이군'이라는 생각을 하게 되지요.

하지만 심리학자들의 생각은 다릅니다. 조금 더 정화한 언어로 완벽주의를 다시 정의하자면 '일의 실수가 있음을 용납하지 않는 주의'거든요.

즉, 완벽주의자들은 본인이 완벽하지 않다는 것을 숨기는 사람, 스스로의 잘못을 인정하지 않는 사람이라고 볼 수 있습니다. 이처럼 언어의 함정에 빠져 실제 현상을 제대로 보지 못하는 일은 어느 문화권에서나 존재합니다. 내가 막연하게 내렸던 정의를 조금만 바꿔보면 그동안 무엇이 잘못되었는지 금세 알 수 있지요.

   제 친구 중에도 이런 사람이 있습니다. 그 녀석은 분명히 본인이 잘못한 일인데도 극구 그 사실을 인정하지 않고 고집을 피웁니다. 일이 잘못되거나 실패하면 남 탓을 하기에 바빠요. 일을 제대로 가르쳐주지 않은 동료 때문이고, 기계가 오작동한 탓이며, 시스템이 잘못되었기 때문이래요. 깔끔하게 잘못만 인정하면 참 좋을 텐데 그 친구는 대체 왜 그러는지 모르겠습니다.

   상사 중에서 이런 완벽주의자가 있다면 그것도 참 골치 아픕니다. 실수는 분명 본인이 해놓고도 부하직원을 매섭게 나무라지요. 심지어 혼내는 것을 넘어서서 인격적인 공격까지 하니 가스라이팅이 따로 없습니다.

   혹시 나의 상사나 선배 중에서 완벽주의자가 떠오르나요? 아니면 나 자신에게서 완벽주의자의 모습을 발견하셨나요? 슬프게도 우리는 어른이 되어가면서 내 안의 완벽주의가 점차 커지는 것을 느끼게 됩니다.

   무엇이 우리를 완벽주의자로 만들까요? 심리학자들은 한 인간이 자라나는 과정에서 부모로부터 받은 영향력을 중요하게 생각합니다.

   완벽주의자 성향을 가진 친구들의 어린 시절을 들여다볼까요?

학창시절, 시험이 끝나고 채점을 하는 상황입니다. 모두들 100점을 받으면 참 좋겠지만 한두 문제 틀려서 90점을 받을 때도 많아요. 대부분의 평범한 친구들은 100점을 못 받았다는 사실을 아쉬워하며 다른 친구들에게 물어봅니다.

"야, 너 이 문제 맞았어? 어떻게 푸는 거야?"

이처럼 자기가 틀렸다는 사실을 밝히고, 다른 사람에게 물어보는 것은 더 나은 다음을 기약하는 이들의 보편적인 행동입니다.

그러나 완벽주의 성향이 강한 사람들은 남에게 물어보지 않습니다. 누군가에게 질문한다는 것은 나의 약점을 인정하는 지름길이니까요. 눈치 없는 친구들이 "너 몇 점이야? 어떤 문제 틀렸어?"라고 집요하게 물어도 입을 꾹 다물고 있습니다. 내 약점은 절대 알려주고 싶지 않으니까요.

심리학자들은 지나치게 엄격한 부모가 자녀를 완벽주의자로 만든다고 분석합니다. 부잣집이든, 평범한 집이든, 부모가 고학력이든, 그렇지 않든 가훈이 '주마가편走馬加鞭'인 것처럼 행동하는 집들이 종종 있습니다. 달리는 말에 채찍질을 하듯 자녀를 계속 몰아세우는 거예요.

그 집 아이는 못해도 혼나고 잘해도 혼납니다. 80점을 맞으면 점수가 형편없다고 혼나고, 100점짜리 시험지를 들고 가면 잘할 수 있는데 그동안 열심히 안 했다며 나무람을 들어요. 자신의 행동에 적절하게 칭찬과 보상을 받지 못한 아이는 '처벌이 없는 상태'만을 꿈꾸게 되겠지요. 이처럼 부모가 칭찬에 인색하면 아이는 반사적으로 욕을 먹지 않는 방법을 고민하고, 자신이 옳다는 것을 증명하기 위해 온갖 논리를 동원할 것입니다. 이런 아이들이 자신의 실수를 용납하지 않는 완벽주의자로 성장하는 것입니다.

그렇다고 지나치게 칭찬을 남발하는 것도 좋지 않습니다. 아주 작은 일에도 경사 난 것처럼 잔치를 벌이는 가정의 아이들은 나르시시즘에 빠질 위험이 있거든요. 나르시시즘은 자기애가 너무 강해서 문제가 되는 상황이에요. 자신을 드높이기 위해 남을 깎아내리기도 합니다. 이처럼 부모의 칭찬은 자녀의 심리와 인생관을 결정짓는 강력한 무기가 됩니다.

✧ 우리는 왜 아는 척을 할까? ✧

타인에게 완벽해 보이고 싶은 욕구 때문에 많은 사람들이 빠지는 함정이 있습니다. 바로 '척'하는 함정이지요. 돈이 많은 척, 지식이 많은 척, 몰라도 아는 척, 경험이 많은 척 습관처럼 연기를 하지요. 본인들은 이러한 태도 덕분에 타인에게 존경을 받고 부러움을 산다고 생각할지도 몰라요. 하지만 심리학자들은 이 '척'이야말로 반드시 버려야 하는 위험한 습관이라고 입을 모아 말합니다.

『설득의 심리학』의 저자 로버트 치알디니는 발로 뛰는 심리학자로 유명합니다. 연구실 안에서 책만 들여다보는 게 아니라 실제 사람들 속으로 들어가 그들과 함께 호흡하며 심리학의 중요한 통찰을 발견하지요. 치알디니의 가장 중요한 스승은 보험 설계사나 자동차 세일즈, 각종 마케팅 전문가들입니다. 그들은 끊임없이 소통하고 설득하여 고객에게 '예스yes'라는 답을 이끌어내는 사람들이거든요. 그래서 로버트 치알디니 또한 보험이나 자동차 세일즈를 기본적으로 경험했을 뿐 아니라 불법적인 마케팅 조직에도 들어가 판매 교육을 받기도 했어요.

저 역시 그를 존경하는 학자로서, 보험 설계사 분들과 많은 대화를 하려고 노력합니다. 그러다 보니 격의 없이 지내는 설계사 분들도 몇 분 생겼어요. 가끔은 저에게 영업 노하우를 전수해 주기도 하는데 아주 꿀팁이랍니다. 얼마 전엔 완벽주의자들이 겪는 손해에 대해서도 알게 되었지요.

지금은 보안에 대한 인식이 높아져서 이런 상황이 불가능하지만 약 10년 전만 해도 보험 설계사가 회사 건물에 방문해 직원들을 상대로 영업하는 장면은 흔히 볼 수 있는 풍경이었습니다. 그런데 이런 상황에서 필요하지도 않은 보험을 굳이 찾아 계약하는 이상한 사람들이 있다고 합니다. 바로 완벽주의자 성향을 지닌 어른들이지요.

자신의 실수는 인정하지 않을뿐더러 처음 듣는 이야기에도 "알지!", "그럼!"이라고 답하는 게 습관이 되어버린 분들 아시죠? 이런 분들만 있으면 보험 설계사들은 아주 쉽고 편안하게 돈을 벌 수 있다고 해요. 편의상 드라마 〈미생〉에 나오는 마 부장님을 이 자리에 초대해 보도록 하겠습니다.

> 보험 설계사: 부장님, 우리나라 남성 30%가 70대가 되기 전에
> 5대 암에 걸리는 거 아시죠?
> 마 부장: (모르지만) 그럼요! 알죠!
> 보험 설계사: 오, 어떻게 이런 사실을 알고 계셨어요?
> 마 부장: 제가 원래 좀 여러 분야에 관심이 많습니다. 이 정도는
> 상식 아닌가요?

사람을 많이 접해본 설계사들은 이 순간을 놓치지 않습니다. 이때가 바로 보험이 팔리는 순간이거든요. 이제 더 이상 마 부장에게 우리나라 남성 30%가 70대가 되기 전에 5대 암에 걸리는 이유에 대해 더 말할 필요가 없습니다. 조금만 띄워주면 어느덧 부장님은

계약서에 패기 넘치게 사인까지 하게 됩니다. 게다가 혼자 가입하는 것도 아닙니다. 가끔은 이렇게 큰 도움도 주신다고 해요.

> 마 부장: (옆 부서에 들리게 큰 소리로) 거, 박 과장 좀 이리로 오라고 해! 좋은 보험이 나왔어!

반대로 모르는 걸 모른다고 솔직하게 말하는 사람은 설득이 참 어렵습니다.

> 보험 설계사: 과장님, 우리나라 남성 30%가 70대가 되기 전에 5대 암에 걸린다는 사실 아세요?
> 박 과장: 그런가요? 몰랐습니다.

이 대답을 들으면 보험 설계사의 눈앞은 캄캄해집니다. 이제부터 박 과장님에게 그 사실을 하나하나 납득시켜야 하거든요. 그가 어디까지 알고 있는지, 또 어디서부터 모르는지 대화를 통해 알아내야 하며, 그를 이해시키고 설득하기 위해 모든 지식과 영업력을 동원해야 해요. 참 어려운 상대가 아닐 수 없습니다.

심하게 과장시켰을 뿐, 우리 안에 모두 존재하는 모습입니다.

평소에 정직한 사람도 모르는데 아는 척을 하는 경우가 종종 있지요. 특히 직장 생활을 하다 보면 어쩔 수 없이 그런 상황에 처하게 되는 것 같아요.

거래처와의 미팅에서, 상사와의 대화에서, 가끔 잘 모르는 이야기가 등장하지만 모른다고 하기엔 모양새가 빠집니다. 경력이 몇 년인데 이런 것도 모르냐며 비웃음을 살 것 같아요. 처음엔 조금만 아는 척을 해서 체면을 차릴 생각이었지만 대화가 길어지면 길어질수록 자꾸 수렁에 빠지는 느낌이 들지요. 그렇게 시간이 흘러갑니다. 빠른 시간 안에 바로잡지 않으면 물어보고 싶어도 물어볼 수 없습니다. 그리고 중요한 건 더 이상 나에게 그에 관련된 정보가 오지 않는다는 사실입니다.

심지어 후배들에게도 이런 모습이 보일 때가 있습니다. 나이가 어린 사람 중에서도 완벽주의의 늪에 빠진 이들은 얼마든지 있으니까요. 그런 후배를 만나면 선배로서는 답답할 노릇입니다. 일을 시작한 지 얼마 안 되어서 모르는 게 당연하고, 그래서 알려주려고 하는데도 후배는 자꾸 안다고 합니다. 그의 실수는 되풀이되는데 외부에서 누굴 만나도 본인이 다 아는 것처럼 행동해요. 자주 쓰는 업무 용어의 정확한 뜻을 모른 채 얼렁뚱땅 넘어가고, 같은 용어를 사용하지만 개념이 달라 종종 사고가 납니다.

✢ 친근한 것 VS 아는 것 ✢

물론 완벽주의 성향이 높지 않은 사람들도 가끔 이런 식으로 행동할 때가 있습니다. 특히 용어가 주는 친숙함은 우리를 어느새 '아는 척'하는 사람으로 만들어버립니다.

친구 영범이의 차를 타고 어딘가로 이동하던 날이었습니다. 고장이 났는지 별안간 차가 멈춰서고 말았지요. 4년 동안 매일같이 타던 차가 말썽을 부리니 영범이는 당황한 것 같았습니다. 차 밖으로 나가더니 다짜고짜 보닛부터 열어젖히더군요. 팔짱을 끼고 가만히 차 내부를 노려보는 폼이 마치 숙련된 정비공 같기도 하고, 예민한 철학자 같기도 했습니다. 그런데 영범이의 입에서 나오는 말이 참 가관이었습니다.

"어디가……, 엔진일까?"

아니 엔진이 어디 있는지도 모르는 녀석이 왜 그렇게 자신만만하게 보닛부터 연 걸까요? 사실 전문적으로 기술을 배운 적도 없는 영범이가 자동차 장비에 대해 모르는 게 당연합니다. 그런데 같은 차를 4년 동안 매일 운전하다 보니 친밀감을 느낀 나머지 이 차에 대해서는 다 안다고 생각한 거죠.

대부분의 남성들이 영범이와 비슷한 착각을 합니다. 그러나 예외인 공간이 있습니다. 바로 제주도예요. 운전하는 차가 렌터카다 보니, 차에 문제가 생겼을 때 보닛을 여는 게 아니라 곧장 전화를 걸어 필요한 조치를 취할 수 있지요. 친근하지 않은 덕에 불필요한 아는 척도 덜어낼 수 있었던 겁니다.

이처럼 친한 것과 아는 것은 엄연히 다릅니다. 많이 들어본 말이고, 익숙한 느낌이 든다고 해서 그냥 넘어가버리면 모르는 채 계속 남아 있겠지요. 아는 척을 해서 유야무야 상황을 넘기는 것엔 한계가 있어요. 조치가 늦어질수록 최악의 구렁텅에 빠지게 되지요. 우리가 일하는 순간에도 이런 문제들은 발생합니다. 일이 힘든 이유 중 하나는 모르는 것을 모른다고 이야기하지 못한 나의 잘못도 있을 것입니다.

조직은 나에게 업무를 맡겨놓고 물어보지 않으면 계속 진행합니다. 가끔은 감당이 되지 않는 속도로 저만치 일이 가버리는 순간들이 있지요. 역할이 중요해지고 직책이 높아질수록 모른다고 말하기가 힘들어집니다. 어느새부터인가 나는 그 일에 필요한 개념들을 마치 알고 있는 척, 관련된 상황을 예측할 수 있는 척 연기를 해야 하고 그럴수록 나에게 필요한 정보는 점차 멀어지지요. 번아웃은 그럴 때 찾아옵니다.

우리 회사에 새로 부서장이 부임했다고 생각해 봅시다. 만약 그가 잘 모르면서 아는 척하는 사람이라면 분명 아랫사람에게 비웃음을 살 거예요. 말 그대로 가지고 놀기 좋은 상사라고 생각할 수도 있지요. 하지만 자신의 중심으로 정보를 모으는 데 유난히 탁월한 부서장도 있습니다. 새 팀장이 첫 회의 시간에 팀원들 앞에서 이렇게 고백한다고 생각해 볼까요?

"제가 아무것도 몰라요. 천천히 알려주세요."

어쩐지 간담이 서늘해지지 않나요? 물론 그 직감은 대부분 틀리지 않습니다. 앞으로 팀원들에겐 힘든 직장 생활이 시작될 테니까요. 그동안 해왔던 일이 무엇인지, 앞으로 무엇을 하려고 하는지 아무것도 모르는 팀장에게 설명해야 합니다. 심지어 일상적으로 써온 용어들까지 쉬운 말로 다시 바꿔서 써야 합니다. 대단히 귀찮고 골치 아픈 일이 아닐 수 없습니다.

그런데 그 순간이 바로 창조적인 아이디어가 시작되는 순간입니다. 세상을 뒤바꾼 위대한 발견이나 중요한 업적은 모두 그러한 과정을 겪었어요. 늘 하던 일을 쉽게 풀어내는 과정, 전문가끼리 통하는 말을 어린이도 이해할 수 있게 쉽게 풀어내는 순간, 일의 본질을 마주하고 과업의 방향성을 고민하는 시간. 바로 그때가 놀라운 혁신이 일어나는 순간이었지요.

그러니 번아웃에서 벗어나고 싶다면 내 안의 완벽주의와도 싸워야 합니다. 어디서부터 어디까지 알고, 어디서부터 어디까지 모른다고 제대로 말할 수 있어야 하니까요. 무엇이 잘못되었는지 알지 못한 채 그저 열심히 겉돌기만 해서는 안 되겠지요.

✣ 직업의 정의 ✣

지금 우리가 알고 있는 직업의 대부분이 30년 이내에 급격한 변화를 겪게 될 것입니다. AI로 대체되거나 다른 사업군에 밀려 사라질 운명에 처했지요. 교사도, 세무사도, 변호사도, 엔지니어도 없어진다고 하니 대체 남는 직업이 무엇인지 아득해집니다. 많은 분들이 저에게 답답한 심정으로 물어보십니다. 변화하는 미래에 대비를 하라는데 어떻게 해야 할지 모르겠다고요. 지금 나의 직업은 사라질 수도 있다는데 30년 후, 40년 후에는 무슨 일을 해야 하냐는 것이지요.

미래의 일을 예측하는 것은 참 어렵습니다. 제가 해드릴 수 있는 한 가지 조언은 나의 일을 명사로 규정하지 말라는 것입니다. 직업의 정의를 명사화하지 않는다면 더 많은 가능성이 펼쳐질 것입니다.

기업체를 대상으로 교육을 하다 보면 젊고 자신감 넘치는 임원분들을 자주 보게 되지요. 능력과 노력이 남달리 뛰어나 조직에서 누구보다 빨리 인정을 받은 사람들이에요. 그런 분들에게 꿈이 뭐냐고 질문하면 대부분 이런 대답이 나옵니다.

"저는 이미 상무가 됐으니, 사장이 되는 게 꿈입니다."

한두 번 안면을 트고 적당히 친해진 관계라면 저는 꼭 한 마디 덧붙입니다.

"에이, 어떻게 사장 되는 게 꿈이에요? 사장 돼서 뭘 하고 싶은지가 꿈이지."

우리는 종종 꿈과 직업을 동일한 뜻으로 받아들입니다. 하지만 심리학자들의 생각은 달라요. 꿈은 동사고, 직업은 명사이기 때문입니다.

명사인 '사장'은 꿈이 될 수 없습니다. 꿈을 이룬다고 해서 행복이 뒤따르지도 않을 거예요. 하지만 동사로 수반한 꿈은 질적으로 다릅니다. 사장이 되어서 무엇을 하고 싶은지 확실하게 꿈꿨던 사람은 그 자리에 올랐을 때 남과 다른 인생을 살게 됩니다.

학생들도 마찬가지입니다. 아이들을 대상으로 강연을 할 때 "여러분은 꿈이 뭐예요?" 했더니, 다들 떼창이라도 하듯이 한목소리로 "건물주요!"라고 외치더군요. 아이들의 소망을 비웃을 생각은 없습니다. 건물주는 꽤나 괜찮은 인생 목표거든요. 그러나 건물주가 된 다음 무엇을 하고 싶은지가 없으면 건물주만큼 피곤한 직업도 없다는 걸 아이들이 꼭 알아주면 좋겠어요.

사실 저는 일을 하면서 상당히 많은 건물주 분들과 알고 지내는 사이가 되었답니다. 강남에, 테헤란로에, 입이 떡 벌어질 정도의 비싼 건물을 소유한 분들이에요. 그렇지만 어느 순간 가만히 보니 이분들도 크게 두 부류로 나뉜다는 걸 알게 되었습니다. 건물을 통해 이루고 싶은 무언가가 있는 사람과 그냥 건물을 갖고 싶었던 사람으로요.

단순히 건물주가 꿈이었던 분들은 막상 꿈을 이루고도 행복해 보이지 않습니다. 건물주라는 건 생각보다 아주 피곤한 일입니다. 돈이 많으면 모든 삶이 편안하고 행복할 것 같지만 그렇지만은 않은가 봅니다. 10층짜리 건물을 가진 사람은 매년 열 개 정도의 송사에 휘말리고, 40층짜리 빌딩을 가진 사람은 40개가 넘는 소송에 휘말리지요. 세입자가 들고 날 때마다 처리해야 할 골치 아픈 일들이 꽤 많고, 때마다 온갖 사고나 계약과 관련된 귀찮은 일들이 생겨납니다. 곁에서 지켜보기만 해도 참 고단해 보입니다.

하지만 그 건물을 소유한 뒤에 하고 싶었던 바가 분명한 사람은 조금 다릅니다. 물론 쳇바퀴 같은 일상을 영위하며 많은 것을 처리해야 하는 건 맞지만 특별한 꿈을 꾸는 이들에겐 다른 에너지가 느껴지거든요. 건물주가 방향성을 갖고 건물에 맞는 사람을 초청할 수도 있고, 원하는 방식에 맞게 공간을 꾸려나갈 수 있으니까요.

이 도시에는 수많은 건물이 있습니다. 하지만 그 공간이 모두 같은 모습은 아니라는 걸 우리는 알고 있습니다. 정체성 없는 간판들이 지저분하게 뜯겨 나가고, 이 상점 저 상점이 수시로 들어왔다 빠져나가는 정신 사나운 건물이 있는가 하면, 무언가 개념 있는 모습으로 그 지역의 문화와 산업을 이끄는 건물도 있어요.

전자에 비해 후자를 찾기 어려운 건, 아마도 우리들의 꿈이 명사로 끝났기 때문은 아닐까요.

꿈에 대해서 이야기할 때, 명사로 표현하는 게 위험하다는 생각은 비단 저 같은 심리학자들만 하는 건 아닙니다.

대기업에서 CEO로 성공한 분들 중에서 기업을 위해 헌신했을 뿐 아니라 개인의 삶에서도 균형을 갖춘 분들이 종종 있습니다. 이견이 있을 수 있지만 개인적으로는 지금은 퇴임한 권오현 삼성전자 대표이사 회장이 성공한 CEO의 롤모델이 아닐까 생각합니다. 권오현 회장은 종종 이렇게 말씀하셨다고 해요.

"사장 되는 게 꿈인 이들이 사장 되면 제일 사고 치고, 상무 되는 게 꿈인 사람이 상무 되면 제일 바보짓 한다."

말 그대로 명사로 꿈을 꾸는 사람들은 그 이상을 바라보지 못한다는 것입니다. 오랜 조직 생활을 통해 꿈의 비밀을 알아차린 셈이지요. 한편, 조직 안에서 동사형으로 꿈을 꾸는 분들도 찾을 수 있습니다.

'내가 상무 되면 저걸 해봐야지.'
'내가 상무가 되면 꼭 저걸 없애야지.'
'내가 상무가 되면 저 분야를 활성화시켜야지.'

평소에 이런 생각을 하던 사람이 임원이 되면 무엇을 할까요? 당연히 오랫동안 생각해 온 그 일을 지체 없이 해낼 것입니다. 그냥 상무가 되고 싶었던 사람은 1년 동안 현황만 파악합니다. 그동안 사업은 급변하고 겨우 파악한 현황은 이미 6개월 전의 일로 지나가버리지요.

내가 하는 일, 내가 하고자 하는 일을 동사로 표현해야 합니다. 미래에 어떤 직업을 갖고 싶은지가 아니라 어떤 행위를 하는 사람이 되고 싶은지를 생각해야 합니다. 공인중개사 자격증을 따는 게 꿈이 아니라, 공인중개사가 된 후에 어떤 행위를 하고 싶은가가 꿈이어야 합니다. 그렇지 않다면 합격 첫날만 기쁠 뿐, 그 이후의 날들은 여전히 불안의 연속입니다. 오히려 그전보다 더 큰 방황이 펼쳐질지도 모르지요.

방송가에서는 '능력이 떨어지면 자리 욕심을 낸다'라는 말이 마치 격언처럼 떠돈다고 합니다. 내 행위의 쓰임이 길을 잃으면 자리를 지키는 데 집착하는 것이 사람의 심리니까요. 그렇다면 내 일을 동사로 바꿔 말해 볼까요?

"저는 분석의 전문가입니다. 모든 측면에서 냉철하게 분석하고 자료를 만들 수 있지요."

"저는 연결하는 사람이에요. 어떻게든 이어 붙여요."

"저는 타협을 시키는 일도 합니다. 사람들의 관계뿐 아니라 각종 아이디어도 타협시킬 수 있어요."

동사가 확실하면 인더스트리의 경계를 넘나들며 나와 어울리는 일을 찾을 수 있습니다. 문학에서도 경영에서도 분석은 필요하고, 공학에서도 제조업에서도 연결은 해야 하니까요. 이처럼 나의 적성과 행위를 표현할 줄 알아야 나만의 포트폴리오가 나옵니다.

저는 가르치는 사람입니다. 영어를 잘 못하지만 미국인들을 가르친 적도 있습니다. 아마 교수라는 직업이 사라지더라도 저는 어디에선가 누군가를 가르치고 있을 겁니다.

✦ 우호성의 환상 ✦

일터에서는 일만 하는 게 아니지요. 다른 동료들과 우정도 쌓고 스트레스도 받습니다. 가끔은 소시오패스 같은 사람과 얽혀서 가스라이팅도 당하고, 다시 일어서는 데 상당한 시간이 걸릴 정도로 큰 상처를 받기도 합니다.

소시오패스가 인구 전체의 4%를 차지한다고 하니, 이 정도면 우리의 일상생활에서 한 번은 만날 수 있는 비율입니다. 자신의 감정을 숨기는 데 능하고, 타인을 쉽게 이용하며, 목표를 달성하기 위해서라면 양심의 가책을 느끼지 않고 상대를 기만하는 이들. 조직 안에서는 오히려 똑똑하고 능력 있는 매력적인 사람으로 보일 수 있습니다.

대형 로펌에서 소시오패스에 관련된 강의를 한 적이 있었습니다. 변호사 30명, 스태프 30명 정도 되는 규모의 조직이었습니다. 소재가 워낙 자극적인 데다가 누구나 한 번쯤 소시오패스를 만났던 경험이 있었기에 강의 내내 청중들의 분위기는 제법 뜨거웠습니다. 여기저기에서 "그래, 그 인간이 소시오패스였어", "맞아, 내가 그럴 줄 알았다니까" 하며 웅성대는 소리까지 들릴 정도로요.

그날 새벽, 그 로펌의 구성원 중 정확히 열 명에게 상담 메일을 받았습니다. 내용은 한결같았어요. 자신이 소시오패스인 것 같아

걱정된다는 얘기였지요. 시간대가 새벽인 걸 보니, 잠을 못 자고 고민에 고민을 거듭했다는 게 느껴지더라고요.

저는 당신은 소시오패스가 아니라고 답장을 보내주었습니다. 그 사람이 누군지도 모르면서 어떻게 그 사실을 확신할 수 있냐고요? 고민 끝에 메일을 보냈다는 것부터가 그 증거니까요. 소시오패스의 가장 큰 특징은 양심이 없다는 거예요. 자신이 소시오패스라는 사실을 알아도 양심의 가책 때문에 밤새 괴로워하지 않을 것입니다.

소시오패스에 대해 집대성한 명저 『이토록 친밀한 배신자』를 집필한 마사 스타우트 교수는 소시오패스에 대한 연구로 가장 저명한 인사 중 하나입니다. 심리학 강의 또한 누구보다 잘 소화하는 강사기도 하지요.

그런 그가 실제로 소시오패스를 모아놓고 소시오패스에 관한 강의를 진행한 적이 있었다고 합니다. 청중들이 죄책감으로 몸부림칠 것 같다는 우리의 예상과는 달리 그 누구도 기뻐하지도, 슬퍼하지도, 분노하지도 않았다고 해요. 그가 받은 강의 피드백에는 '전화번호부를 읽는 것 같은 강의였다'라고 쓰여 있었다고 하지요.

'양심이 없는 인간'이 바로 소시오패스의 정의입니다. 매일매일 작은 잘못을 저지르며 고통스러워하고 죄책감을 느끼는 평범한 사람들은 가까운 적으로부터 스스로를 지킬 줄 알아야겠지요.

양심을 지니고 있는 정상적인 사람들은 매일매일 조금씩 고민을 합니다. 업무에 대한 고민보다 더 많은 부분을 차지하는 건 업무를 통해 만나는 사람들과의 관계 고민입니다.

"오늘 직장에서 내가 너무 예민하게 굴었나?"
"지나치게 감정 표현을 한 것 같아. 화를 좀 참을 걸 그랬어."
"회의 시간에 너무 열변을 토했나?"
"상무님 농담에 너무 웃었던 것 같아. 기분 나쁘셨을 수도 있으니 다음엔 좀 자제하자."

타고난 기질 덕분에 관계 형성이 수월한 사람도 있고, 힘들고 어려운 사람도 있습니다. 늘 하던 농담도 예민하게 받아들이는 사람이 있고, 친한 그룹에서 멀어질까 봐 신경을 쓰는 사람도 있어요. 심리학자들은 사람의 성격을 이루는 요소를 크게 다섯 가지로 꼽습니다. 개방성, 성실성, 외향성, 우호성, 신경성이지요. 이 각각의 요인들이 얼마나 높은지, 또는 낮은지를 책정하여 개인의 성격 또한 측정하고, 이에 따른 행동 패턴도 예측할 수 있습니다.

이 중에서 외향적인가 혹은 내향적인가 하는 부분은 확실히 타고나는 측면이 강합니다. 그러나 우호성이나 개방성 등은 후천적인 요소도 작용합니다. 타인에게 우호적인 공동체나 문화적으로

• 성격을 이루는 다섯 가지 요소

종류	특징
개방성	상상력, 호기심, 예술적 감각 등이 개방적이다
성실성	목표를 성취하기 위해 힘든 것을 참고 노력한다
외향성	타인과의 사교를 좋아하고 새로운 자극과 활력을 추구한다
우호성	타인과 공동체에 협조적이다
신경성	걱정, 두려움, 우울 등 부정적인 정서를 쉽게 느낀다

개방된 환경에 지속적으로 노출되면 성인이 된 이후에도 관련된 성격의 데이터 값이 어느 정도는 변동 가능하다는 것이지요.

개방성과 우호성은 사실 헷갈리기 쉬운 개념입니다. 타인에게 개방적인 사람이 흔히 우호적 행동을 하기도 하니까요. 그러나 두 개념은 분명히 다른 면이 존재합니다.

미시간 대학의 줄리 볼렌드 교수는 다른 사람이 쓴 글을 지적하는 모습에서 우호성과 개방성을 구별할 수 있다고 말합니다. 대부분의 사람들은 남을 지적하는 것을 좋아합니다. 그런데 지적하는 포인트가 사람마다 조금씩 달라요.

연구자들은 편지든, 계약서든, 어떤 문서에 일부러 틀린 부분을 넣어서 실험자에게 확인을 해달라고 합니다. 그 문서 안에는 실수로 틀린 철자도 있고, 몰라서 사실과 다르게 쓴 문장도 있었지요.

A: 이 인간 봐라, 중요한 공식 문서인데 철자법이 엉망이네. 오타를 확인한 거야, 안 한 거야?

B: 저런, 대한민국에는 경기도, 경상도, 충청도, 강원도가 있다고 써 있네? 전라도를 빼먹다니, 이 사람 좀 무식한 거 아냐?

누군가는 철자나 문법이 틀린 것에 강하게 반응하고, 또 다른 사람은 사실과 다르게 잘못 적힌 내용적 오류에 반응했습니다. 그리고 그의 성격과 지적한 패턴을 조사했을 때 공통점이 도출되었다고 해요. 대체로 '우호성'이 낮은 사람은 '상대의 무지'를 지적했고, '개방성'이 낮은 사람은 '상대의 실수'를 지적했다는 것입니다.

다시 말해, "이런 것도 몰라? 이 사실을 모른다는 게 말이 돼?"라고 지적하는 사람은 우호성이 낮았고, "실수가 너무 많은 거 아냐? 어떻게 이렇게 쉬운 걸 틀려?"라고 지적하는 사람은 개방성이 낮은 것이지요.

우호성이란 다른 사람과 갈등 없이 잘 지내려고 하는 마음을 뜻합니다. 만약 누군가의 우호성이 높으면 그의 대인관계는 원만하게 흘러갈 것입니다.

개방성은 말 그대로 마음을 오픈하는 것입니다. 개방성이 높은 사람은 타인의 의견을 열린 마음으로 받아들일 수 있습니다. 누군가 나의 잘못을 지적하거나, 몰랐던 사실을 알려줄 때 '아, 그렇구나!' 하고 받아들이는 자세 또한 개방성이라고 볼 수 있지요.

만약 개방성과 우호성이 현저하게 낮으면 조직 생활하기 힘들다는 건 불 보듯 뻔한 일입니다. 그런데 둘 중에 딱 하나를 고르라고 한다면 심리학자들은 차라리 우호성이 낮은 게 낫다고 입을 모아 말합니다.

어떤 분야에서 일을 하든, 누구와 함께 일하든, 개방성은 어느 수준 이상으로 높아야 합니다. 함께 일하기 가장 힘든 사람, 공동체 구성원들에 소위 '이상한 인간'으로 욕먹는 사람들의 특징은 '개방성은 낮고 성실성은 높다'는 거예요.

이들은 아주 열심히, 꾸준히, 지치지 않고 다른 사람의 작은 실수에 집착합니다. 이들이 성실하면 할수록 공동체는 앞으로 나아가지 못해요. 당사자도 힘들고 주변 사람도 힘들지요. "저 사람과는 같이 일 못하겠어요"라는 탄식이 여기저기서 쏟아져 나옵니다.

그런데 이 사람들이 우호성까지 높으면 어떨까요? 사사건건 지적하고, 불필요한 규칙에 집착하는 인간이 매일같이 회식 자리를 만들고, 주말에도 자꾸 연락합니다. 직장생활 잘하려면 상사와 술 담배도 같이 해야 한다고 충고하지요. 자, 이쯤해서 학자로서 우리 사회 꼰대의 정의를 내려볼까 합니다.

우리 사회의 꼰대: 낮은 개방성, 높은 성실성, 높은 우호성

나이 먹어서 이런 사람은 되지 말아야겠지요? 반대로 기업가 정신을 가지고 조직 안에서 존경을 받는 사람들에게도 공통점이 있어요. 미국이나 한국에서 크든 작든 조직을 운영하며 기업가 정신을 통해 의미 있는 결과물을 창출한 분들의 성격적 특징을 조사해보면 우호성이 평균보다 오히려 조금 낮게 나오는 경우도 있습니다. 그런데 개방성은 아주 높은 수준을 보여주지요.

기업가 정신: 적정한 우호성, 높은 개방성

이들은 '내가 틀릴 수도 있다', '내가 모를 수도 있다'라는 사실을 항상 염두에 두고 새로운 의견을 받아들인다는 특징이 있습니다. 그런 태도는 높은 개방성에서 나오는 것입니다.

사실 직장생활에서 우호성이 아주 높을 필요는 없습니다. 어느 정도 우호적이었으면 멈추라는 이야기지요. 우호성의 함정에 빠지는 순간 나의 사회적 에너지는 소진되고 개방성 또한 낮아질 수밖에 없습니다. 개방성은 나의 단점을 말해 주는 사람에게도 마음을 여는 것입니다. 그러나 우호성에 집중하다 보면 타인을 있는 그대로 받아들이지 않고, 견뎌내는 방법을 터득합니다. 게다가 내가 틀렸다는 사실, 내가 몰랐다는 사실을 알려주는 사람이 그다지 필요하지도 않아요. 그를 제외한 다른 사람들과 두루두루 잘 지내면 그만이니까요.

✣ 가끔은 조선왕조실록처럼 ✣

그렇다면 나의 우호성을 어떤 방식으로 조절해야 할까요? 사실 특별한 방법은 없습니다. 내가 스스로 체크해 보는 수밖에요. 하루 일과를 보내고 스스로에게 '오늘 나는 적정한 수준으로 우호했나?'를 묻는 것입니다. 그 적정 수준의 기준은 바로 '과거의 나'입니다.

우리는 보통 인생의 롤 모델을 타인에게서 찾습니다. 긍정적인 롤 모델, 부정적인 롤 모델 모두 주변 친구나 선배, 상사, 혹은 역사 속의 인물로부터 찾지요. 하지만 롤 모델이 꼭 사람일 필요는 없습니다. 나의 하루도 충분한 롤 모델이 될 수 있거든요.

어떤 날에는 '이보다 더 좋은 날은 없었다!'라고 평가할 만큼 긍정적인 하루도 있고, '이만큼 내가 바보 같았던 날은 없었다'라고 생각되는 하루도 있어요. 내가 겪은 최고의 하루와 최악의 하루가 바로 나만의 롤 모델이 되어줄 것입니다.

물론 하루라는 짧은 시간 안에도 좋은 일도 생기고 나쁜 일도 생깁니다. 오전에는 칭찬을 받았지만 점심 먹다가 상사에게 욕도 먹어요. 성과가 좋다고 박수를 받는 반면, 내가 저지른 소소한 실수 때문에 양심의 가책을 느끼기도 하죠. 첫째 아이 때문에 크게 웃었다가 둘째 아이 때문에 속상한 일도 생깁니다.

만약 좋은 일에 플러스 점수를 주고, 나쁜 일에 마이너스 점수를 준다면 그날 저녁, 하루의 평균을 낼 수 있겠지요. 하루 동안 열 가지 정도의 사건이 있었다면, 좋은 일과 나쁜 일의 크기를 계산하여 모두 합한 후 10으로 나누는 겁니다. 그래서 잠들기 전, 침대에서 이렇게 중얼거리는 거죠.

"음……, 오늘은 이런저런 힘든 일이 있었지만 평균값이 플러스 2점 정도 되는 하루군."

"아, 오늘을 평가하자면 0.66점짜리 하루였어. 나쁘진 않네."

"하아, 정말 힘들었다. 오늘은 얼추 마이너스 3.4 정도였던 것 같아."

말로만 들으면 별거 아닌 것 같지만 사실 하루의 평균을 계산하는 것은 굉장히 어려운 기술입니다. 실제로 연구한 학자들의 말에 따르면 이는 60세 이상의 나이가 되어야 가질 수 있는 능력이라고 합니다. 실험에 참여한 40대나 50대는 이 계산을 하지 못하거나 부정확하게 계산했지만 60대와 70대 노년은 꽤 정확하게 본인의 하루를 평가한 것이지요. 우리는 나이 먹는 것을 그저 노화의 과정으로만 생각하지만 오래 살아야 저절로 얻어지는 능력이 있다니, 인생이란 참 재미있는 것 같습니다.

이처럼 중요한 능력을 갖기 위해서는 최소 60년 이상은 살아야 합니다. 하지만 아직 그 나이와 경지에 이르지 못했다면 롤 모델이 되는 나의 하루와 오늘을 비교하면 되겠지요?

지나치게 이 사람 저 사람에게 끌려다녔고, 그래서 힘들었던 과거의 어느 날과 오늘 하루를 비교해 봅니다. 이 정도면 적정하게 잘 대처했다며 스스로를 칭찬할 수 있어요. 반대로 사람들과 함께할 수 있는 기회를 지나치게 거부한 날엔 우호성을 조금 높이겠다고 반성할 수도 있겠지요.

앞서 '행복'에 대해 말씀드리면서 기록의 중요성에 대해 언급한 적이 있었습니다. 『난중일기』를 쓴 이순신 장군처럼 두 줄짜리 행복의 기억을 적는 방식 말이에요.

그런데 1년에 4~5일 정도는 마치 조선왕조실록처럼 일상을 기록해야 합니다. 그날 있었던 갖가지 사건들을 사관이 기록하듯 빠짐없이 소상하게 적는 것이지요. 만약 열일곱 개의 사건이 있었다면 그게 어떤 일이었는지 열일곱 개 모두 세밀하게 기록해 보세요. 특히 나의 우호성에 대해 소상하게 적어보면 좋겠습니다.

하루 종일 우리는 많은 사람과 만납니다. 일 때문에 사람과 섞이는 경우도 있고, 친교를 위해 일부러 만나는 경우도 있습니다. 회의 시간이나 가벼운 모임의 여부, 만나는 사람의 숫자와 출퇴근 길이나 쉬는 시간 동료와 나눈 수다의 횟수 등을 떠올려보세요. 사실 우리가 스스로 판타스틱하다고 기억되는 하루, 혹은 엉망진창으로 느껴지는 하루는 우호성에 관련된 경우가 대부분이랍니다. 그런 기록이 열 개나 스무 개 정도만 쌓여도 나에 대해 꽤 신뢰할 만한 데이터가 됩니다.

특히 가장 적절한 수준의 빛을 발하여 사람들과의 관계에 개입하고 빠지는 타이밍과 정도가 완벽했다고 생각되는 날이 있다면 그 서사와 통찰을 너덧 페이지 정도로 진술해 보세요.

물론 이 기준을 타인이 제시해 줄 수도 있는데 우리는 그것을 '상담'이라고 부릅니다. 나에 대한 데이터가 풍부하고 확실하다면 전문가에게 비용을 지불해야만 받을 수 있는 꽤 수준 높은 상담을 스스로에게 하는 셈이지요.

심리학자들이 사람들에게 종종 하는 조언 중의 하나가 '같은 일의 분량을 다르게 해서 시도하라'는 것입니다. 나의 직업이나 직무를 바꿀 수 없다면 우호성의 분량을 조금씩 다르게 시도하면 좋겠어요. 적절한 우호성을 찾는 것만으로도 많은 것이 바뀔 것입니다.

『삼국지』에서는 유비, 관우, 장비가 함께 일을 도모하기 전에 도원결의를 맺었지요. 스마트한 계약 대신 높은 우호성에 의존한 관계입니다. 안타깝게도 그들의 마지막은 좋지 않았어요.

지금 소중한 사람들과의 관계를 비극으로 끝내고 싶지 않다면 관계 속의 의미를 남기고 일의 보람은 찾을 수 있는 적절한 페이스를 찾아야 합니다. 장기적으로 볼수록 꼭 필요한 작업입니다.

꼭 기억하면 좋겠습니다. 우호성이 지나치면 개방성이 떨어지지만, 그렇다고 우호성을 너무 낮춰버리면 개방의 기회조차 없어진다는 것을요. 스스로가 만족하고 타인도 행복할 수 있는 적절한 지점은 분명히 있습니다. 다이얼을 돌려 주파수를 맞추듯 우리의 일터에서 마주치는 모든 상황의 바로미터를 찾아내는 과정이라고 생각하면 어떨까요?

일은 언제나 힘들고 고통스럽지만 그 안에서의 부딪힘을 통해 나는 분명히 성장할 것입니다. 그 성장에 조금이나마 작은 힌트를 드리고 싶은 것이 심리학자의 진심이랍니다.

4장

사랑을 지키는 지혜

사회생물학자이자 진화생물학자, 행동생태학자인 최재천 교수님은 제가 개인적으로 굉장히 존경하는 선배님입니다. 최근에는 유튜브 채널을 통해 다양한 주제로 대중과 소통하고 계시지요. 저 또한 교수님의 유튜브를 즐겨 보는 구독자로서 과학뿐 아니라 여러 사회적인 이슈를 교수님만의 통찰력으로 풀어서 말씀해 주실 때마다 감탄이 나오더라고요.

　　그중에서도 '살인'에 대한 내용이 참 인상 깊었습니다. 생물학자와 살인이라니, 잘 어울리지 않는 것 같지요? 하지만 조금 전까지 존재하던 한 생명체가 갑작스럽게 사라진다는 건 생물학적으로도 특별하고 중요한 연구 과제입니다. 게다가 살인은 인간 종에서만 이루어지는 특이한 현상입니다. 지구상엔 수많은 생물종이 있지만 인간을 제외한 다른 종들은 그렇게까지 서로를 죽이지 않거든요. 그래서 생물학자들 중에선 살인에 대해 연구하는 사람들이 꽤 많다고 해요. 최재천 교수님이 직접 발로 뛰며 정보를 수집한 결과 과거든, 현재든, 동서양을 막론하고 살인에 관련된 데이터에서 비슷한 패턴이 발견되었다고 합니다. 결국 살인은 인류 보편적 현상이라는 거예요.

그렇다면 인간이 살인을 하는 이유는 무엇일까요? 살인사건의 절대다수를 차지하는 것은 '치정살인'이었습니다. 사람의 목숨까지 앗아가게 만드는 강력한 이유가 바로 사랑이라니 조금 놀랍기도 합니다.

이 책을 읽고 계신 여러분도 사랑에 빠져본 경험이 있으시겠지요? 결혼을 하신 분도, 미혼이신 분도, 아련한 기억 속 어딘가엔 사랑에 빠져 허우적거리던 젊은 나의 모습이 있을 겁니다.

심리학에서는 우울, 불안, 강박, 공황장애, 다중인격, 사이코패스 등 인간의 다양한 감정과 심리를 다루지만 사랑에 대한 연구는 생각보다 많지 않습니다. 그만큼 복잡하고 어려우면서도 은밀한 주제가 아닌가 싶어요. 다행히 최근에야 조금씩 사랑과 관련된 연구들이 나오고 있지요. 그 보따리를 풀어서 허심탄회하게 나눠볼까 합니다. 누구나 깊이 공감하지만, 아무에게나 터놓고 말하기 어려운 이야기, '사랑'에 대해서요.

✦ 사랑, 그놈 ✦

사랑의 종류는 다양합니다. 부모 자식 간의 사랑도 있고, 친구나 동료에게서 느끼는 찐한 우정도 있고요. 잘 알지 못하는 타인에게도 연민이 느껴질 때가 있습니다. 그러나 지금부터 하는 이야기는 남녀 간의 사랑으로만 주제를 좁혀보려고 합니다. 굳이 사랑의 의미를 확장하지 않아도 연애 감정을 통해 배울 수 있는 인간의 매커니즘은 무궁무진하기 때문이지요.

이 책을 읽는 분들 중에는 기혼자도 있으시겠지요. 특히 결혼 10년, 혹은 20년 차 이상 접어드는 분들도 꽤 있을 겁니다. 그분들은 남녀 간의 사랑에 대해 이야기하는 게 오히려 낯설게 느껴질 수도 있겠네요. 경험을 못 해본 건 아니지만 너무 오래된 기억 때문이지요. 지금의 배우자를 처음 만날 때만 해도 설레고 두근거렸던 것 같은데, 지금은 통 그 감정이 느껴지지 않습니다. 이건 너무도 당연한 현상입니다. 이렇게까지 오랜 시간 한 공간에 살았는데 여전히 배우자를 볼 때마다 심장이 뛰는 분도 있을까요? 그렇다면 병원에 가서 심장질환 검사를 받아보시기를 권합니다. 농담이지만 어느 정도는 진담입니다.

저 또한 결혼한 지가 꽤 오래되었습니다. 지금은 결혼식장에서 주로 주례를 담당하고 있는 중년의 심리학자에게 '연애 잘하는 법'을 궁금해하지는 않으시겠죠? 제가 열심히 설명해 보았자 현실감이 떨어질 테니까요. 하지만 꽤 많은 분들이 사랑과 관련된 심리적 고민에 대해 상담을 청해오곤 합니다. 연애 잘하는 법 말고도 꽤 다양한 고민이 담겨 있습니다.

"오래 사귄 연인과 헤어지고 싶은데 말을 못 하겠어요."
"세상에 좋은 이별도 있을까요?"
"연애가 시작되면 금방 싫증이 나요."
"연인에게 집착하는 제가 싫어요."
"이혼을 하고 나니 인생의 실패자가 된 것 같습니다."
"어떻게 해야 좋은 사람을 만날 수 있을까요?"

만남과 관계의 유지, 그리고 이별은 비단 남녀 간의 관계에서만 벌어지는 것은 아닙니다. 오래 사귄 연인에게 헤어지자는 말을 못 해서 끙끙 앓고 있는 사람은 다른 상황에서도 해야 할 말을 못하는 경우가 많겠지요. 연애를 오래 지속하지 못해 고민인 소위 '금사빠'는 연인뿐 아니라 다른 관계 역시 빠르게 시작되었다가 금세 끝나 버리는 경향이 있을 것입니다. 직장도 유난히 길게 다니지 못하고,

무슨 일을 시작해도 오래 지속하지 못할 수 있어요. 이처럼 연애와 사랑에서 조금만 프레임을 확장해 보면 사람과 사람 사이의 관계로까지 사유를 넓힐 수 있습니다.

✢ 이별에 대처하는 우리의 자세 ✢

대놓고 할 이야기는 아니지만 지금의 아내를 만나기 전, 다른 여성과 몇 차례 연애를 한 적이 있습니다. 주책없는 제가 아내와 술을 마실 때 신나게 떠들어댄 바람에 아내도 이미 알고 있는 사연들이죠. 물론 왜 이런 말을 했을까, 두고두고 후회합니다. 그러고 보면 저도 참 정신없는 사람입니다.

연애를 했으니 이별도 했겠지요. 그리고 그 이별 때문에 상처도 받았습니다. 이별하는 자리에서 서로 무슨 말을 했는지까지 자세히 기억나지는 않습니다. 하지만 이별 후에 제가 펑펑 울었던 기억은 아직도 생생합니다.

이별이 필요하다는 건 상대방도 저도 이미 알고 있었어요. 누가 말해주지 않아도 더 이상 관계를 지속할 수 없다는 게 확실했으니까요. 그런데 헤어지자는 말이 도저히 나오지가 않더라고요. 결국 상대의 입에서 먼저 "우리는 여기까지인 것 같다"라는 이야기가 나오고 말았습니다. 지금 생각해도 부끄러운 이별이었어요.

이별을 했던 그 카페의 분위기와 그날의 날씨, 흘러나오던 음악들까지 꽤 구체적으로 기억이 납니다. 다행히 왜 날 떠나느냐, 내가 그렇게 별로냐 물고 늘어지지 않았으니 지저분한 삼류 이별은 아니었어요. 하지만 이류 언저리쯤에는 해당됐을까요? 힘든 관계를 억지로 이어나갔던 내가, 상대로 하여금 헤어지자는 말을 꺼낼 수밖에 없도록 만든 내 자신이 이류처럼 느껴진 거지요.

그 이후로 다른 연애도 해보았고, 사회생활을 통해 다른 종류의 이별을 경험하기도 했습니다. 그러면서 어떤 이별이 과연 좋은 이별인지 고민하게 되었습니다.

만남이 있으면 이별이 있습니다. 로미오와 줄리엣처럼 집안이 갈라놓지 않아도 대부분의 연애는 시간이 지나면 끝이 납니다. 현실적인 조건 때문에 결혼까지 갈 수 없어서, 연애의 동력이 남아있지 않아서 따위의 이유로 뜨거웠던 사랑은 종말을 맞이하지요.

퇴직도 생각해 보면 이별의 한 종류에 해당되겠지요. 첫 출근날의 설렘, 동고동락한 동료들과의 끈끈한 우애, 성공과 실패의 뜨거웠던 경험을 뒤로한 채 자의든, 타의든, 오랜 시간을 몸담았던 회사를 떠나는 마음은 마냥 상쾌하지만은 않습니다. 그래서 조직은 퇴사자에게 최대한 예의를 갖춰서 떠나보내려 노력하지요. 그래서 보통은 이렇게 이야기를 합니다.

'그동안 귀사를 위해 힘써주셔서 감사합니다. 떠나보내게 되어 아쉽습니다.'

어떤 순간에는 이 빤한 멘트가 위로가 될 때도 있겠지요. 하지만 속을 긁는 소리처럼 느껴질 때도 있나 봅니다. '내가 그렇게 좋은 사람이면 왜 나를 내보내지?'라는 생각이 드는 것이지요.

제 친구 중 한 명도 퇴임 통보를 받아 회사를 떠나야 하는 임원이었습니다. 자신이 원하는 시점에 퇴직이 결정된 것이 아니었기에 쓸쓸한 심정을 감출 수 없었지요. 평생을 몸담았던 직장에서 나오던 날, 밤늦도록 저와 술잔을 기울이며 이런저런 이야기를 나누었습니다. 회사에서는 정중하게 선물을 준비해 주었고, 정성스럽게 카드도 적어 주었어요. 카드에는 이런 말이 적혀 있었습니다.

귀하가 있었기에 우리는 눈부신 발전을 할 수 있었습니다.

친구는 카드를 보자마자 눈살을 찌푸렸습니다. 회사는 최대한 예의를 갖춰서 한 말이었을 텐데 받는 사람의 기분이 왜 상한 걸까요? 물론 어떤 말로도 이별의 순간을 핑크빛으로 미화할 수는 없습니다. 그러나 친구의 마음속 깊은 곳에선 그 상투적인 메시지가 마치 거짓처럼 느껴졌던 것이지요.

그 친구가 기억하고 있는 지난 25년 자신의 회사 생활은 '눈부신 발전'과는 거리가 멀었다고 합니다. 물론 친구가 아무것도 하지 않은 건 아닙니다. 친구 덕분에 회사는 큰 낭패를 볼 뻔한 일을 네 차례 정도 막았다고 해요. 친구는 내심 눈부신 성장과는 관계가 멀었지만 결정적인 위기를 막아냈던 본인의 모습을 조직이 기억해 주길 바랐던 건 아닐까요?

이는 제가 기업 내에서 인사평가를 담당하는 분들에게도 종종 드리는 말씀입니다. 대부분의 조직은 직원을 평가할 때 보통 그의 성과에 초점을 맞춥니다. 그러나 눈에 띄는 발전을 가져온 사람이 있지만 리스크를 막아주는 사람도 있어요. 나쁜 일이 생기지 않도록 조심하고, 검토하고, 체크하는 사람도 조직에서 기억해야 하는 중요한 사람입니다.

제가 군대에 있을 때 일입니다. 군사령관이 저희 부대에 방문하는 날이었어요. 군대에 다녀온 분이라면 군사령관의 방문이 어떤 뜻인지 이해하실 거예요. 참고로 저희 군대 지휘관은 대령이었어요. 대령도 높은 분이지만 대령급 부대에 별 네 개인 군사령관이 온다니 정말 난리도 아니었지요. 한 달 전부터 부대 내에 검은색을 띤 모든 곳은 구두약으로 칠하고 흰 곳은 치약으로 닦기를 수십 번 반복했습니다.

그리고 마침내 그날이 다가왔습니다. 그런데 군사령관님과 모든 부대원들이 서서 행사를 진행하는 가운데, 사열대 위 차양이 떨어지려고 하는 게 아니겠어요? 다행히 당번병 친구가 그 사실을 알고 행사가 끝날 때까지 잡고 있었다고 합니다. 둑에 난 구멍을 온몸으로 막았다는 네덜란드 소년처럼 말이지요. 모든 부대원이 한 시간 가까이 모여 있었어도 그 사실을 아는 사람은 별로 없었습니다. 군사령관님의 차가 출발하고 나서야 당번병은 정신을 잃고 쓰러졌고, 다른 부대원들도 그의 희생을 알게 되었습니다.

그 친구는 아마 그날의 일을 평생 기억할 겁니다. 만약 그 친구가 그 일을 하지 않았다면 사령관님의 머리 위로 차양이 훅 떨어졌을 수도 있었겠지요. 생각하기만 해도 끔찍한 비극입니다. 그 자리에 있던 모두에게 트라우마로 남았을지도 모릅니다.

그렇다면 이 당번병이 한 일은 업적이나 성과로 치하할 수 있을까요? 글쎄요, 상관들의 입에 오르내리며 박수를 받기엔 조금 애매합니다만 그는 일어나지 않았어야 하는 나쁜 일을 온몸을 다해 막은 사람입니다. 우리 주변에도 이런 관계가 있지 않을까요?

우리가 누군가와 꽤 오랜 시간 알고 지낼 때, 상대가 나에게 주는 좋은 점 때문에 이 관계가 유지된다고 믿곤 합니다. 그런데 막상 면밀하게 들여다보면 그는 나에게 좋은 것을 가져다주는 게 아니라, 나쁜 일을 막아주는 존재인 경우가 아주 많아요. 하지만 사람들은 좋은 일이 생길 땐 크게 고마워하고 기억해 주는 것에 비해, 나쁜 일을 막아주는 것은 대부분 기억해 주지 않습니다.

누군가가 회사를 떠나야 한다면, 설사 해고와 비슷한 수준이라고 해도, 아름답고 품위 있는 이별을 준비할 수 있습니다. 그러기 위해서는 그 사람 덕분에 막아낼 수 있었던 일, 그 사람의 존재로 조직이 걱정하지 않아도 되었던 일들을 꼭 언급해 주기를 바랍니다. 이별은 슬프고, 퇴직은 섭섭하지만 최소한 오랜 시간 몸담았던 공동체가 나를 제대로 기억한다는 느낌은 줄 수 있으니까요.

연애에서도 마찬가지입니다. 사귀던 남녀가 이별을 선택하는 것은 더 이상 그들의 관계가 행복하지 않기 때문이지요. 행복하지 않다는 건, 곧 서로에게 좋은 것을 가져갈 수 없다는 뜻이기도 합니다. 연애를 하는 당사자들은 그 사실을 알고 있어요. 그래서 언제 헤어져야 하는지 누구보다 본능적으로 감지하지요. 이런 순간에 "널 사랑해서 이별을 택하는 거야"라고 한다면 그것만 한 '개소리'가 없겠지요?

표현이 과격했다면 양해 부탁드립니다. 여기서 개소리는 심리학적 용어로 'Bull shit'의 완벽한 한국어 표현이거든요. 제가 앞에서도 말씀드렸지요? 미국의 철학자 해리 프랭크퍼트는『On

Bullshit』이라는 명저를 남겼는데 국내에서는 『개소리에 대하여』라는 기가 막힌 제목으로 출간되었다고요. '헛소리'나 '엉뚱한 말'과 같은 단어로는 대체가 안 되는 부분이죠.

앞에서도 말했지만 인류 최고의 개소리를 뽑는다면 '사랑하니까 헤어지는 거야'가 아닐까요? 자매품으로 '사랑해서 때리는 거야'나 '너 잘되라고 일 시키는 거다' 등도 있습니다.

우리가 이별의 순간, 얼토당토않은 개소리로 상대에게 더 큰 상처를 주지 않기 위해서는 상대에게 예의를 갖춰 고마웠던 부분을 말해야 합니다. 상대방의 존재로 내가 무엇을 견딜 수 있었고, 어떤 나쁜 일을 당하지 않았으며, 힘든 상황에서 벗어날 수 있었는지, 또 어떻게 위안을 받았는지를 정확히 말해줘야 합니다.

"너 때문에 정말 행복했다."

물론 좋은 말입니다. 그러나 누가 모르나요? 잠시라도 행복하지 않았던 연애는 없으니까요. 그러나 정말 좋은 이별을 하고 싶다면 상대에게서 발견한 다른 부분도 짚어주세요.

당신의 연애 상대는 당신에게 좋은 것을 가져다주기도 했지만 많은 나쁜 것을 막아주었습니다. 때로는 외로움을, 어떨 땐 배고픔을, 또 두려움을 막아주었지요. 이것에 대한 감사를 표현하고 영원히 기억하겠다고 약속하는 건 행복했던 순간을 기억하는 것보다 훨씬 의미 있는 일입니다. 이별 후의 행복은 다른 사람과 또 새롭게 만들어가야 하니까요.

이와 같은 언급은 마음의 경계선도 만들 수 있습니다. 분명히 이별이 필요하지만 결정하지 못하는 연인들의 경우, 상대방이 막아준 것들에 대한 감사를 표현한다면 서로가 끝났다는 것을 겸허히 받아들이는 데 도움이 될 것입니다. 이 사람과 함께한 연애의 의미 또한 충분히 공유할 수 있으니까요.

제가 생각하는 이별에 대한 예의는 바로 이것입니다. 저도 언젠간 제가 오래 몸담았던 대학에서 떠나야 하는 날이 오겠지요. 그때 누군가 저에게 이와 같은 송사를 해준다면 얼마나 좋을까요? '김경일 교수 덕에 우리가 이 걱정은 안 하고 살았다', '김경일 교수 덕에 이런 불행은 막을 수 있었다' 하고 말이지요.

아직 한참 남은 퇴임이지만 저는 종종 마지막 떠나는 날을 그려보곤 한답니다. 서운하고 슬프겠지만 의미 있는 이별을 맞이하고 싶기 때문이지요.

✛ 용서의 힘 ✛

한 남학생이 여자친구가 자기 몰래 클럽에 갔다는 사실을 알게 되었습니다. 그날 밤늦도록 다른 남자와 재밌게 놀고 왔다는 사실도요. 충격을 받은 학생은 여기저기에 상담을 청하기까지 했습니다. 내가 어떻게 하면 좋겠냐는 질문이었지요.

어떻게 해야 하냐고 물었으니 아직 이별의 단계는 아닌 모양입니다. 이별이 아니라면 용서를 해야겠네요. 살다 보면 용서를 해야 할 때가 참 많습니다. 특히 연애할 땐 더욱 그렇습니다.

많은 사람들이 상대방을 위해 용서를 한다고 생각하지만, 용서하지 않는 것만큼 나를 소진시키는 일도 없습니다. 그래서 심리학에서는 용서를 감사와 함께 나를 지키는 가장 강력한 도구로 여깁니다.

용서를 할 줄 알고, 감사할 줄 알아야 버팁니다. 감사에 대한 짧은 에피소드 하나 말씀드릴게요. 제가 일하는 아주대학교 심리학과에 네팔인 제자가 한 명 있었습니다. 박사 과정을 밟고 있는 연구원이었지요. 2015년 4월, 네팔 대지진이 일어났다는 비보를 듣자마자 대학원생은 고향으로 내려갔습니다.

그런데 참……, 칭찬을 해야 할지, 말아야 할지……. 그 정신없는 참사 가운데에서도 보고서를 보내왔지 뭡니까. 대재앙 이후 다시 일상으로 회복하고자 하는 고국의 사람들을 대상으로 아주 의미 있는 심리학 실험을 한 것입니다.

연구원은 네팔에 위치한 두 호텔 직원들에게 각각 다른 내용의 일기를 쓰게 했습니다. 한 호텔에서 일하는 분들에겐 매일매일 감사할 일을 쓰게 했고, 다른 호텔 직원들에겐 그날 있었던 일을 나열하는 평범한 일기를 쓰게 한 거지요. 이후 관찰을 해보니, 매일 감사 일기를 쓴 직원들은 훨씬 더 집중력 있게 업무에 몰입했고 참사를 극복하는 태도 또한 다른 호텔에 비해 높았다고 합니다.

범사에 감사하라는 말이 있지요. 우리는 그것을 그냥 듣기 좋은 미덕의 말로만 생각했지만 오히려 삶의 강력한 무기가 되어주었다는 얘기지요. 그러니 사소한 일에도 "고마워"라고 이야기를 할 줄 알아야 하겠지요? 그뿐 아닙니다. 감사의 인사를 들은 사람이 나에게 어떻게 대하는지를 살펴보면 상대방의 인격 또한 알아챌 수 있습니다.

"A야, 정말 고마워. 네 덕에 내가 많은 일을 할 수 있었어."

이 말을 들은 A가 좋은 사람이라면 어떻게 행동할까요? '고마워'라는 말을 더 듣고 싶어서 더 잘해주려고 노력할 겁니다. 그러다 보면 관계도 더 좋아지겠지요.

그러나 '고마워'라는 말을 듣는 순간 상대를 얕보는 사람들도 있습니다. 저는 그런 사람이야말로 못난 인간이라고 생각합니다. 이런 사람들의 특징은 고맙다는 표현에 인색하다는 것입니다. 꼭 고맙다는 말을 해야 할 순간엔 이를 악물고 한다니까요. 다른 사람에게 감사를 느끼는 그 마음을 부채 의식으로 여기기 때문이지요. 이처럼 감사하는 태도와 그 말을 들은 후 보여주는 행동을 통해 한 사람의 품격을 유추할 수 있습니다.

용서도 마찬가지입니다. 잘못한 사람이 제일 괴로울 것 같지만 "용서 못 해!"라고 소리친 사람이 오히려 밤잠을 설칩니다.

여자친구 때문에 밤잠을 설친 그 학생도 마찬가지였죠. 말로는 "절대 용서 못 해!"라고 외쳤지만, 정말 용서하지 않을 거라면 굳이 상담을 청하지도 않았겠지요? 아직 좋아하는 마음이 많아서일 수도 있고, 관계를 여기서 끝낼 수 없는 다른 이유가 있을지도 몰라요. 아무튼 용서를 해야 하니까 어떻게 하는 게 좋을지 물어보았던 겁니다. 용서를 할 수 있는 좋은 방법을 찾기 위해서 말이에요.

생각해 보니 저도 꽤 많이 용서를 받았고, 또 용서를 했습니다. 대학원 시절, 저의 지도 교수님은 재미있고 위트 있는 방법으로 절 용서해 주신 분이었어요. 제가 무슨 잘못을 했는고 하니, 스승의 날에 교수님께 회비를 걷었답니다. 네. 정말 아무 생각이 없었던 거지요. 지도 교수님도, 선배들도 얼마나 어이가 없었을까요? 실수를 깨달은 순간 쥐구멍에라도 숨고 싶은 심정이었습니다. 평생 핀잔과 놀림을 들어도 할 말이 없었죠. 그런데 교수님은 저에게 지폐 한 장을 스윽 내미시며 이렇게 말씀하셨어요.

"난 스승이니까, 스승의 날 회비는 천 원만 내도 되지 않을까?"

장난스러운 방식의 용서였습니다. 환하게 웃으며 흔쾌히 용서해 주신 덕분에 남은 대학원 생활을 잘 할 수 있었던 것 같습니다.

한편 군대 시절 지휘관은 명료하면서도 엄격한 방식으로 저를 용서해 주었습니다. 제가 실수로 군대에서 무단이탈을 한 적이 있었거든요. 근무 내내 '휴가 가고 싶다. 휴가 가고 싶다. 휴가 가고 싶다……'라고 간절하게 생각했기 때문일까요? 근무가 끝나자마자 "수고했다. 좀 쉬어"라는 지휘관의 말이 "수고했어. 휴가 가"라는 말로 들렸던 거예요. 분부가 떨어지자마자 서울에 있는 집으로 가 밤새 술 마시며 놀았습니다. 이튿날 전화를 받고서야 뭐가 잘못됐는지 깨달았지요. 그땐 정말 눈앞에 캄캄해지더군요. 군으로 돌아가면 총살당하는 건 아닐까? 머리카락이 다 뽑히면 어쩌지? 머리카락이 뽑힌다고 죽는 건 아니겠지? 오만 가지 생각으로 끙끙 앓고 있을 때, 지휘관은 엄한 목소리로 말했습니다. "마지막으로 한 번만 용서해 준다."

전혀 따뜻한 말투가 아니었는데도 눈물이 핑 돌았습니다. 나중에 알고 보니 군기 교육대 정도는 갈 수 있을 만한 잘못이었더라고요. 아무것도 묻지 않고 내려준 강력한 한방의 용서는 남은 군 생활을 다잡는 데 버팀목이 되어주었습니다.

저는 게시판에 제 험담을 쓴 대학원생을 용서한 적이 있어요. 어느 날 다른 교수님이 저를 찾아와서 기분 나빠하지 말라며(기분 나쁘라고 하는 소리죠) 내 걱정이 돼서 보여주는 거라면서(자기 재밌자고 보여주는 겁니다) 어느 게시판에 캡처된 글을 하나 내밀었습니다.

저에 관한 온갖 악담이 쓰인 글이었지요. 나 원 참, 김경일 교수가 의외로 산만하다나요? 말할 때 입에서 침이 튄다나요? 그래서 앞에서 이야기를 들을 땐 우산을 받치고 있어야 한다나요?

범인은 생각보다 쉽게 잡을 수 있었습니다. IP 주소가 인지심리학 연구실인 데다가 그 글이 작성된 시간에는 딱 한 녀석만 학교에 남아 있었거든요. 저는 "이놈아, 이렇게 쉽게 걸릴 걸 뭐 하러 올렸냐?" 하고 웃어 넘겼습니다. 이런 경우에는 유쾌하게 용서할 수밖에요. 진지하게 무게를 잡고 "자네에게 마지막 기회를 주겠네"라고 했다면 오히려 더 어색해졌을 테니까요.

✧ 어떻게 용서할 것인가 ✧

이렇게 상황에 따라 다양한 방식의 용서를 할 수 있습니다. 만약 제가 교수님께 회비를 걷었을 때, 준엄한 용서를 받았다면 지금처럼 교수님을 존경하지는 못했을 겁니다. 반면 군에서 무단이탈로 봐도 문제가 없을 행동을 했을 때 지휘관이 유쾌한 방식으로 용서했다면 제가 이상한 착각을 했을 수도 있었을 거예요. 같은 용서라도 톤과 뉘앙스에 따라 듣는 이의 마음과 태도는 달라집니다.

자, 그렇다면 클럽에 간 여자친구를 용서하기로 결심한 남학생의 경우, 어떤 스타일의 용서를 하는 게 맞을까요? 여기, 두 가지의 보기가 있습니다.

A: 더 이상 아무것도 묻지 않을게. 그냥 한 번 더 널 믿는다.

B: 앞으로는 아무리 늦어도 12시 전에는 들어오고, 자기 전에는 꼭 연락 줘. 이 두 가지 약속만 지킨다면 용서해 줄게.

A는 쿨한 용서죠? B는 디테일한 규칙을 만드는 용서입니다. 편의상 A를 '신뢰형 용서', B를 '규칙형 용서'라고 부르겠습니다. 이 남학생에겐 어떤 방식의 용서가 더 어울릴까요? 물론 정답은 없습니다. 어떤 분들은 신뢰형 용서가 더 좋다고 생각할 것이고, 또 어떤 분들은 규칙형 용서가 더 낫다고 느낄 테니까요. 그리고 이 커플이 얼마나 오래 만났고, 서로 어떤 일들을 겪었으며, 현재의 정황에 따라서도 다양한 의견이 나올 것 같습니다.

신뢰형 용서를 선택하신 분들은 이 커플을 연애 초기라고 생각했을 가능성이 높습니다. 서로 불타오르는 시기엔 상대의 실수를 시시콜콜 따지지 않고 멋지게 용서해 주는 편이 관계에 도움이 될 테니까요. 반대로 규칙형 용서를 고르신 분들은 이 커플을 꽤 오래된 사이로 봤을 것 같아요. 서로에 대해 잘 알고 있고 교감을 많이 한 사이로요. 실제로도 오래된 사이엔 작은 규칙을 정해서 지킴으로서 서로에 대한 신뢰를 쌓을 수 있기 때문이지요.

심리학적인 용어로 좀 더 자세히 설명을 드릴게요. 남녀 관계뿐 아니라 사람 사이의 관계를 크게 '접근 동기형 관계', '회피 동기형 관계'로 나눌 수 있습니다. 좀 더 정확한 표현으로는 '접근 동기를 충족시켜 주는 관계', '회피 동기를 충족시켜 주는 관계'이지요.

접근 동기는 좋은 걸 갖고 싶은 마음입니다. 상대와 함께 놀이공원도 가고 싶고, 여행도 가고 싶고, 맛집도 가고 싶은 마음이 바로 접근 동기죠.

회피 동기는 나쁜 것을 피하고 싶은 마음입니다. 사람이 버글대는 놀이공원은 생각만 해도 피곤하고, 여행에서 돌아오는 길에 꽉 막힌 도로를 생각하면 힘이 듭니다. 맛집 앞에서 줄 서는 것도 다리가 아파요. 그래서 미리 덜 힘든 방법을 찾기도 해요.

둘 중 하나만 충족시키는 관계는 없습니다. 그러나 기본적으로 중심추가 어느 쪽에 가 있는지는 따져볼 수 있을 거예요.

연애 초기에는 접근 동기를 충족시키고 싶은 마음이 강합니다.

새벽 3시까지 졸린 눈을 비비며 전화통화를 하는 것도, 피곤하고 불편하지만 상대방의 집까지 매일 데려다주는 것도, 사 먹는 게 제일 맛있고 편하지만 손수 도시락을 챙겨주는 것도 모두 접근 동기에 해당하지요. 나쁜 것을 막아내기 위한 행위가 아니라, 좋은 것을 주고받기 위한 행위잖아요.

그렇다면 결혼 10년 차, 20년 차의 부부는 어떨까요? 여전히 상대방의 존재만 생각하면 즐겁고 신나고, 로맨틱할까요? 오래된 부부의 관계는 좋은 것을 주고받기보다는 상대방으로 인해 나쁜 것을 막아낼 수 있는 관계라고 보는 게 맞을 겁니다.

어머님들이 많이 하는 농담 중에 "나이 들면 남편 없는 게 오복 중 하나다"라는 말이 있지요. 퇴직한 남편과 한집에 있는 게 오죽 힘들면 그런 이야기를 하실까요. 남편이 재롱을 안 떨거나 재미있는 이벤트를 안 해줘서 힘든 걸까요? 나이 든 여성 중에 그런 걸 바라는 분들은 없을 거예요. 매일 출퇴근을 할 때엔 적당한 거리를 유지하면서도 나쁜 것을 막아주던 남편과의 물리적 거리가 너무 가까워지자 불편하기 때문이지요. 게다가 퇴직한 남편이 심심한지 자꾸 같이 재밌는 걸 해보자고 성가시게 구니 좋았던 인생이 고달파집니다. 나이 든 부부가 상대에게 기대하는 것은 새롭고, 자극적이고, 재미있는 것이 아니라 위험이 없는 안전하고 편안한 상태일 테니까요.

관계가 오래되면 될수록 서로에 대한 사랑과 존중의 의미는 달라집니다. 그 사람 덕분에 이런 일만큼은 확실히 일어나지 않는다, 혼자라면 감당하기 어려울 불안과 공포, 물질적인 어려움을 상대로 인해 막아낸다는 마음이 확실해집니다. 그리고 그것을 확신하며 더욱 의미 있는 관계로 깊어지는 것이지요.

대부분의 사람들은 '상대로 인해 즐겁고 행복한 마음'만을 사랑이라고 생각합니다. 그러나 사랑의 얼굴은 다양하고 만남의 종류나 관계의 지속성에 따라 그 모습을 바꾸곤 해요. 접근 동기에만 의존하여 정의내리는 사랑은 주로 젊은 시절에 해당되는 이야기일 가능성이 크지요.

누군가가 정의하는 사랑은 '상대방이 싫어하는 것을 하지 않는 것', '나와 다른 상대의 취향을 인정하고 참아주는 것'일 수도 있습니다. '내가 그의 걱정을 줄여주고, 그가 나의 불안을 줄여주는 것'이 사랑일 수도 있고요. 아마 나이가 든 분일수록 후자 쪽에 공감할 것 같아요.

이런 관계는 비단 부부에게만 해당되는 건 아닙니다. 비즈니스에서도 마찬가지거든요. 한 기업이 다른 기업과 처음 거래를 시작하는 단계에서는 접근 동기가 작용합니다. 이곳과 함께 협업하면 이런저런 좋은 점이 있을 거라는 생각이 제일 먼저 들지요. 반면 오랜 시간이 지나 꾸준히 관계를 유지한 거래처와의 관계는 회피 동기가 더 크게 작용됩니다. "이 업체와 함께 일하면 이런 걱정은 안 해도 돼!"라는 믿음이 형성되기 때문이에요.

다시 용서에 대해 이야기를 해볼까요?

접근 동기가 더 많이 충족되는 관계를 용서해야 할 때는 어떤 메시지를 주는 게 좋을까요? 정답은 '신뢰'입니다. 반대로 회피 동기가 더 많이 충족되는 관계를 용서할 땐 어떤 메시지가 좋을까요? 그렇습니다. '규칙'이 더 어울리지요.

처음 사랑이 시작되는 그 시기를 떠올려보세요. 상대의 말, 부드러운 미소, 매력적인 행동들을 접할 때마다 이 사람과 함께 있으면 좋은 일이 있을 거라는 예감이 들곤 했지요. 그리고 믿게 됩니다. '저 사람은 좋은 사람이다, 따뜻한 사람이다'라고 말이죠.

관계의 시작과 함께 확인하는 것이 바로 그 믿음입니다. 따뜻할 거라는 믿음, 진실할 거라는 믿음 말이지요. 상대방이 나를 등칠 것 같다는 느낌이 드는데 어떻게 애정이 생기겠어요? 우리가 초반에 이성에게 느끼는 매력의 근거들은 대부분 신뢰를 기반으로 형성된 것들입니다. 그렇기 때문에 서로를 신뢰한다는 메시지를 통해 서로의 마음을 확인하는 것이 도움이 됩니다.

시간이 지나면 굳이 그런 신뢰를 느끼거나 언급하지 않아도 관계는 지속됩니다. 30년이나 살 비비며 살았는데 매일같이 '저 사람이 나를 속이는 거 아냐?'라는 의심을 가질 수는 없거든요. 이때 신뢰의 메시지가 빠진 곳에는 규칙이 자리 잡습니다. 회피 동기의 관계를 더욱 단단하게 이어주는 것은 바로 규칙이랍니다.

규칙은 잘 지킨다고 상을 주지 않아요. 대신 지키지 않을 시 처벌이 뒤따릅니다. 문법 같은 것이라고 생각하면 될 것 같습니다. 문법에 틀리지 않는 문장을 썼다고 해서 근사한 글이 되는 것은 아니지만, 비문투성이의 문장은 비웃음을 사지요. 규칙이란 이처럼 나쁜 일이 일어나지 않게 만드는 기본 속성이거든요.

상대방의 배신을 알고도 용서를 해야 하는 상황. 이제 막 사귄지 한 달 남짓 된 사이에 과도한 규칙을 정한다면 상황은 나빠질 것입니다.

"너 앞으로 클럽 출입금지야. 장소 이동할 때 연락하고, 휴대폰 비밀번호도 나한테 공유해. 학교 끝나고 나를 만나지 않을 땐 집으로 곧장 들어가야 해."

과장을 하긴 했습니다만, 이제 막 알아가는 애인이 이렇게까지 군다면 상대는 아마 모멸감을 느낄 것입니다. 용서의 과정을 거쳤지만 정작 잘못한 사람은 용서받지 못했다고 느낄 가능성도 크지요. 이럴 때는 마음을 다잡고 접근 동기를 충족시켜 주는 쪽이 낫습니다. 이렇게요.

"다 됐고, 난 그냥 너 믿는다!"

어떠세요? 제대로 용서받았다는 느낌이 들지 않을까요? 상대로 하여금 용서받았다는 느낌을 갖게 하는 건 무척 중요합니다. 용서받지 못한 사람만큼 막가는 사람도 없거든요. 용서는 상대방을 위해서도 필요하지만 결국 나를 지키는 도구인 셈입니다.

비즈니스에도 마찬가지입니다. 거래 초기에 상대의 잘못을 알았다면 어떻게 하는 게 좋을까요? 상대의 의도가 아주 악의적이거나 습관적이라면 용서 자체가 성립되지 않겠지요. 그런데 용서한 후에 다시 관계를 지속시키는 게 모두에게 더 이롭고, 상대 또한 그 용서를 갈구하고 있다면 접근 동기를 충족시켜 주는 게 좋습니다. 조건을 달지 않고 시원하게 용서해 주는 거죠.

"더 긴 말은 필요 없습니다. 다시 한번 믿겠습니다."

그런데 저처럼 결혼 20년 차가 훌쩍 넘은 관계에서는 얘기가 달라집니다. 얼마 전에 비상금을 숨겨두었다가 걸려서 아내에게 크게 혼난 적이 있어요.

영국의 심리학자들은 특이한 연구를 많이 하는데, 그들의 연구에 따르면 비상금을 숨겨두기 적절한 장소가 따로 있다고 합니다. 3위는 브리태니커 백과사전입니다. 아무도 보지 않지만 쉽게 버리지 않기 때문입니다. 2위는 결혼 사진입니다. 역시 보는 사람이 없으니까요. 대망의 1위는 아내의 고등학교 졸업앨범입니다. 하지만 졸업앨범은 들킬 위험이 없는 대신 불태워질 가능성이 있으니 주의해야 합니다. 그런데 저는 이 세 군데도 아닌 지난 명절에 들어온 선물 세트에 숨겨놓고는 열 달 동안이나 잊고 지냈습니다. 이런 제 자신에게 저조차도 화가 나는데 아내는 어땠을까요? 비상금을 발견한 아내는 아주 난리가 났습니다.

아내: 야, 너! 아직도 딴 주머니 차고 다니냐?

나: (뜨끔하지만 당당하게) 뭐, 너? 너어? 너 몇 살이야?

아내: 왜, 네 뱃살보다 적을까 봐?

나이를 무기로 조금 반항을 했지만 결과는 저의 참패였습니다. 우리는 20년 넘게 함께 산 부부입니다. 더 이상 마주보기만 해도 꿀이 뚝뚝 떨어지지는 않지만 상대방 덕분에 나쁜 일이 벌어지지 않는 것에 대해 감사하는 마음은 갖고 있어요. 즉, 회피 동기를 충족시켜 주는 관계예요. 저는 무지하게 혼이 났고 금세 용서받았습니다. 물론 규칙형 용서였어요.

아내: 앞으로 카드는 두 개만 갖고 다니고, 소비는 좀 줄여. 세 달 동안은 용돈 10만 원 깎을 테니까 그렇게 알고.

나: 아, 알았어. (휴, 용서 받았다.)

지켜야 할 규칙이 정해지자 안정감과 함께 용서를 받았다는 느낌이 들더라고요. 게다가 이 규칙을 묵묵히 잘 지키면 아내는 저를 대견하게 생각하겠지요? 시간이 지날수록 나를 더욱 용서해 줄 명분이 생길 겁니다.

만약 제 아내가 인자하게 웃으며 "아니, 긴말 필요 없어, 여보. 나 당신 믿을게"라고 말했다면 어땠을까요? 상상만 해도 등에 소름이 돋는 것 같습니다. 집 안과 연구실에 혹시 나를 24시간 감시하는 카메라를 설치한 것은 아닐까 걱정이 됩니다. 처벌이 끝나지 않은 느낌에 찜찜할 것 같아요.

아내가 우리 관계에 맞는 용서를 해준 덕분에 모멸감이나 의심을 느끼지 않고 다시 안정적인 상태로 접어들 수 있었어요.

이게 바로 무려 30년 동안이나 인지심리학자들과 사회심리학자들이 용서에 대해 연구한 결과랍니다. 용서를 해야 하는데 어떻게 해야 할지 모르겠다면, 혹은 용서를 받았는데도 찜찜함이 남아 있다면 접근 동기적 관계인지 회피 동기적 관계인지부터 따져보는 게 좋을 것 같습니다.

용서의 매커니즘과 이별의 매커니즘도 비슷하게 작용합니다. 두 관계를 정하는 데 영향을 끼치는 것은 서로 함께한 시간이에요.

회사에서 오래 일했던 분은 자신이 조직이 원하는 회피 동기를 충족시켜 주었다는 기억이 남아 있을 것입니다. 그래서 이별할 때 그 부분을 짚어주는 것이 마땅합니다.

연애에서도 오래 사귀었다가 헤어지는 상황이라면 서로가 회피 동기를 충족시켜 주었던 기억이 더 선명하겠지요. 그럴 때 먼 과거의 행복보다는 최근의 안정감, 즉 서로의 존재 때문에 막아낼 수 있었던 일들에 대해 감사를 표하는 것이 어울립니다.

✛ 사랑한다면, 관찰하세요 ✛

회피 동기에 무게 중심이 가 있는 관계라 하더라도 어느 정도의 접근 동기는 필요합니다. 20년 차 부부나 10년 된 거래처는 서로의 존재가 마치 안전장치처럼 느껴지게 마련입니다. 긴 시간을 함께하다 보니 신나는 일, 즐거운 일은 별로 기대하지 않게 되지요.

그러나 안전과 예방에만 너무 치우치면 관계의 신선함은 떨어질 수밖에 없습니다. 어느 순간 함께하는 시간이 지루해지고 서로에 대한 의미도 퇴색될지 모르지요. 가끔은 진지하게 '이 관계는 정말 뭘까?' 하고 환멸에 빠질 수도 있습니다. 매일 건강에 좋은 집밥을 먹다가도 가끔 자극적인 외식이 필요한 것처럼 회피 동기로

만 유지되던 관계에도 접근 동기라는 MSG는 필요합니다. 이때 꼭 필요한 게 바로 '장난'입니다.

　연인과 부부 관계에 장난만큼 중요한 건 없습니다. 오래 만난 연인이 결혼에 골인할 수 있느냐 아니냐는 서로 얼마나 장난을 잘 치는지에 따라 결정될 정도예요. 장난이야말로 안정적이지만 밋밋한 관계에 순간적인 접근 동기를 만들어주는 심리적 MSG라고 할 수 있습니다. 그러나 제가 배우자에게 장난을 치라는 꿀팁을 알려주면 90%의 기혼 남성들이 다음 날 다시 찾아와 이렇게 볼멘소리를 하곤 합니다.

　"교수님 얘기 듣고 집에 가서 장난쳤더니 와이프가 정색하면서 하지 말라는데요?"

　야심차게 도전한 장난인데, 돌아오는 건 타박이라니. 어깨가 축 늘어진 남성 분들의 모습이 눈에 선합니다. 그렇다면 아내들이 왜 남편의 장난을 싫어하는지, 그 이유도 제가 알려드릴게요. 내 기준으로 치는 건 '장난'이 아니라 '희롱'이기 때문입니다.

　성희롱을 한 사람들이 공통적으로 하는 말이 있습니다. 백이면 백 농담으로 한 말이래요. 그러나 듣는 사람에겐 농담이 아니었던 거죠. 보나 마나 이분들, 집에 가서 자기 기준에 맞는 장난을 쳤을 겁니다. 당하는 아내로선 기분이 상했겠지요. 여기서 장난과 희롱의 뜻을 정확하게 구분해 볼까요?

> 희롱: 내가 친 장난으로 인해 내가 쾌감을 얻는다
> 장난: 내가 친 장난으로 인해 상대가 유쾌하게 웃고, 그 웃음 때
> 문에 나도 기분이 좋다

제대로 된 장난을 치려면 상대의 기준부터 알아야 합니다. 그러나 오래된 부부가 그 기준을 파악하는 건 말처럼 쉽지 않아요. 최근 들어 통하지 않는 행동 때문이지요.

처음 사랑에 빠졌을 때, 상대의 마음을 얻기 위해 애쓸 때, 하나하나 맞춰가는 연애 초기엔 우리는 매일같이 이 행동을 했습니다. 그런데 어느 순간부터는 잘 하지 않게 되었어요. 그 행동의 이름은 바로 '관찰'입니다.

생각해 보세요. 아주 오래전, 꽤 많은 시간을 들여 상대방을 물끄러미 바라보지 않았나요? 상대가 밥을 먹거나 일을 할 때, 다른 사람과 이야기를 나눌 때, 내 시선은 늘 그 사람에게 향해 있었습니다. 저 사람이 언제 웃는지, 언제 화내는지, 집중할 땐 어떤 표정을 짓는지, 편안할 땐 어떤 포즈를 취하는지, 자기도 인지하지 못하는 습관은 무엇인지 계속 연구해야 했으니까요.

하지만 마음을 얻고 난 후에는 그 사람을 관찰하는 행동을 더

이상 하지 않게 되었지요? 어느 순간 내 사람이 되었다고 자신했을 때, 내 가족이 되었다고 안심했을 때, 관찰이라는 행위는 지속되지 않았을 겁니다.

만약 최근에 상대방을 관찰했다면, 그 사람이 좋아하는 장난의 기준도 알아챘을 거예요.

어렸을 때 이런 장난 한 번쯤 해보셨죠? 친구의 어깨를 톡톡 두드리고 뒤돌아보면 손가락으로 볼을 쿡 찌르는 장난이요. 그 시절엔 모두 그런 장난에도 깔깔대며 웃었습니다. 하지만 요즘 만나는 나이 든 친구가 그런 장난을 한다고 생각해 보세요. 좋아할 사람이 얼마나 있을까요? 시간이 지나고 사람이 커가면서 기준이 바뀌는 건 이상한 일이 아닙니다.

어린이가 갖고 싶어 하는 선물과 20대가 원하는 선물은 다릅니다. 청년 시절 좋아했던 취향과 중년이 된 후에 좋아진 것도 다르지요. 살다 보면 기준이 바뀌는 건 당연한데 여전히 나의 관찰은 배우자를 처음 만났던 그 시절에 머물러 있는 것이 문제입니다.

아내에게 처음 반한 20대 중반, 남편을 남몰래 좋아한 30대 초반, 연모를 품고 열심히 해왔던 관찰은 이제 밑천이 다 드러났습니다. 그 후로 시간은 수십 년이 흘렀는데 관찰은 도통 업데이트가 되지 않으니 장난을 칠 수 없는 것이지요. 작정하고 억지로 장난을 쳐봐도 상대방의 기준과는 한참 동떨어진 희롱입니다. 그러다 보니 짜증 섞인 불만만 돌아올 수밖에요.

관찰을 잘 하고 싶다고요? 그럼 좋은 때를 기다려 봅시다. 관찰하기 좋은 때는 상대는 목적이 있는 행동을 하고 있으나, 나는 아무 목적이 없을 때입니다. 만약 나도 상대도 목적이 있다면 관찰할 짬도 없겠지요? 상대도, 나도 목적이 없는 상태에 관찰하면 제대로 된 결과가 나오지 않을 거예요. 목적이 있는 행동을 할 때 사람은 자신에 대한 단서를 보여줍니다. 반대로 나는 목적이 없어야 상대의 행동에 집중할 수 있을 거예요.

저희 부부를 예로 들어보겠습니다. 얼마 전, 저는 아내를 관찰하기 가장 적합한 공간을 찾아냈습니다. 바로 백화점입니다.

저는 백화점이란 장소에서는 목적을 가질 수 없습니다. 저에게 있어 어떤 목표나 삶의 의미도 찾을 수 없는 공간이 바로 백화점이거든요. 그곳에 들어서는 순간 저는 산소 부족에 시달립니다. 딱히 몸에 이상이 있는 것도 아닌데 호흡이 힘들어져요. 게다가 200보만 걸어도 발에 통증이 느껴지고 자아가 상실되는 느낌이 들어요.

그런데 아내는 정반대입니다. 하루에 2천 보만 걸어도 발이 아프다는 사람인데 백화점에서는 2만 보도 거뜬히 걷습니다. 체력이 약한 줄 알았는데 온갖 쇼핑백을 한 손에 가볍게 드는 슈퍼우먼으로 변하고, 지구상에 있는 모든 사물을 탐지할 수 있는 오감이 발달됩니다. 그 공간에 적힌 모든 매뉴얼을 빠르게 읽고 파악할 수 있는 무시무시한 속독력도 겸비되지요. 도전정신과 목적의식으로 가득 차 있는 사람은 활력과 에너지가 넘치나 봅니다.

세상에서 가장 싫은 게 백화점 쇼핑이지만 최근에 아내와 몇 번 다녀와 봤어요. 지루하면 습관적으로 스마트폰을 들여다보게 되니 아예 꺼버렸습니다. 그제야 아내를 제대로 관찰할 수 있게 되더라고요. 20년 넘게 안 보이던 것들이 갑자기 보이기 시작합니다.

"저 사람 저런 걸 만지면서 웃네?"
"아, 이런 향기 좋아하는구나?"
"저런 얘기는 좀 재미없어 하네?"
"오, 이런 데서 신나는 표정인데?"

촉감과 소리에 예민하고 예기치 못한 오감이 작동할 때 즐거워하는 아내가 가장 좋아하는 장난감은 물건 포장할 때 넣어주는 에어캡, 즉 뽁뽁이었어요. 빵빵하게 들어 있던 공기가 '뽁' 소리를 내며 터질 때 아이처럼 즐거워했습니다. 그날 이후, 택배 배송을 받을 때마다 딸려 오던 뽁뽁이를 버리지 않고 모두 모아놓았습니다. 그리고 뽁뽁이를 산처럼 쌓아놓은 채 아내와 함께 눌러보았지요.

'뽀복, 뽁, 뽁, 빠악- 푸쉬.'

그날 정말 뽁뽁이 터뜨리기의 무아지경을 경험했습니다. 누가 더 빨리 터뜨리는지 경쟁도 하고, 큰 소리로 터뜨리기 시합도 했어요. 가끔 이상한 소리가 나면 뽁뽁이가 터지듯 아내의 웃음이 빵빵 터졌습니다. 오랜만에 제대로 장난을 친 것 같았어요. 연애 때 느꼈던 감정이 살아나는 듯한 기분이었습니다.

관찰은 뜻밖의 선물을 안겨주기도 합니다. 형편없는 연기력 때문에 그 어떤 역할에도 캐스팅되지 못한 미국 배우가 있었습니다. 할 일 없고 돈도 없는 날들이 이어졌어요. 매일 뉴욕 한가운데 있는 공원에서 지나가는 사람들을 물끄러미 바라보는 것 말고는 달리 할 일도 없었습니다. 공원에는 많은 사람들이 오갔습니다. 개를 산책시키는 노인, 점심을 샌드위치로 때우는 비즈니스맨, 뛰어다니는 아이들, 먹거리를 파는 노점상인, 사랑을 속삭이는 연인들…….

매일 공원에 출근하다시피 하니, 비슷한 사람들을 마주치게 되었지요. 그들은 관찰하다 보니 표정과 행동에 일정한 패턴이 있다는 게 발견되었습니다. 같은 웃음이지만 상황에 따라 표정은 천차만별이었어요. 쓸쓸하게 한쪽 입꼬리만 올려 웃기도 하고, 입을 크게 벌려 웃기도 하지요. 정색하는 표정, 짜증내는 표정도요.

그렇게 몇 달의 시간이 지난 후, 그는 표정 연기의 대가로 칭송을 받는 유명 배우가 되었습니다. 바로 시트콤 〈프렌즈〉에 출연해 국내에서도 큰 인기를 얻은 배우 데이비드 쉼머의 이야기입니다.

최근 안면 표정 분석 AI가 가장 정확하고 다양한 표정을 짓는 배우로 데이비드 쉼머를 선택하기도 했답니다. 〈프렌즈〉를 보신 분이라면 고생물학자 로스의 연기는 모두 인정하실 겁니다. 지적이지만 허당끼가 가득하고 부끄러움도 많으면서 고집 센, 복잡한 매력이 가득한 캐릭터를 데이비드 쉼머는 완벽하게 소화해 냈거든요. 특히 여동생 모니카가 친한 친구인 챈들러와 연인 사이라는 것을 뒤늦게 알아챈 로스가 몇 초 동안 지은 짧은 표정 안에는 놀라움, 화남, 흥미, 슬픔, 역겨움, 서운함, 감동 등의 감정이 모두 들어가 있었습니다. 이때의 표정은 AI가 선정한 최고의 장면으로 뽑히기도 했습니다. 이 모든 쾌거는 데이비드 쉼머의 꼼꼼하고 꾸준한 관찰 덕분에 가능한 일이었지요.

관계의 전환이 필요하다면, 사랑하는 사람에게 가장 적절한 심리적 선물을 주고 싶다면, 가장 먼저 해야 할 일은 관찰입니다. 재미있는 장난을 걸기 전에, 진지한 대화를 시작하기 전에, 새로운 행동을 제안하기 전에 먼저 그 사람을 물끄러미 관찰해 보세요. 관찰을 통해 좀 더 성숙하고 안정된 사랑의 방법을 찾을 수 있을지도 모르니까요.

✣ 집착의 이유 ✣

연애를 하다 보면 연인의 과한 사랑이 집착으로 느껴질 때가 있죠. 상대방에게 집착하는 스스로의 모습에 혐오를 느끼는 분들도 꽤 많습니다. 저 또한 그랬던 기억이 나는군요.

대학교 1학년 때 처음 한 연애는 서툴기 짝이 없었습니다. 겉으로 봤을 땐 그냥 평범한 연애였어요. 하지만 이상한 건 제 머릿속이었지요. 하루 24시간을 그 사람 생각만 하며 '왜 그런 말을 했을까?', '그 행동에 숨은 의미는 무엇이었을까?', '그 표정엔 무슨 뜻이 담겨 있을까?' 고민하다 보니 스스로 정신병에 걸린 건 아닌지 걱정될 정도였다니까요. 거의 집착에 가까운 집중이었지요. 첫사랑에 빠진 당시의 제가 다이어리에 남긴 메모를 찾아보니 이런 말이 적혀 있었습니다.

'심리학 하다 미치면 약도 없다더니……'

우리는 왜 집착을 할까요? 상대방을 정말로 사랑하기 때문일까요? 그렇지 않습니다. 좋아하는 마음이 집착을 만드는 게 아니에요. 그 사람이 없어진 상황을 떠올렸을 때 나를 옥죄는 불편감과 불안감이 집착을 만드는 것입니다. 여기서 다시 한번 접근 동기와 회피 동기를 짚고 넘어갈 수밖에 없겠네요.

• 접근 동기와 회피 동기

÷	특징	심리 상태
접근 동기	좋은 걸 갖고 싶은 마음	'그 사람과 함께 있으면 좋아. 행복하고 즐겁고, 내 삶의 의미를 찾을 수 있을 것 같아'
회피 동기	나쁜 것을 피하고 싶은 마음	'그 사람이 없으면 힘들고 외로울 거야. 그 사람이 없는 상태를 어떻게든 막아내야 해'

사랑에 빠지면 접근 동기와 회피 동기 모두 충족이 됩니다. 그러나 극단적으로 회피 동기만을 좇은 상태가 바로 집착이에요. 상대방을 순수하게 좋아하는 마음이 아니라 상대가 없어서 괴로워질까 봐 힘들어하는 마음이니까요. 한마디로 집착은 이렇게 표현할 수 있습니다.

접근 동기가 거의 없는 강한 회피 동기

이것을 'Like(좋아하다)'와 'Want(원하다)'의 차이로 다시 설명드리고 싶네요. 오래전, 제 딸이 유치원생일 때 같이 놀이공원에 간 적이 있었어요. 놀이공원 입구에 들어서자마자 아이는 풍선을 사달라고 떼를 쓰더라고요. 몇 번 안 된다고 타일렀지만 주변 자기 또래의 아이들이 모두 풍선을 들고 있으니 아이도 쉽게 포기하지 않더군요. 어찌나 난리를 치던지. 집착을 넘어선 광분 수준이었습니다. 어쩔 수 없이 그 비싼 헬륨풍선을 사주고 말았어요.

얼마나 지났을까? 놀이기구를 타기 위해 앞장서 걷고 있는데 뒤에서 딸아이 목소리가 들리더라고요.

"아빠, 나 팔 아파."

뒤돌아보니, 방금 전에 사준 풍선이 스르륵 하늘 위로 올라가고 있었습니다. 그렇게 갖고 싶다고 난리를 치더니, 몇 분도 안 돼서 놓쳐버리다니요. 친부모가 어떻게 친자식을 학대할 수 있는지 단박에 연구 논문을 쓸 수 있을 것 같았습니다.

나중에 보니, 그땐 주변에 풍선 든 아이가 없더라고요. 이게 바로 전형적인 집착이 아닐까 싶습니다. 아이는 풍선이 좋아서 사달라고 조른 게 아니었습니다. 모두 풍선을 갖고 있는데 자기만 풍선이 없는 그 상황이 싫었던 거예요. 강렬한 'Want'는 존재하지만 진짜 'Like'는 없는 상황이었습니다.

집착을 하는 사람도 마찬가지입니다. 상대방을 너무 사랑해서, 헤어지면 당장 죽을 것처럼 이야기를 하지만 막상 그 관계가 끝나면 얼마든지 쉽게 다른 사람으로 대체되지요.

내가 누군가에게 집착한다면 정말 좋아하는 대상을 아직 만나지 못했다고 생각해도 될 것 같습니다. 반대로 나의 애인이 나에게 심하게 집착을 하면 이게 진짜 사랑이 아니라는 것 또한 기억해야 할 것 같아요.

✛ 이별은 실패일까요? ✛

한 사람과 헤어졌는데 75억 인구와 이별을 선택하는 경우가 있습니다. 이혼을 경험한 분들입니다. 많은 경우가 한동안 그 누구도 만나지 않으려고 하더라고요. 최근 들어 더욱 이혼과 함께 심리적 고통을 호소하는 분들이 많아진 것 같습니다. 그분들이 공통적으로 하는 말씀이 있어요. 바로 "이혼을 하니, 인생에서 중요한 실패를 한 것 같다"는 이야기입니다.

그 감정을 이해 못하는 건 아닙니다. 사랑해서 결혼까지 한 사람과 헤어졌는데 심리적 고통이 조금도 없다면 더 이상한 일이지요. 하지만 문제는 '실패한 것 같은 느낌'입니다. 실패라는 말이 과연 이별에 어울릴까요?

실패는 보통 일에 대해 붙이는 어휘입니다. 목표한 것을 이루지 못했을 때, 원하는 결과가 나오지 않았거나 중도에 그만둬야 할 때, 우리는 주로 실패했다고 이야기하지요. 즉, '실패감'이라는 심리는 '분명한 목적'이 꺾였을 때 드는 마음이겠지요.

이혼 후, 내가 느끼는 가장 강력한 감정이 실패감이라면, 상대방과의 관계 자체보다 그 관계를 통해서 이루려는 목적이 더 분명했던 건 아니었을까요? 사회적인 평판, 부모님에 대한 체면 등 결혼 생활을 유지함으로써 기대하는 목적이 있었을지도 몰라요. 그 목적이 없다면 실패감도 없을 것입니다. 깊은 상실감이나 슬픔에 사로잡혀 있을 테니까요.

관계가 시작될 때, 깊어갈 때, 그리고 끝날 때, 우리는 많은 감정을 느낍니다. 그리고 그 감정 자체에 집중해야 합니다. 그러나 때로는 다른 부수적인 것들을 생각하느라 정말 중요한 것을 느끼지 못하는 경우도 있습니다.

얼마 전 유명 가수의 콘서트를 보러 간 적이 있었습니다. 화려한 무대와 신들린 듯한 가창력을 직접 관람할 수 있다니, 대단히 즐거운 체험이었어요. 오랜만에 눈과 귀가 호강하고, 심장이 쿵쿵대는 기분을 잔뜩 느끼고 왔습니다. 그런데 공연 도중, 주변을 돌아보니 관객들이 모두 스마트폰을 들고 무대를 찍고 있더라고요. 지금의 좋은 기억을 남기고 싶은 마음이었겠지만 촬영에 집중하느라 공연을 만끽할 수는 없었을 것입니다.

시간이 흐른 후, 이 동영상을 다시 찾아볼 사람이 얼마나 될까요? 만에 하나 그 영상이 꼭 필요한 순간이 온다고 해도 쉽게 구할 수 있을 것 같아요. 모두 모두 찍고 있었으니까요.

저는 스마트폰 대신 공연에 집중한 스스로의 선택이 만족스러 웠습니다. 디지털 파일이 기억하지 않아도 저의 세포들이 기억할 테니까요. 공연장에 왔으면 내 눈으로 공연을 보고, 방방 뛰며 즐 겨야 합니다. 나중을 위해, 혹시 모를 상황을 위해, 필요할지도 모 르는 사람을 위해 다른 것에 정신이 팔려버리면 지금 이 순간이 너 무 아깝잖아요.

결혼도 마찬가지입니다. 많은 드라마가 남녀의 사랑과 결혼을 소재로 삼고 있죠. 그런데 외국인들은 통역을 해줘도 도통 이해할 수 없는 한국 드라마만의 대사들이 있습니다.

"내가 자존심 때문에 너랑 결혼한 거야."
"우리 부모님 얼굴을 봐서라도 절대 이혼할 수 없어."
"네가 그 여자랑 결혼하면 내가 조상님 뵐 낯이 없다."

남녀의 관계에 자존심과 체면과 부모님, 조상님까지 대거 등장 하는 이 상황을 서양의 개인주의 문화에서는 이해하기 어렵겠지 요. 물론, 서양의 개인주의 문화가 무조건 좋다는 건 아니에요. 하 지만 우리가 나 아닌 다른 사람들의 시선을 필요 이상으로 신경 쓰 고 살아가고 있지는 않았는지 생각해 볼 필요는 있지 않을까요?

✧ 나에게 감탄하는 삶 ✧

꼬불꼬불한 헤어스타일로 잘 알려진 김정운 박사님은 전 세계 심리학자 중에 가장 장난꾸러기일 겁니다. 예전에 『나는 아내와의 결혼을 후회한다』라는 책을 쓰신 후로, 아직도 후회하고 계시는 분이지요. 김정운 선배는 어려운 철학 용어를 어린이도 이해할 수 있을 정도로 쉬운 말로 바꿔 쓰는 데 정말이지 탁월한 능력을 갖추셨어요. 얼마나 깊고 다양하게 공부를 하셨는지 짐작할 수 있는 부분입니다. 평소 읽는 논문이나 책의 양만 해도 어마어마하시죠.

청년 헤겔 철학에서 출발해서 악셀 호네트에 의해 구체화된 개념 중에 '인정 투쟁'이라는 용어가 있어요. 사람의 정체성은 인정을 받으면서 형성되는데, 정도가 지나치게 되면 오로지 인정을 받을 때만 정체성이 성립되고, 그것을 얻기 위해 투쟁한다는 말이에요. 부러움 어린 시선, 좋은 평판 등 타인의 평가를 통해 자아를 충족시키는 삶이지요. 비슷한 이야기로 자크 라캉의 "타자의 욕망을 욕망한다"가 있습니다. 철학 용어들이 조금 생소하고 어렵지요? 이 골치 아픈 개념들을 김정운 선배는 한마디로 명쾌하게 표현했습니다.

남의 감탄에 목말라하는 삶

어떠세요. 우리가 원하는 삶, 우리가 세운 목표, 그리고 노력하고 있는 수많은 것들은 사실 다른 사람들의 감탄을 얻기 위한 것일지도 모른다는 생각이 듭니다.

요즘엔 도로에서 비싼 외제차를 쉽게 볼 수 있더라고요. 그냥 수입 브랜드가 아니라 수억 원을 능가하는 고가의 프리미엄 차량들도 자주 보여요. 그 운전자들 중 일부는 정말로 자동차가 좋아서 많은 비용을 지불했을 것입니다. 특별히 예민한 감각 때문에 기기의 조작감이나 내부 인테리어의 질감을 중요하게 생각한다거나 남다른 엔진의 파워를 느끼는 게 곧 행복인 분들도 있을 테니까요. 하지만 그런 사람은 소수일 뿐, 대다수는 이 차를 타고 내릴 때 몇 초간 이어질 지인들의 감탄 때문에 비싼 비용을 지불합니다.

마찬가지로 가방 자체의 품질이나 디자인이 진심으로 좋아서 돈을 지불하는 사람도 있지요. 하지만 대다수는 이것을 걸쳤을 때 나를 보는 타인의 시선이 내 정체성을 충족시켜 주기 때문에 빚을 내서라도 명품을 사들이는 게 아닐까요? 바로 이런 삶이 인정 투쟁이라는 거예요.

얼마 전에 이런 자동차 광고가 있었습니다. 깔끔하게 정장을 갖춰 입은 두 남자가 건물 앞에서 이야기를 나눕니다. 한 명이 차량

리모콘을 누르자 삑 소리와 함께 헤드라이트에 불이 들어옵니다. 그것을 본 다른 한 명의 조금 놀란 표정과 함께 차분한 내레이션이 흘러나오죠.

"요즘 어떻게 지내냐는 친구의 질문에 ○○○로 대답했습니다."

정말 잘 만든 광고죠. 동시에 조금은 서글프기도 합니다. 오랜만에 만난 친구가 묻는 안부에 대한 대답이 고급 세단이라니요. 제가 아는 네덜란드 심리학자는 광고에 숨어 있는 사람들의 생각과 심리를 연구합니다. 요즘 워낙 한국 문화에 관심들이 많으니 한국에서 상을 받았다는 광고도 연구하며 봤더라고요. 그런데 이 광고의 내용을 도통 이해할 수 없었다고 하더군요. 타인의 시선보다 자신의 만족을 중요하게 여기는 유럽인들에게는 받아들이기 힘든 정서임이 분명합니다.

여기서 잠깐 김정운 박사님이 '감탄'이라는 어휘를 썼다는 것에 주목할 필요가 있습니다.

"우아", "아고", "오!", "저런!", "어?"

말하는 이의 놀람이나 느낌 등을 나타내는 감탄사라는 품사는 대체로 그 단어의 길이가 아주 짧습니다. 다음 문장과 연결되기보단 짧게 내뱉고 날아가 버리지요. 감탄이란 것이 본디 휘발성이 강하다는 것을 이야기하기 위해 그 단어를 선택한 건 아니었을까요? 두고두고 마음속에 남아 있는 감정들도 있지만 타인에 대한 감탄은 생각보다 쉽게 사라지고 맙니다. 그런데 영속적이기는커녕, 순간적으로 휘발되는 남의 감탄 때문에 시간과 노력, 돈뿐 아니라 목까지 매는 한국 사회를 어떻게 하면 좋을까요? 이번에도 김정운 선배의 대답은 기가 막힙니다.

"내가 나한테 감탄하면 되지."

그렇습니다. 남을 나로 바꾸면 간단하게 해결될 문제였어요. 공동체를 중요하게 여기는 한국 사회에서는 다른 사람의 시선이 없는 것처럼 행동하는 게 어려운 일이었어요. 그런데 최근에는 이런 사회문화적인 현상이 빠른 속도로 바뀌고 있습니다. 바로 코로나 팬데믹 덕분이지요.

사회적 거리두기 때문에 필수적으로 타인과 함께해야 했던 시간이 확 줄어들었습니다. 그런데 혼자 머무르는 시간 속에서 문득문득 행복을 느낀다고 고백하는 분들이 많다는 사실, 알고 계셨나요? 그 누구의 눈치도 보지 않고 내가 편안해하는 것, 내가 좋아하는 것, 내가 즐거운 것들을 찾게 되었거든요. 그게 얼마나 좋은지 해보신 분들은 아실 거예요. 내가 진짜 좋아하는 것을 찾는 게 타인의 짧은 감탄보다 훨씬 달콤하다는 것을요. 그러다 보니 이제 남의 시선이 꼭 그렇게 중요하지 않다는 것을 슬슬 느끼게 된 거죠.

앞서 소시오패스 이야기를 잠깐 드린 적 있습니다. 소시오패스는 타인의 모든 것을 다 빨아먹고 필요 없어지면 버리는 부류의 인간들이에요. 생각보다 많은 분들이 소시오패스를 만나 고통을 받았다고 이야기합니다. 소시오패스는 전체 인류의 4%에 해당하는 비중이니 부부나 부모, 그리고 형제자매 중에서도 쉽게 만날 수 있거든요. 상대방이 소시오패스인 줄 모르고 평생을 이용당하다가 뒤늦게 내 남편이, 내 아내가, 나의 혈육이 내 피를 빨아먹었다는 사실에 충격을 받지요.

소시오패스를 치료하는 건 어렵습니다. 대신 평범하고 착한 사람들의 피해를 최대한 줄이는 것이 필요해요. 그런데 소시오패스에게 이용당해 왔던 분들은 자신이 그토록 오랜 시간 악인에게 당할 수밖에 없었던 이유를 궁금해합니다.

내가 너무 못난 사람이었기 때문일까요? 아니면 너무 순수해서 세상물정을 몰라서일까요? 단순히 못났다, 몰랐다 하고 넘어가기엔 지난 세월이 너무 억울합니다.

연구자들은 소시오패스에게 주로 이용당하는 이들에게서 공통점을 찾아냈습니다. 이들은 대부분 능력이 좋고, 성실했으며, 착하기까지 했어요. 이 세 가지 특징이 삼위일체처럼 맞물렸을 때 소시오패스가 좋아하는 먹잇감이 되곤 했습니다.

마지막 네 번째 특징이 남아 있습니다. 바로 스스로에게 감탄할 것이 별로 없었다는 거예요. 소시오패스들은 성실한 사람들이 타인에게 인정받고 싶어 하는 마음을 기가 막히게 이용할 줄 알았으니까요.

소시오패스는 크게 두 가지로 나뉩니다. 강한 힘으로 상대를 가스라이팅하는 유형, 그리고 슈렉에 나오는 장화 신은 고양이처럼 상대의 동정심에 호소하는 유형. 이 두 유형 모두 상대방의 인정욕구를 충족시켜 주면 아주 쉽게 데리고 놀 수 있었던 겁니다.

가스라이팅형: 너밖에 없다. 내가 믿는 거 알지? 앞으로도 내 말만 들어.
동정 호소형: 내 곁에 있어줄 사람은 단 한 사람, 너뿐이야…. 계속 나하고만 놀아야 해!

굉장히 위험해 보이는 제안이지요. 그러나 자신에게 감탄할 것이 없던 사람에겐 이러한 인정조차 매력적으로 다가옵니다. 결국 소시오패스의 배를 불리는 피해자로 전락하게 되지요.

그러고 보면 내가 나에게 감탄하는 건 위험한 세상에서 스스로를 지키는 무기가 되어주기도 하네요. 그렇다면 어떤 방법으로 나에게 감탄할 수 있을까요?

일단, 일만 하는 사람들은 자기에게 감탄할 시간이 없습니다. 하지만 안타깝게도 성실하고 능력 있고, 착하기까지 한 대부분의 사람들에겐 일이 저절로 따라붙지요. 이런 사람들은 전형적으로 일을 아주 많이 하게 되어 있어요. 그러나 매일 같은 일을 하며 같은 사람만 만나면 위험에 취약해집니다.

위험에서 벗어나려면 다양한 사람들을 만나서 그들에게 조금씩 도움을 주어야 합니다. 내가 작은 친절을 받으면 고맙다는 인사가 되돌아옵니다. 그 감사는 내가 나 스스로에게 감탄하는 데 도움을 주지요. 그 감탄이 나를 안전하게 해주고요.

내가 같은 행동을 해도 고마움을 표현하는 사람이 있는가 하면, 그렇지 않는 경우도 있지요. 상대의 반응을 통해 주변의 사람들이 좋은 사람인지 아닌지 알아볼 수도 있습니다.

우리는 대부분 어른이 되면서 인간관계를 줄여나갑니다. 가정에 충실해야 하고 일에 집중해야 하기 때문이지요. 대신 매일 마주치는 소수의 사람들을 좋은 사람이라고 믿고 그들의 기준에 적응하기 위해 노력합니다. 그러나 진짜 어른이라면, 직장과 가정을 살짝 벗어난 전혀 다른 종류의 사람들을 느슨하게 만나라고 조언하고 싶습니다. 여기서 포인트는 느슨하다는 거예요. 너무 깊게 만나면 일과 가정에 소홀해지니까요. 하지만 그 느슨한 관계 안에서도 충분히 내 사람들의 가치를 알아갈 수 있습니다.

이런 경험은 젊은 시절부터 조금씩 해봐야 나와 내 관계에 대한 존중감이 생깁니다. 일과 가정에만 몰입하던 한 직장인이 나이 먹고 여유가 생겨 동창회나 동호회에 나갔습니다. 갑자기 다가온 낯선 이성이 예쁘거나 멋져 보이고, 작은 친절에도 흔들리는 경우가 많아요. 나에 대해서, 내 주변 사람에 대해서 중심이 없기 때문에 계속 흔들릴 수밖에요.

✧ 어떻게 해야 좋은 사람을 만날 수 있을까요? ✧

좋은 사람을 만난다는 건 인생에서 가장 중요한 일일지도 모릅니다. 그런데 이 질문을 조금 바꿔볼까요? 나는 과연 나의 배우자에게 좋은 사람일까요?

저는 일단 아니라는 확답을 받았습니다. 얼마 전에 물어보니 아내가 망설임 없이 대답해 주더라고요.

나: 너에게 난 좋은 사람이니?

아내: (1초 만에) 에이, 아니지.

나: …그, 그런데 왜 같이 살아?

아내: 가성비가 나쁘지 않아서? 아니면 대안 마련의 부재?

참 잔인한 사람이지요. 그러나 저는 다시 태어나도 제 아내와 결혼할 겁니다. 왜냐고요? 저 정말 20년 넘게 이 사람한테 맞춰주느라 힘들었어요. 그런데 어떻게 다른 여자한테 다시 맞추라는 겁니까. 사실 이 말은 〈해리가 샐리를 만났을 때〉에 나오는 대사예요. 영화 중간중간 노부부들의 인터뷰가 나옵니다. 인터뷰어가 노부부에게 다시 태어나도 지금의 배우자와 결혼할 거냐고 묻자 한 할아버지가 자신 있게 무조건 그러겠다고 대답하지요. 내가 이 사람한테 맞추려고 얼마나 힘들었는지 아느냐고요. 간신히 한 명을 맞췄는데 다른 사람과 또 맞출 수는 없다고 말이죠.

저는 대학교 1학년 때 이 영화를 보았는데 그때도 이 대사가 너무 좋더라고요. 저 또한 아내를 만나고 결혼하고, 지금까지 긴 시간 동안 까다롭기 그지없는 그녀에게 하나하나 맞추느라 애 좀 먹었습니다. 이제 맞추는 건 그만하고 싶네요. 걸그룹이 통째로 와서 결혼하자고 졸라도 결단코 할 수 없습니다. 이렇듯 지금 내 곁에 있는 사람이, 내가 오랜 시간 맞춰온 사람이 나에게 가장 좋은 사람이라는 건 분명합니다. 하지만 객관적으로 좋은 사람을 가려낼 필요도 있겠지요?

심리학자들은 어떤 사람이 좋은 사람인가에 대한 대답을 찾아왔습니다. 그리고 이제 이렇게 대답할 수 있을 것 같아요.

정직하고 겸손한 사람

뻔한 이야기지만 참 쉽지 않아요. 앞서 정직과 겸손에 대해 말씀드린 적이 있지요? 정직은 솔직하다는 뜻이고 겸손은 적당히 나를 가린다는 뜻이니 둘은 정반대 개념 같습니다. 너무 정직하면 겸손할 수 없고, 지나치게 겸손하면 가식적으로 보이니까요.

둘 다 너무도 좋은 말이지만 이 둘을 함께 쓸 때엔 적당한 지점을 찾는 것이 중요해요. 어느 날은 64%의 정직과 36%의 겸손으로, 또 어느 날은 42%의 정직과 58%의 겸손으로. 이 지점을 매일매일 조정하며 찾아내는 것을 우리는 '성숙함'이라고 부르지요.

날마다 100% 겸손하거나 100% 정직하기란 불가능합니다. 그런데 특별히 경계해야 할 사람이 있어요. 바로 '선택적으로 정직한 사람'입니다.

언제 어디서나 부정직한 말과 행동을 하는 사람은 의외로 위험하지 않습니다. 연인 사이로 잠시 만났다 해도 금방 헤어질 수 있으니까요. 그런데 자신에게 유리할 땐 아낌없이 정직하지만 그렇지 않을 땐 거짓된 행동을 하는 사람들이 있어요. 마치 선택적 분노처럼 자기 이익과 관련된 일에만 정직한 거지요. 물론 우리 모두에게도 이런 모습은 있습니다. 어린 시절, 엄마한테 혼날 때 이런 말 많이 들으셨죠?

"솔직히 말하면 용서해 준다?"

이처럼 이실직고했을 때 분명한 보상이 약속되면 냉큼 진실된 모습을 보이게 마련이지요. 그러나 정직하게 말했을 때 손해 보는 게 확실하다면 그렇게까지 솔직하고 싶지는 않아요.

누구나 선택적으로 정직할 수는 있지만 이런 현상이 너무 분명하고 뚜렷하게, 또 자주 보이는 사람은 주의해야 합니다. 조금이라도 유리할 땐 진심을 보이고, 불리할 땐 말을 바꾸는 이들은 상당히 기만적인 사람입니다. 이런 사람과 사랑에 빠진다면 고달픈 일들이 뒤따를 거예요.

✧ 나에게 좋은 사람 ✧

아내: 저는 A 정당을 지지해요. 전 진보주의자거든요.

부부가 정치적으로 정반대의 입장을 취하는 건 상당히 골치가 아픈 상황입니다. 미국 심리학자들은 지지하는 정당의 성향이 정반대라면 결혼하지 말라고 아예 대놓고 말하곤 해요. 정치관은 선거 날 누구에게 표를 찍느냐의 문제에서 끝나는 게 아니기 때문입니다. 세상을 바라보는 세계관이거든요.

개방적이고 진보적인 사람은 사회적 약자가 피해를 보는 상황에 분노합니다. 보수적인 사람은 잘 지켜져야 하는 미풍양속이나 전통이 흐트러지는 것에 분노하지요. 분노의 코드가 정반대인 사람이 좋은 관계를 유지하는 건 힘들어요. 아무리 좋아하는 프로야구팀이 같아도, 아무리 즐기는 취미가 비슷해도 어쩔 수 없는 일입니다.

정치 성향으로 예를 들었지만 이것은 성격의 5대 특성에서 '개방성'에 해당하는 내용입니다. 외향성, 우호성, 성실성, 신경성 같은 나머지 네 가지 성격 특성들은 정반대라고 해도 상호 보완이 가능합니다. 하지만 개방적인 사람과 보수적인 사람이 오랜 시간 좋은 관계를 유지하기란 힘들다는 게 심리학자들의 보편적인 의견입니다.

그러니 객관적으로 좋은 사람보다는 나에게 좋은 사람을 찾는 게 더 맞는 말이겠지요? 그 사람이 아무리 훌륭해도 보수적인 나에 비해 지나치게 진보적이라면, 혹은 그 반대라면 좋은 사람이라고 말하기 어려울 테니까요.

다행히 나와 비슷한 수준의 개방성을 가진 사람을 만났다고 칩시다. 개방성은 두 사람을 빠른 속도로 친밀하게 해주지요. 세계를 보는 눈이 비슷하니 코드도 잘 맞고 동지의식도 생겼을 것입니다. 이때 관계를 더욱 돈독하게 유지시켜 주는 것이 '정직'이에요.

같은 개방성과 보수성을 가지고 있어 친해졌는데, 한쪽이 부정직하거나 혹은 선택적으로 정직한 모습을 보이면 그 관계는 최악으로 치달을 수 있습니다.

마피아 조직을 보세요. 마피아는 세계관이 비슷한 사람끼리 만난 부정직한 조직입니다. 강력한 매력으로 서로를 끌어당겼지만

• 좋은 상대를 판단하는 기준

순서	판단 기준	주의할 점
1단계	나와 비슷한 수준의 개방성을 가지고 있는가?	너무 개방적이거나 너무 보수적이지는 않는가?
2단계	정직한 사람인가?	부정직하거나 선택적으로 정직하지는 않은가?

결국엔 서로 배신하고 총을 겨누지요. 우리의 관계가 마피아와 같은 최후를 맞지 않으려면 다음과 같은 순서로 상대를 만나는 것도 도움이 될 것입니다.

한편으로는 나도 상대에게 좋은 사람이 되기 위해 나의 정직성을 체크해야 할 필요가 있겠지요. 종종 거짓말을 해왔던 사람이라면 이런 이야기를 듣고 뜨끔하실 수도 있겠네요. 그렇다면 다행입니다. '뜨끔'하다는 것은 양심이 있다는 뜻이고, 즉 희망도 있다는 뜻이니까요.

상대방의 정직을 테스트하고 싶다면 이 '뜨끔'을 건드리는 것도 방법입니다. 내가 어떤 상황에서 죄의식을 느끼는지, 내가 언제 양심의 가책을 느끼는지 허심탄회하게 대화해 보는 거예요. 상대도 비슷한 잘못에서 괴로움을 느낀다면 양심과 죄의식이 있다는 사인이지요. 그러나 '그게 뭐가 어때서?', '너무 예민하게 구는 거 아냐?', '왜 그런 것까지 찔려 해?', '결과가 좋으면 상관없는 거 아냐?'와 같은 반응이 나온다면 나와 정직성이 아주 다르다고 봐야 합니다. 이런 경우 개방성이 비슷하다고 하더라도 관계를 오래 유지하기란 거의 불가능할 것입니다.

사랑이라는 프레임으로 사람과 세상을 보려고 한 오늘의 공부, 어떠셨나요? 연애는 소중하고 아름다운 경험이며 그 기쁨과 슬픔으로 우리는 성장합니다. 그리고 연애가 끝난 후에도 새로운 사랑은 계속되지요. 불꽃처럼 타오르는 사랑, 호수처럼 잔잔한 사랑, 좋은 것을 끌어당기는 사랑, 나쁜 것을 막아주는 사랑……. 사랑의 형태는 다양하고 변화무쌍하지만 상대방을 진심으로 소중하게 여기는 마음은 그대로일 것 같아요. 사랑하는 사람의 마음을 온전히 믿으세요. 그리고 그 사람과 사소한 장난으로 많이 웃는 하루를 보내시기 바랍니다.

5장

돈에서 자유로울 지혜

'경제적 자유.' 자본주의 시대를 사는 우리에겐 가장 근사하고 달콤한 말인 것 같아요. 좋아하는 일을 하면서도 시간적 여유가 충분하고, 게다가 경제적으로 쪼들리지 않는 상태라니. 그 멋진 꿈을 위해 많은 분들이 경제 공부도 하고 투자도 열심히 하시더라고요. 나를 짓누르고 있는 경제적 스트레스만 해결되어도 세상살이가 행복할 것 같습니다.

최근 저는 '나만의 경제적 자유'에 대한 정의를 세워보았습니다. 바로 '주차요금을 아까워하지 않는 것'이에요. 이제 어느 정도 나이도 먹고 일한 세월도 꽤 되어 예전처럼 궁핍하지 않습니다만 주차요금을 내는 순간만큼은 왜 이리 손이 떨리는지요. 저렴하거나 무료인 주차공간을 찾아 먼 거리를 돌아가기도 하고 아예 그 목적지를 외면하는 경우도 비일비재해요. 하지만 저 같은 사람도 언젠가 스스로가 인정할 정도의 경제적인 성공을 이룬다면 무시무시한 주차비 앞에서도 대범해지겠지요? 그날이 바로 저에게 경제적 자유가 주어지는 순간일 겁니다.

어떤 부자들은 자신의 전용 주차장에 20대가 넘는 고급 차를 세워둔다고 합니다. 하지만 우리 모두가 그런 삶을 꿈꾸는 건 아니지요. 사람마다 취향과 취미가 다르듯, 각자가 생각하는 경제적 자유도 다를 거예요. 어떤 분은 좋아하는 커피를 사 마실 때 마음에 껄끄러움이 없는 상태일 것이고, 누군가는 메뉴판의 가격 앞에서 망설이지 않고 소고기를 주문하는 순간일 거예요. 일주일에 세 번 밥을 사도 기분이 안 나쁜 상태가 누군가가 꿈꾸는 경제적 자유일 수도 있겠네요.

경제적 자유에 대해 추상적인 정의만 갖고 있었다면 지금이라도 나만의 정의를 만들어보세요. 나만의 확실한 정의가 있으면 언제 욕망을 멈출지 조절할 수 있거든요. 그렇지 않으면 1억보다는 2억이 좋고, 2억보다는 3억이 좋은 게 사람 마음입니다. 이미 재산이 충분한 사람도 돈 욕심에 눈이 뒤집히면 그 끝이 파멸이라는 것을 알면서도 불구덩이 속으로 뛰어들게 마련이죠.

자, 그럼 나만의 경제적 정의와 함께 부자 될 준비를 해볼까요? 이번에 함께 이야기할 주제는 바로 '돈'입니다.

÷ 돈이 많으면 행복할까? ÷

예전에 일 때문에 싱가포르에 방문한 적이 있었습니다. 싱가포르 대학에서 일하는 친구가 공항으로 마중을 나왔어요. 오랜만에 친구를 만나니 너무 반가워서 격하게 인사를 하려는데 친구 녀석, 묘하게 다른 곳에 신경이 가 있는 느낌이더군요. 살짝 서운하려는 찰나 친구가 말했습니다.

"너 그거 알아? 오늘 이 공항에 너보다 훨씬 더 중요한 사람이 왔다는 거?"

아닌 게 아니라 깔끔하고 질서정연하기로 유명한 싱가포르 공항이 그날따라 어수선한 느낌이 들었어요.

"누군데? 오바마라도 왔어?"

그 중요한 사람은 바로 만수르였답니다. 하필 만수르와 비슷한 시간대에 제가 공항에 도착했던 거죠. 세계 최고의 재벌 앞에서도 주눅 들지 않는 것이 한국인의 '종특' 아니겠습니까? 저는 만수르에게 밀린 게 괜히 심통이 나서 툴툴거렸지요.

"난 또 뭐라고. 겨우 중동 부자 한 명 온 거 가지고……."

"겨우 중동 부자? 너 만수르 재산이 얼마인 줄이나 알아?"

알고 보니 만수르의 재산이 워낙 많은 데다 실시간 불어나기 때문에 그것을 추정하는 계산법도 다양하다고 하네요. 친구 말이 최대치로 추정할 경우 자그마치 1경 정도라고 하네요.

"뭐, 1경? 난 경일이다, 이놈아!"

썰렁한 농담으로 큰소리를 치긴 했지만 사실 엄청 놀랐습니다. 1경이라면 1조가 만 개 있다는 얘기인데 한 사람의 재산으로는 엄청난 단위 아닌가요? 만수르가 오늘 당장 한국으로 국적을 바꾸면 우린 한 천 년 동안 일을 안 해도 될 것 같은 느낌입니다.

여러분은 주위에 돈이 많은 사람들이 있나요? 소위 부자라고 불리는 사람들은 나보다 얼마나 더 재산이 많다고 생각하세요? 두세 배? 혹은 다섯 배?

나보다 돈이 많은 사람도 있지만 나보다 가난한 사람들도 꽤 있지요. 그들의 재산은 나보다 얼마나 적을까요? 측정해 볼 수 있을까요?

잠깐 제 자랑을 하자면, 제 지인 중에는 성씨만 말해도 다들 놀랄 만한 유명한 부자들이 꽤 많답니다. 심리학자라는 직업 덕분에 여러 종류의 사람을 만날 수 있었기 때문이지요. 물론 그분들도 저를 친하다고 생각하는지는 알 수 없지만요.

만수르만큼은 아니더라도 소위 부자로 분류되는 이들의 재산은 우리의 예상을 뛰어넘습니다. 나의 백 배, 천 배, 만 배뿐 아니라 그보다 더 많을 수도 있겠지요. 그렇다면 그들은 나보다 만 배, 십만 배, 백만 배 행복할까요? 그렇지 않다는 것 정도는 모두 상식적으로 알고 있습니다.

남보다 돈이 천 배 많다고 해서 천 배 행복한 건 확실히 아닙니다. 하지만 돈이 없을 때 불행하다는 것도 확실한 것 같아요.

여러분은 혹시 마이너스 통장 가져본 적 있으신가요? 급하게 돈이 필요할 때 편리하게 이용할 수 있지만 그만큼 금리가 만만치 않습니다. 그래서일까요? 마이너스 통장을 쓰다 보면 이상한 쫄깃함이 느껴집니다. 미국 연방 은행 금리가 올랐다는 소식이 내 일처럼 느껴지고 매달 이자가 쑥쑥 빠져나갈 때마다 빚쟁이가 된 것 같지요. 평소에 기분 좋게 웃다가도 나에게 마이너스 통장이 있다는 사실에 문득문득 위축이 되곤 합니다. 확실히 행복감과는 거리가 먼 감정이에요. 가난해도 충분히 행복할 수 있다고 말하는 이들도 있지만 현실을 따져보면 쉬운 일은 아니지요. 가난이 곧 불행을 초래한다는 것은 인정할 수밖에 없는 사실 같습니다.

✣ 인간이 돈을 만든 이유 ✣

자본주의 사회를 사는 우리들은 돈 문제만큼은 누구보다 민감합니다. 도대체 인간은 왜 돈이라는 걸 만들었을까요?

인간이 돈을 발명한 이유에 대해 명확하게 알려진 바는 없습니다. 어떤 전통의 기원을 찾아 과거 문건을 열심히 뒤져보아도 확실한 근원을 알기 어려운 경우가 종종 있어요. 돈이 대표적이지요. 대체 인간이 왜 돈을 만들었는지는 아직도 미지수입니다. 오죽하면 『사피엔스』의 작가 유발 하라리가 돈을 일컬어 '인류 최대의 사기극'이라고 표현했을까요? 먹지도 못하는 종이 쪼가리나 금속 조각 몇 개를 생선이나 쌀과 맞바꾸다니요. 이건 엄청난 사기입니다. 우리 선조들은 종이와 금속이 그만한 가치가 있다는 것을 어떻게 믿을 수 있었을까요?

현대를 사는 우리는 누구 하나 돈의 가치에 대해 의심하지 않습니다. 인류는 돈이라는 말도 안 되는 상징체계를 믿게 하기 위해 결국 사회를 바꾸어놓았으니까요. 농업혁명을 일으키고 종교나 국가 시스템을 만들고, 문자와 각종 기술을 발전시켜 온 모든 역사는 어쩌면 돈이라는 것의 가치를 설득시키기 위한 인간의 몸부림이었을지도 모릅니다. 돈이란 인류 최대의 사기극인 동시에 인류 최대의 신뢰 시스템이라고 할 수 있으니까요.

저는 인간의 어떤 마음이 돈이라는 거대하고 미스테리하며 귀찮고 복잡한 상징체계를 만들었는지 고민해 보았습니다. 그리고 돈의 기원에 대한 저만의 '뇌 피셜'을 정리했습니다.

우리 인간이 간절하게 알기 원하지만 절대 함부로 알 수 없는 것이 있습니다. 바로 '확률'과 '가치'입니다.

여러분들은 꼭 이루고 싶은 소망이 있나요? 승진을 하거나, 학위를 따거나, 내 집 마련을 하거나, 자녀가 원하는 학교에 합격하는 상황을 꿈꾸시나요? 그렇다면 그 소망이 10년이나 20년 사이에 이루어질 확률은 몇 퍼센트나 된다고 생각하세요?

방금 이 질문은 럿거스 대학 연구원들이 졸업생을 대상으로 진행한 인터뷰 내용입니다. 졸업 후, 10년에서 20년 안에 일하고 싶은 회사에 들어갈 수 있는 확률, 내가 꿈꾸던 연봉을 받을 확률, 사랑하는 사람을 만나 결혼할 확률, 나만의 안락한 보금자리를 장만할 확률이 얼마나 되는지 추측하도록 했습니다.

물론 나쁜 일이 일어날 가능성에 대해서도 어떻게 예측하는지 함께 조사했습니다. 30년 이내에 내가 몹쓸 병에 걸릴 확률, 파산할 확률, 이혼할 확률, 사고로 죽을 확률을 어떻게 생각하는지 말이죠.

같은 인터뷰를 몇 년 동안 진행하였고 공통적인 결과도 도출되었습니다. 대부분의 사람들은 자신에게 일어날 긍정적인 일에 대한 확률은 과대 추정하고, 부정적인 일은 과소 추정했다는 것입니다. 그 말인즉, 좋은 일이든 나쁜 일이든 우리 인간은 미래를 확실히 잘못 예측한다는 거예요. 앞으로 나에게 어떤 일이 일어날 확률을 단번에 안다면 참 좋을 텐데, 신이 아닌 이상 알 턱이 없습니다.

미래의 어떤 일이 일어날 확률을 추정하고 싶어 하는 인간의 소망은 온갖 점술과 미신이 만들어냈습니다. '올겨울엔 강가를 조심하라. 물에서 사고가 날 확률이 높다', '서쪽으로 가면 귀인을 만날 것이다' 같은 말들은 조금이라도 확률에 기대고픈 인간들의 마음을 달래줍니다. 주사위 역시 확률에 다가가고 싶은 욕망이 반영된 위대한 발명품이라고 말하는 사람도 있어요. 이처럼 인류는 수만 년이 넘는 시간 동안 안갯속을 더듬듯 어설프게 확률을 추정해 왔습니다. 그런데 비로소 최근에 와서 그 형태가 달라졌어요. 빅데이터, AI 등 소위 4차 산업혁명이라 불리는 기술의 혁신 덕분에 실제와 근접한 수치에 다가간 것입니다.

'페이션트 라이크 미Patients Like Me'라는 웹사이트에 대해 들어보신 적 있으신가요? 우리나라에는 잘 알려져 있지 않지만 서구에서는 아주 유명한 의료 소셜 플랫폼으로, 병원에서 환자에게로 의료 권력을 이동시켰다는 평을 듣기도 했지요. 페이션트 라이크 미를 이용하는 환자들은 자발적으로 이 사이트에 들어가 자신이 복용하고 있는 약, 받고 있는 재활치료에 대한 내용을 올려놓아요. 그렇게 쌓인 내용들은 대량의 의료정보가 되어 같은 병을 앓고 있는 다른 환자들에게 도움을 줍니다. 현재 미국의 제약회사들은 그간 거만한 병원을 대상으로 진행해 왔던 임상실험을 페이션트 라이크 미 측에 의뢰할 정도가 되었어요.

　창업자 제이미 헤이우의 동생은 루게릭을 앓던 환자라고 합니다. 투병 중인 가족을 둔 분들은 그 심정을 알 거예요. 이 병이 어떻게 진행될지, 가족의 앞날은 어떻게 될지, 10년 후 환자의 상태가 어떻게 바뀔지 여간 답답하고 막연한 게 아니지요. 하지만 막상 관련된 데이터를 구하는 건 쉽지 않았습니다. 그래서 같은 병을 앓고 있는 환자들을 모아야겠다는 생각을 하게 된 거지요. 의료 전용 플랫폼이 생기자 환자들은 각자의 경험과 지식을 자료로 내놓았고, 촘촘한 네트워크 덕분에 데이터는 점점 더 정교해질 수 있었습니다. 단순한 정보뿐 아니라 삶에 대한 의지나 희망도 나누었고요.

　다양한 질환을 가진 사람들이 모이면 나와 유사한 증상을 겪었던 환자도 발견할 수 있어요. 그의 10년 전 모습이 지금의 나와 같다면, 나의 10년 후는 그의 현재 모습과 비슷하겠지요. 페이션트 라이크 미는 한 인간의 10년 후, 20년 후의 모습을 근사치의 확률로 가늠해 볼 수 있었던 꽤 괜찮은 시도였어요. 이것이 바로 빅데이터의 힘입니다. 이제야 비로소 인류는 기술과 함께 확률에 접근해 가고 있습니다.

　확률에 이어 인간이 알고 싶어 하지만 쉽게 알 수 없는 두 번째는 바로, 가치입니다. 이 사람과 결혼할까, 저 사람과 결혼할까. 이 대학을 갈까, 아님 저 대학을 갈까. 주말에 책을 읽을까, 아님 여행을 갈까……. 우리 머릿속을 복잡하게 만드는 일상의 골치 아픈 고민들은 대부분 가치 판단의 문제잖아요? 어떤 선택이 더 가치 있는 일인지 알고 싶지만 뾰족한 답은 도통 알 수가 없지요. 확률은 기술의 발전 덕분에 점점 실제와 비슷하게 접근해 가지만 가치는 여전히 오리무중입니다.

그래서 인류는 '돈'을 개발한 게 아닐까요? 물물교환 시절을 생각해 보세요. 쌀 한 가마니의 가치는 물고기 몇 마리의 가치와 같을까요? 사과 다섯 알의 가치는 장신구 몇 개의 가치와 같을까요? 매 순간 가치에 대해 고민하고 결정해야 했던 우리의 선조들은 얼마나 골치가 아팠겠습니까. 그래서 조금 귀찮고 설득력이 떨어지더라도 단일 기준을 만들어버리는 편이 나았을 거예요.

여기 두 명의 프로야구 선수가 있습니다. 한 명의 연봉은 2억이고, 다른 한 명은 연봉 3억을 받고 있어요. 둘 중 누가 더 가치 있는 인간일까요? 현대인들은 쉽게 판단합니다. 3억짜리 선수가 더 가치 있다고 말이지요.

물론 연봉 말고도 한 인간의 가치를 따지는 기준은 무궁무진합니다. 그러나 게으른 우리 인간들은 그것을 하나하나 생각하지 않지요. 돈으로 판단하는 게 가장 쉽고 간편하니까요.

'A라는 사람은 얼마짜리다. B는 얼마짜리다'와 같이 인간의 가치를 돈으로 매기는 것처럼 몰상식하고 폭력적인 행위도 드물 거예요. 맥락과 상황에 따라 다른 시선을 적용하지 않고 숫자로 등급을 매기는 행위는 정의롭지 못한 결과를 초래하기도 합니다.

하나 다행스러운 점은, 인류는 공존하는 법을 배웠다는 것입니다. 경쟁하는 것보다, 속이는 것보다, 함께 나누고 돕는 것이 생존에 유리하다는 것을 오랜 진화를 통해 알게 되었으니까요. 사람들은 흔히 '강한 자만이 살아남는다'라고 말합니다. 그것은 진화에 대한 깊은 오해입니다. 만약 인류가 역사 속에서 잘난 사람, 강한 사람, 수단과 방법을 가리지 않고 경쟁에서 이기려고 애쓰는 사람, 몸값이 비싼 사람만 남겨놓은 채 나머지는 제거했다고 상상해 보세요. 과연 인류가 지금처럼 오랜 시간 살아남아 번성할 수 있었을까요? 진작에 소시오패스들에 의해 멸망하고도 남았을 것입니다.

우리들의 유전자는 생각보다 더 이기적입니다. 자신과 동일한 유전자를 더 많이 퍼뜨려서 더 오래 생존시키는 게 유일한 목표예요. 그래서 인간의 유전자는 살아남기 위해 이타성을 진화시켰습니다. 조금 쓸모없게 느껴지는 사람, 발전을 늦추는 사람, 어리석어 보이는 사람들조차 함께 살기 위해 노력했고, 공존하고 공생하는 방법도 고안하게 되었습니다. 덕분에 때로는 약자인 우리들도 이 험난한 세상에서 살 수 있는 기회가 주어졌을지도 모르지요.

✦ 불안을 피하고 싶은 욕망 ✦

까까머리 중학생 시절, 스포츠 용품 매장에서 구입한 지갑 하나를 덜렁 들고 외출한 적이 있었습니다. 입구는 찍찍이라고 불리는 벨크로로 되어 있어서 쉽게 여닫을 수 있는 천 지갑이었지요. 천 원짜리 지폐 한 장, 500원짜리 동전 네 개만 들어 있어도 세상 든든하던 시절이었습니다. 문제는 낡은 지갑의 실밥이 풀려 동전을 담는 부분이 떨어져 나갔다는 것이고, 제가 그 사실을 까맣게 모르고 있었다는 것이었어요. 천 원을 내고 800원짜리 유부우동을 먹고 버스를 타고 집으로 가려는데 아뿔싸, 남은 돈이 한 푼도 없는 거예요. 분명히 집에 갈 차비를 넉넉히 남겨놨는데 말이죠.

어쩔 수 없이 광화문을 지나 남산과 한남대교를 거쳐 집까지 터덜터덜 걸어갔습니다. 다리도 아프고 배고팠지만 가장 힘들었던 건 나 스스로에 대한 연민이었어요. 어찌나 가엾고 처량하던지. 그때 느낀 슬픔은 꽤 오랫동안 기억에 남더라고요.

하지만 그 정도는 유학 시절에 비하면 애교에 불과했습니다. 타국만리 땅에서 생활비가 떨어졌을 때, 참으로 막막한 심정이었습니다. 생활비가 30달러밖에 남지 않아 저지방 우유를 사 먹는 돈조차 아까웠다니, 믿겨지세요? 당시 결혼한 후라 아내는 한국에 있었는데 수치스럽기도 하고 미안하기도 해서 돈을 더 부쳐 달라는 말이 차마 안 떨어지더라고요. 서글픔과 두려움을 꾹꾹 누르며 지내야 했던 시절이었습니다.

돈이 없을 때 인간이 느끼는 슬픔, 처량함, 불편감, 분노, 열등감은 상당 부분 불안에서 기인하는 경우가 많습니다. 심리학자들은 다양한 심리 중에서 인간이 가장 피하고 싶어 하는 심리는 '불안'이라고 말합니다.

요즘은 체벌이 없어졌지요? 하지만 기성세대들은 학창 시절 무서운 선생님에 대한 기억을 가지고 있을 거예요. 등교 시간 교문 앞에는 두발 불량, 복장 불량을 잡아내려는 선생님이 계셨죠. 교칙을 위반한 학생들은 어김없이 두툼한 몽둥이로 엉덩이를 맞곤 했지요. 열 명의 학생이 열 대씩 맞아야 하는 상황이에요. 자, 여기서 문제입니다. 열 명의 학생 중에서 가장 아프게 맞은 학생은 누구일까요?

걸려본 사람들은 아실 겁니다. 맨 마지막 순서가 가장 아프다는 것을요. 물론 물리적으로는 생각하면 첫 번째 학생이 가장 아파야 합니다. 때리면 때릴수록 선생님의 체력이 떨어질 테니까요. 90번의 힘찬 스윙을 하다 보면 팔도 아프고 힘도 빠지는 게 당연해요. 그러나 매 맞은 이의 고통은 물리법칙만을 따르지 않습니다. 앞서 90번의 비명을 들은 마지막 학생의 멘탈은 이미 사망한 상태거든요. 자기 순서를 기다리는 동안 불안은 점점 더 불어납니다.

불안은 참 신기한 심리예요. 불안할 때 맞으면 진짜 아픕니다. 불안할 때 외로우면 지구상에 나 혼자 남겨진 것 같고요. 불안할 때 화가 나면 걷잡을 수도 없고, 불안할 때 배고프면 당장이라도 아사할 것 같지요. 이처럼 불안은 인간이 느낄 수 있는 나쁜 감정을 극대화시킵니다.

실제로 대학원 수업에서 저는 학생들에게 이렇게 말하곤 해요. 인간에게 불안이라는 심리가 사라진다면 우리 심리학자들 중 절반은 당장 밥숟가락을 내려놓고 나머지 절반은 내일모레쯤 내려놔야 한다고요. 심리학은 불안을 먹고사는 학문이니까요.

불안에 관련된 연구는 상당히 많이 찾을 수 있습니다. 그래서 무엇이 불안을 확장시키는지도 쉽게 알 수 있어요. 불안은 불확실할수록 더 커집니다. 인간이 불확실한 걸 얼마나 싫어하는지, 가치의 불확실을 견디지 못해 돈이라는 시스템을 만들었을 정도입니다. 덕분에 인간의 원초적인 불안이 상당히 줄긴 했어요. 우리도 수중에 어느 정도의 돈이 있으면 급격하게 불안이 감소되는 걸 느낄 수 있잖아요. 하지만 개인이 관리할 수 있는 수준을 넘어설 정도로 돈이 많아지면 어떻게 될까요? 그땐 다시 불안해지는 게 인간의 심리랍니다.

자, 나에게 갑자기 천 억이 생겼다고 상상해 보세요. 자그마치 천 억이라니. 처음엔 신나고 좋겠지만 점점 이걸 어떻게 써야 할지 마음이 복잡해집니다. 그 돈을 어떻게 관리해야 할지, 잃어버리거나 빼앗기는 건 아닌지 마음이 조마조마합니다. 그 돈이 사라지는 것을 상상만 해도 속이 상해요.

돈이라는 건 어느 정도 양이 있으면 불안을 완화시키지만 감당하기 어려운 수준이 되면 집착과 고통, 불행이 뒤따릅니다. 그래서일까요. 부자가 되면 무조건 행복해질 거라는 사람들의 생각과는 달리, 불안이라는 고통 속에서 살아가는 부자들이 많습니다.

✢ 행복한 부자를 만들어주는 위시리스트 ✢

저는 지극히 평범한 부모님 아래에서 자랐습니다. 어린 시절 부모님께 늘 듣던 가르침은 '착하게 살아라', '열심히 살아라'였어요. 저뿐 아니라 이 시대를 살아가는 대다수의 분들이 부모님께 같은 이야기를 들었을 거예요. 그런데 내로라하는 큰 부자들은 자녀들에게 다른 것을 가르친다고 합니다. 재벌집 아이들은 말을 알아듣기 시작할 때부터 이 이야기를 질리도록 듣는다고 하죠.

"아무도 믿지 말라."

가진 것이 많으면 잃을 것도 많아집니다. 타인을 쉽게 믿은 탓에 인생의 많은 부분을 잃게 될까 봐 시작된 자녀교육일 것입니다.

인간과 인간이 만나서 정서적으로 교류하고, 따뜻함을 느끼고, 신뢰를 형성하는 과정은 심리적인 안정감과 행복감을 줍니다. 그러나 돈 때문에 주변 사람들을 끊임없이 의심해야 한다면 절대 행복할 수 없겠지요. 친구의 친절이 진심이 아닐 거라 의심하고, 충성스러운 동료가 배신할지도 모른다고 의심하고, 가족과 친지들을 의심해야 하는 상황은 말 그대로 지옥일 테니까요.

저는 국내나 외국에 있는 로또 1등 당첨자들을 상당수 만나보았습니다. 로또 1등 당첨이라니, 평범한 사람들이 꿈꾸는 장면이겠지요? 큰돈을 받고 큰 행복을 얻으면 좋았겠지만 실상은 그렇지 않은 분들이 더 많았어요.

여러분은 로또에 당첨되면 무엇부터 바꾸고 싶으신가요? 차? 집? 고급스러운 옷과 액세서리? 대부분의 로또 당첨자들이 제일 먼저 바꾼 건 배우자였습니다. 가장 가까운 사람부터 의심하는 것은 갑자기 큰돈을 갖게 된 사람들에게서 공통으로 발견되는 현상입니다. 심리학자들은 이것을 '불신의 형벌'이라고 부르곤 합니다. 많은 수의 로또 당첨자들은 배우자와 헤어진 후 몇 달 안에 직계가

족과 의절하고, 친구들과도 연을 끊었습니다. 불신의 형벌 뒤에 지독한 외로움이 따라오는 것 또한 익숙한 수순이었어요. 원하는 돈을 얻었지만 세상에 홀로 남겨진 것 같은 고독. 대부분의 벼락부자들이 맞이하는 고통스러운 결말이었습니다.

하지만 불신의 형벌에서 벗어나 부와 행복을 함께 누리는 분들도 있습니다. 오래전부터 '위시리스트'가 만들어진 사람들이죠.

자, 다시 상상해 보세요. 어느 날 갑자기 나에게 천 억이 생겼습니다. 기쁨도 잠시, 이 돈을 어떻게 유지할지 불안하고 조마조마합니다. 그런데 나에겐 인수하고 싶었던 800억짜리 놀이동산이 있었네요. 만약 그렇다면 불안할 이유가 하나 없겠지요? 오랫동안 꿈꿔왔던 바로 그 행동을 바로 실천하면 되니까요. 간절한 소망이 있다면 아무리 많은 돈이 들어와도 흔들리지 않을 것입니다.

유대인들의 자녀교육은 전 세계적으로 유명하고 특히 경제 교육에 있어서는 타의 추종을 불허할 정도로 모범적입니다. 세계의 부를 손에 쥐고 있는 유대인들의 특별한 경제 교육의 핵심은 무엇일까요? 바로 위시리스트 만들기입니다.

대학원 시절, 가깝게 지내던 유대인 가족이 있었습니다. 가만히 보니, 이 사람들은 아이가 아주 어릴 때부터 경제 교육을 시작하더라고요. 미국에 사는 유대인 소년 톰은 다섯 살 생일에 엄마 아빠에게 이런 질문을 받았습니다.

"톰, 100달러가 생기면 무엇을 사고 싶니?"

아빠가 묻자 톰은 고개를 갸웃합니다.

"100달러가 뭔데요?"

"너 1달러 알지? 그게 100개 있는 거야."

아빠가 1달러를 꺼내어 보여주자 톰의 눈이 반짝입니다. 상상만으로도 좋은지 웁스, 지저스! 온갖 감탄사가 터져 나와요. 다섯살의 입장에선 지구상에 있는 모든 것을 다 살 수 있을 정도로 큰돈이니까요. 이때 부모는 가만히 종이를 내어주며 가상의 100달러를 어떻게 사용할 것인지 적도록 합니다.

- 내가 좋아하는 친구 메리에게 사탕 세 개
- 사랑하는 엄마에게 쿠키 한 통
- 아빠를 위한 야구공 한 개
- 심술쟁이 우리 형 마크에겐 지렁이 젤리 한 개
- 저녁마다 접을 색종이 스무 장
- 가방에 넣어 다닐 초콜릿 열 개
- 놀이터에서 자랑할 블록 장난감 한 개
......

공부인지, 놀이인지, 아이는 꽤나 집중해서 종이 두 장 정도를 채웁니다. 물론 그렇다고 해서 100달러가 당장 생기는 건 아니에 요. 하지만 두둑한 위시리스트를 소유한 것만으로도 어쩐지 든든 해 보입니다. 그리고 다음 해가 되어 여섯 살 생일을 맞이한 아이 에게 부모는 다시 질문합니다.

　"톰, 200달러가 생기면 무엇을 할 거니?"

　그다음 해엔 500달러, 또 다음 해엔 1000달러, 해마다 톰은 나 이를 먹은 만큼 자라난 상상 속 돈을 어떻게 써야 할지 궁리합니 다. 그렇게 작년에 썼던 종이에 위시리스트를 이어서 적어나가지 요. 부모님은 아이가 성장하며 남긴 소망의 기록들을 스프링 파일 에 소중하게 간직합니다. 어느덧 톰은 스물여섯 살 대학원생이 되 었습니다. 이제 그에겐 천만 달러에 대한 위시리스트가 만들어졌 고 어린 시절부터 보관했던 파일도 몇 권 모였습니다. 너덜너덜한 기록들은 최고의 경제 교재이자 행복의 기록이에요. 고사리손으 로 한 자, 한 자, 정성껏 소망을 적으면서 아이는 분명 즐거운 기분 을 느꼈을 테니까요. 우리 뇌는 그 많고 구체적인 소원을 모두 기 억하지 못하더라도 그 순간의 행복감과 쾌감은 기억할 겁니다. 돈 에 대해 긍정적으로 생각하고 가치 있게 쓰도록 노력하겠지요.

　분명한 것은 톰이 100억 달러짜리 로또에 당첨된다고 해도 불 행한 상황이 벌어지지 않을 거라는 사실입니다. 갑자기 큰돈이 생겨도 의심하거나 불안해할 필요가 없거든요. 평소에 꿈꾸었던 위시리스트를 하나하나 실행하면 되니까요.

세상에는 소망이 없는 부자들도 많습니다. 돈은 넘쳐나는데 어떻게 써야 할지 모르는 사람들이에요. 백만 원을 써도, 천만 원을 써도 헛헛한 마음이 듭니다. 남들이 부러워할 만한 옷을 입고, 비싼 차를 타고 고급스러운 요트에서 즐겨보지만 어쩐지 쉽게 행복해지지 않지요.

내 자녀가 행복한 부자로 살기 원한다면 위시리스트를 적어보게 하면 어떨까요? 그런데 여기서 주의할 점이 있습니다. 1억짜리 차 한 대, 10억짜리 아파트 한 채, 이렇게 쉽고 간단하게 큰 소망을 적지 않았으면 좋겠어요. 제가 확인한 톰의 위시리스트는 꽤나 촘촘했거든요. 돈의 액수가 커진다고 해서 비싼 물건 한방으로 끝내지 않더라고요. 나이가 먹어도 여전히 갓 구운 빵이나 자그마한 화분, 부드러운 촉감의 티셔츠처럼 작은 것들을 적었는데, 그 모습은 나이가 들수록 자신을 기분 좋게 만드는 소비가 무엇인지 선명하게 알아가는 과정처럼 느껴졌습니다.

이런 기록 방식은 앞에서 이야기했던 '부킹 프라이스'와도 분명히 관련이 있습니다. 우리 뇌에서 분비되는 여러 신경 전달 물질 중에 '아난다마이드anandamide'라는 화학 물질이 있습니다. 산스크

리트어로 '행복'이란 뜻으로, 인간에게 만족감과 행복감을 느끼게 해주는 것으로 알려져 있지요. 그런데 유독 이 행복에 관련된 화학 물질이 많이 나오는 민족들이 있다고 합니다. 아프리카나 남아메리카 사람들이에요. 이 나라 국민들은 정치적, 경제적 환경이 열악해도 환하게 웃는 모습을 쉽게 볼 수 있지요. 적게 소유해도 행복해하고, 소박한 일상에서도 기쁨을 느낍니다. 어떤 슬픔이 닥쳐도 낙천적으로 노래하고 춤추는 모습은 참 근사한 민족성이라는 생각도 듭니다.

그런가 하면, 아난다마이드가 유독 적게 나오는 민족도 있다고 합니다. 안타깝게도 한국인이 대표적입니다. 아예 하드웨어부터가 쉽게 행복해지지 않는 뇌를 가지고 있다니, 우리 민족이 그토록 근면 성실했던 이유가 무엇인지 짐작이 갑니다. 쉽게 만족이 되지 않으니 더 행복하고 좋은 미래를 위해 끝없이 일하고, 공부하고 발전해 온 게 아니겠어요?

유대인들의 성실함도 한민족 못지 않다고 알려져 있는데 아닌 게 아니라 이들 역시 아난다마이드가 적게 나오기로 유명한 민족이라네요. 다시 말하자면, 한국인이나 유대인은 부킹 프라이스 자체가 높게 설정되어 있다는 뜻이겠지요. 결국 쉽게 행복해지지 않는 뇌를 가진 우리들이 돈으로 행복해지기 위해서는 둘 중 하나의 길을 선택해야 합니다.

① 만족할 때까지 큰 금액을 쓴다
② 나를 행복하게 만드는 소비의 빈도를 높인다

여기서 위시리스트를 촘촘하게 쪼개는 행위는 행복의 빈도를 높이는 것과 관련이 있습니다. 작고 소중한 소망이 없다면 큰돈을 벌고, 비싼 소비를 해야만 비로소 만족감을 느낄 것입니다. 몸은 상하고 관계도 망가지고 매일 전쟁 같은 경쟁 속에서 더 많은 돈을 추구하지만 결국 뇌를 만족시키지는 못합니다. 그런데 우리가 이런 결말을 위해 힘들게 돈을 버는 건 아니잖아요.

우리 한국인이 브라질이나 나이지리아 사람처럼 기질적으로 낙천적일 수는 없습니다. 하지만 부지런하고 성실하게 살면서도 일상의 행복을 누릴 수 있는 방법은 존재하지요. 바로 부킹 프라이스를 낮추는 거예요. 내 위시리스트에 '7000원짜리 설렁탕 한 그릇', '15000원짜리 통닭', '4000원짜리 커피'가 있다면 하나하나 맛보고, 감상하고, 느낄 때마다 행복해질 것입니다. 잘만 먹으면 하루에 세 번이나 행복해질 수 있겠네요. '천만 원짜리 명품가방'이라는 하나의 위시리스트보다 훨씬 이득 아닐까요?

행복을 느끼는 주체는 나고, 행복한 삶을 설계하는 것 또한 나자신입니다. 지혜롭고 꼼꼼하게 설계하지 않으면 행복할 수 있는 기회를 빼앗기고 말겠지요. 자본주의 사회는 부킹 프라이스를 막연하게 높이라고 요구합니다. 휘말리지 않기 위해, 스스로 기쁨을 찾기 위해 더더욱 필요한 것이 바로 위시리스트랍니다.

✢ 부자 되는 사람은 따로 있을까? ✢

사주를 보면 돈복을 타고난 사람이 있다고들 하지요. 예전에 저희 어머니가 제 사주를 보셨을 때 공부할 운명이란 소리를 들으셨대요. 제 팔자에 '글월 문'이 세 개가 자리 잡고 있다나요? 그런데 제가 한참 공부를 안 하고 놀러 다닐 땐 이 녀석이 타고난 게 '글월 문'이 아니라 '집 나갈 문' 아니냐고 하소연도 하셨더랬죠.

그런데 정말 사주에서 말하는 것처럼 부자는 타고날까요? 물론 타고난 기질로 부자가 되는 사람도 있을 것이고 후천적으로 노력하여 부자가 된 사람도 있겠지요? 기질에는 한 사람의 특별한 재능과 성격, 불안이나 욕망의 정도, 남다른 성품과 성실함 등이 속합니다. 후천적 요소에는 교육이나 환경, 직업과 인맥, 투자 등의 경험도 포함될 거예요. 타고난 것과 후천적인 것 중 무엇이 유리한 영향을 미칠까요?

선천적 요소와 후천적 요소를 따지기 전에 일단 '부자'가 무엇인지 정의부터 내려볼까요? 나보다 조금 더 잘 사는 사람을 부자라고 부르는 사람도 있고, 무지막지하게 많은 재산을 보유해야만 부자로 쳐주는 사람도 있을 거예요. 이렇게 하나의 주제를 두고 서로 동상이몽을 꾸고 있을 때 정리하는 저만의 방법이 있습니다. 임시변통적이긴 하지만 한 그룹 내에서 타깃을 분명히 나누는 거예요.

부자를 예로 들자면 1970년(각자의 출생년도)에 우리나라에서 태어난 사람이 100만 명이라고 하고, 보유 재산을 기준으로 그 인원을 한 줄로 세워놓았을 때, '상위 1퍼센트에 해당하는 사람'처럼 말이지요. 이렇게 계산하면 약 만 명 정도가 추려지겠네요. 이들을 잘 분석해 보면 부자에 속하는 특징들이 발견되지 않겠어요?

물론 어떤 분들은 '상위 0.1퍼센트에 해당하는 사람이 부자다'라고 생각할 수도 있어요. 훨씬 엄격한 기준입니다. 100만 명의 상위 0.1퍼센트에 해당하는 1,000명은 정말, 아주, 대단히, 특별한, 진짜 부자에 속하겠지요.

학자들은 데이터와 친근합니다. 다양한 집단을 상대로 실험을 하고 그룹별로 순위를 매기는 것이 일상인 사람들이죠. 그러다 보니 상위 1퍼센트와 0.1퍼센트의 차이를 감각적으로 알 수 있어요. 제가 느끼는 차이는 이렇습니다. 소위 상위 1퍼센트에 드는 이들은 '그 분야의 나쁜 것으로부터 자유로운 사람들'이에요. 그들은 평범한 사람들이 느끼는 돈과 관련된 골치 아프고, 힘들고, 위축되는 감정에서 완전히 자유롭습니다. 고깃집에서 메뉴를 고를 때 어떤 고기가 더 싸고 많이 주면서 폼 나는지 따지지 않아요. 자동차를 고를 때 5,000만 원짜리가 나을지, 7,000만 원짜리가 나을지 굳이 고민하지 않을 거예요.

마찬가지로, 성적으로 상위 1퍼센트에 속하는 학생들은 공부나 입시 진학에 관련된 걱정과 염려에서 자유롭습니다. 어느 대학에 지원해야 경쟁률이 낮을지, 남은 시험 준비 기간 동안 어떤 과목에 집중해야 결과를 조금이라도 올릴지 고민하지 않아요. 나머지 99퍼센트의 사람들이 일상적으로 경험하는 불이익을 완전히 넘어선 그룹이라고 보면 이해가 될 것입니다.

그런데 0.1퍼센트는 그들에서 다시 10분의 1을 추린 수치입니다. 0.1퍼센트는 아예 범접이 불가능해요. 이 안에서는 순위의 역전조차 일어나지 않습니다. 일종의 프리미엄 리그인 거죠. 최상위권 중에서도 최상위권이니 마치 인간계가 아닌 신계와 같은 느낌일까요? 그래서 서점에 가면 늘상 '0.1프로의 시크릿', '0.1퍼센트의 비밀'과 같은 제목의 책들이 쏟아져 나오나 봅니다.

제 지인 중에는 1퍼센트에 해당하는 부자도, 0.1퍼센트에 해당하는 부자도 있습니다. 함께 이야기를 나누다 보면 실제로도 특별한 무언가가 느껴질 때가 많아요. 능력도 그렇고 성품도 그렇고요.

부자들만이 가진 특별한 특징은 무엇일까요? 성공한 사람들의 기질적인 공통점은 무엇일까요? 어떤 환경과 교육이 한 인간을 부자로 성장시킬까는 학계에서도 오랜 주제였습니다.

그래서 외향적인 성격의 부자가 더 많은지, 내향적인 부자가 많은지, 예민한 사람과 둔한 사람 중에 누가 더 성공할 확률이 높은지도 조사하곤 하지요. 여러분 생각은 어떠세요? 내향적이거나 외향적인 성격 중에 무엇이 더 부자와 가까울까요? 예민성과 둔감함 중에 어느 쪽이 부자가 되는 데 도움을 주는 성격일까요?

제가 파악한 결론부터 말씀드릴게요. 부자가 되는 일반적인 성격은 따로 존재하지 않습니다. 물론 부자들의 특징을 조사한 연구는 굉장히 많이 존재합니다. 문제는 그 연구들의 공통점을 찾기 어렵다는 것이지요. 어떤 연구에서는 외향적인 사람들이 사회적인 기술과 리더십을 발휘하여 부자가 된다고 결론을 내렸고, 다른 연구에서는 내향적인 사람도 좋은 리더십을 발휘하여 큰 부자가 되는 경우가 많다고 나와 있어요. 극도로 예민한 사람이 부자가 된다는 연구도 있으며, 반대로 예민한 성격은 성공하기 어렵다는 연구 결과도 있습니다. 정말 재미있지 않나요? 이토록 많은 연구가 존재하는데 공통점을 찾기 어렵다는 사실이 말이지요.

이 현상을 어떻게 이해하면 좋을까요? 저는 '부자'로 분류되는 사람이 그만큼 다양하다는 뜻으로 해석하고 싶어요. 사람들은 쉽고 간단하게 부자라는 집단에 하나의 라벨을 붙여서 이해하고 싶어 하지만, 그럴수록 판단 오류의 함정에 빠져들게 됩니다.

제가 미국에 있을 때 경험했던 일입니다. 텍사스의 한 시골 할아버지가 멀리서 저를 보더니 다가와 "웨어 아유 프롬Where are you from?" 하고 물었어요. "코리아Korea"라고 대답하니 아주 기뻐하며 "아이 라이크 태권도I like Taekwondo!"라고 하지 않겠어요? 당당하게 찌르기 자세를 취하면서 말이지요. 그러나 정작 토종 한국인인 저는 태권도장 근처에도 가본 적이 없으니, 뭐라 받아칠 말이 없더군요. 할아버지만 탓할 것도 아니죠. 대학교 1학년 때 제주도에서 왔다는 친구에게 "너 수영 잘해? 말 잘 타?"라고 물어봤던 내 자신이 갑자기 부끄러워졌으니까요.

라벨이 하나라서, 표현할 수 있는 명사가 하나라서, 한 집단에 단편적인 이미지를 씌우고 편견을 만들어내는 경우가 참 많습니다. 부자도 마찬가지지요.

인간이 다양하듯 부자도 다양합니다. 부자가 되는 사람이 따로 있다기보다 부자가 다양하다는 것을 인정하는 쪽으로 생각을 바꾸는 게 나을 것 같아요.

제가 알고 지내는 부자 지인들 역시 공통점을 찾기 어려울 정도입니다. 아침형 부자도 있고, 저녁형 부자도 있어요. 굉장히 보수적인 분들도 있는가 하면 진보적인 분들도 있지요. 예민한 성격의 사람도 있고, 조금도 예민하지 않은 사람도 있어요. 한 인간의 운명을 말할 때 초년운, 중년운, 말년운을 이야기하듯 부를 쌓는 슬로프도 사람마다 다릅니다. 초반에 쌓았던 많은 부를 이용해서 로그함수처럼 완만한 상승이나 하강 곡선을 그리는 부자도 있고, 막판에 쭉 올라가는 부자도 있습니다. 마치 그린 듯이 초반부터 직선으로 쭉쭉 올라가기만 하는 부자도 존재하지요. 다른 사람의 곡선을 부러워하다 자기 페이스를 망치는 분들도 많이 봤어요.

이들은 특정한 성격으로 분류되지 않습니다. 오히려 스스로 부자가 되는 길을 규정하고, 다른 사람보다 더 많은 소망을 품고 실천해 나갔는지를 살펴보는 게 나을 것 같아요. 부자가 되기를 원하신다면 먼저 부자에 대한 정의를 내려보세요. 그리고 소망을 확실하게 설정하고 그곳으로 갈 수 있는 전략이 필요합니다. 물론 투자도 좋은 전략이지요.

✧ 투자의 고수가 되려면 복기는 필수 ✧

주식 투자 많이 하시죠? 저도 조금씩 하고 있고, 제 지인들도 많이 하시더라고요. 얼마 전엔 강의를 듣는 수강생 분들과 조촐한 식사 자리를 가졌는데, 어느 순간 주식 이야기가 나왔습니다. 물론 성공 사례뿐 아니라 실패 사례도 끝없이 이어졌지요. 서로서로 얼마나 망했는지 신나게 자랑을 하느라 시간 가는 줄도 몰랐어요. 어떤 분은 1년 반 동안 한 번도 오르지 않고 꾸준히 곤두박질치던 그래프를 보여주시더라고요. 정말 대단했습니다. 나스닥 역사상 처음 보는 엉망진창의 그래프였어요. 도대체 왜 이분이 여기에 투자했는지 궁금할 정도였어요. 이미 놀림을 받을 만큼 받아 초연해진 수강생은 덤덤하게 이야기를 들려주었습니다.

기업의 이름을 대놓고 말할 수는 없지만, 그분이 투자한 곳은 오트밀 우유를 만드는 외국 회사였대요. 스타벅스에서 커피를 제조할 때, 고객이 원하면 일반 우유 대신 오트밀 우유로 바꿀 수 있다고 해요. 해당 기업이 스타벅스에 오트밀 우유를 납품했고요. 목초지에서 소를 키우는 것이 환경에 악영향을 준다는 사실은 많은 분들이 알고 있습니다. 수강생은 아몬드 브리즈가 건강에 좋고 맛도 좋다는 게 알려졌듯이, 친환경이 모두의 관심사가 되면 오트밀 우유의 세상이 올 거라고 예상하셨던 거예요. 게다가 인구가 많지 않은 지방도시의 한 마트에도 이 브랜드의 우유가 진열되어 있는 것을 보고 성공을 확신해 버렸습니다. 그래서 지난 2020년 20달러 초반에 매수를 시작했는데 최근 한 주에 2달러까지 떨어졌으며 1년 넘는 기간 동안 적자를 기록하고 있다고 하네요.

수강생 분은 웃으며 이야기하셨지만 눈가가 촉촉해지는 것을 그 자리에 있는 모두가 볼 수 있었습니다. 어차피 희생양이 되는 길을 택하셨으니, 저는 좀 더 잔인해지기로 마음먹었습니다.

"그런데 왜 그렇게 떨어졌다고 생각하세요?"

당한 게 많은 만큼 배운 게 많으셨는지 그분의 입에선 대답이 술술 나왔어요.

"그쪽 산업이 흑자 내기 어려운 구조더라고요. 제품 질도 좋고 매출도 괜찮았지만 유통이나 광고에 드는 비용이 너무 많았던 거예요. 아마 이익을 내려면 꽤 오랜 시간이 필요하겠지요?"

과연! 대답을 들은 저는 무릎을 탁 쳤습니다. 그분은 투자엔 실패했지만 지혜로운 답을 찾으셨으니 이 투자는 실패가 아닌 셈입니다.

실제로 산업구조의 특성상 이익을 실현하기 어려운 분야가 있지요. 기업에 특별한 문제가 없어도 흑자를 내기에 불리한 인더스트리가 존재합니다. 이런 산업군에 속한 기업은 잠깐 성장을 하더라도 빠르게 무너져 내리는 경우가 많아요. 소비자가 느끼기에는 제품과 서비스가 한없이 만족스럽고 광고나 입소문 때문에 잘되어 가는 것처럼 보이지만 실제 이익을 내는 것은 다른 문제지요. 많은 분들이 기업의 신기술이나 날개 돋친 듯 팔려나가는 신상품을 보고 투자를 선택하지만 산업 구조의 맥락을 파악하는 것은 쉽지 않은 일입니다. 하지만 이분 같은 경우엔 스스로 깨달으셨다니 비용이 좀 비싸긴 했지만 꽤 좋은 수업을 들은 셈 아닐까요? 만약 20달러일 때 샀던 주식이 100달러가 되고, 매도하자마자 수익 실현까지 이어졌다면 이만한 배움은 상상할 수 없었을 겁니다. 이게 바로 우리가 실패에도 축하를 보내야 하는 이유입니다.

바둑 두는 분들은 이런 이야기를 하십니다. 바둑을 잘 두는 고수들에겐 비슷한 양의 재능과 열정, 훈련이 주어진다고요. 그런데 그들 중에서도 초고수에 해당하는 분들은 특별한 차이가 있다고 합니다. 바로 쉽게 이긴 경기조차 복기를 한다는 거예요.

물론 일반적인 사람들도 복기를 합니다. 예상했던 것보다 쉽게 지거나 큰 점수로 탈락하면 처절하고 냉정하게 원인을 분석하지요. 물론 그것조차 안 하는 사람도 있어요. 우리는 그들을 도박꾼이라고 부릅니다. 도박꾼이 아닌 이상 운에 기대지 않고 꾸준히 노력하는 대부분의 사람들은 자기 분야에서 실패를 교훈으로 삼습니다. 웬만큼 공부를 잘하는 학생들의 경우 90점을 예상했는데 60점이 나오면 이를 악물고 오답을 체크하곤 합니다.

그런데 그보다 더 상위권에 있는 진짜 실력자들은 예상보다 잘 나온 결과도 복기한다는 거예요. 이번 시험에 60점을 예상했는데 90점이나 받아버렸습니다. 일반적인 학생들이 "아싸!" 하고 좋아할 때 상위 1퍼센트의 학생들은 크게 당황합니다.

'왜 내 예상이 틀렸지? 뭐가 문제인지 따져봐야겠다.'

투자자나 기업가도 마찬가지입니다. 실제로 제가 아는 한 대표님도 그러셨어요. 자신의 예상을 비웃을 정도로 좋은 결과가 일어나면 오히려 냉정해지더라고요. 어느 날 술 한잔 사준다기에 싱글벙글 약속 장소에 나갔더니 그분의 표정이 너무 안 좋은 거예요.

"무슨 일 있어요? 얼굴이 우울하네."

"아, 요즘 고민이 좀 있어서……. 이번에 5억을 벌 줄 알았는데 40억을 벌었거든."

이 인간이 지금 장난하나. 저는 순간 열이 받아 상을 엎을까, 말까 고민하는데 상대의 슬픈 눈은 시간이 갈수록 차갑고 날카로워지더군요.

"내가 도대체 뭘 놓쳤기에 이렇게 높은 수익률을 예상도 못했지? 왜 두 배밖에 안 오를 거라고 저평가를 한 걸까?"

자신의 머릿속에 정리해 놓은 판단의 그래프를 요리조리 수정하느라 정신이 없어보이더군요. 그 냉정한 분석력이 그분의 성공 비결이라는 생각이 스쳐 지나갔습니다. 공부 잘하는 학생도, 최고

경지의 바둑 기사도, 최고의 부자도 마찬가지 아닐까요? 기질도, 성격도, 취향도 다 다른 다양한 최고들에게 공통점을 찾는다면 바로 복기에 대한 태도일 것입니다.

만약 여러분이 투자로 괜찮은 성공을 이루었다면, 그 원인과 결과도 냉정하게 복기해 보세요. 성공했을 때 단순히 기뻐하고 손해 봤을 때 실망하는 데 그치게 되면 나도 모르게 운이나 요행을 바라기 마련이거든요. 잘 아시겠지만 큰 부자들은 절대 그렇게 순진하게 기뻐하거나 슬퍼하지 않습니다.

투자뿐만이 아닙니다. 우리 인생엔 마치 행운처럼 예상하지 못했던 좋은 일이 생길 때가 많아요. 이런 일을 겪은 많은 분들이 한편으로는 좋아하지만 다른 한편으로는 불안해하는 경우가 많아요. '운이 좋았다'고 생각하는 경우지요. 운은 언젠가 다하게 마련이고, 좋은 운이 지나가면 나쁜 일이 일어난다고 예상하기 때문이에요. 하지만 우리 인생의 스코어는 그렇게 단순하지 않습니다. 좋은 선수는 비록 초반엔 운으로 이겼더라도 경기를 반복하면 반복할수록 실력으로 성공하는 비율을 늘려 나가니까요. 성공도 실패도 학습의 근거로 삼는 이가 진정 지혜로운 사람 아닐까요? 결과에 집착하기보다 나에게 일어난 일들의 이유를 겸손하게 알아가는 데 시간을 쓰시길 당부드립니다.

✦ 좋은 돈과 나쁜 돈? ✦

  요즘은 현금을 쓸 일이 없지만, 얼마 전만 하더라도 지갑 속에 그날그날 사용할 지폐를 채워 다녔습니다. 계산을 하고 거스름돈을 받았는데 빳빳하고 깨끗한 신권이 손에 들어올 때가 있어요. 별것 아닌데도 기분이 엄청 좋아지지요. 여러분은 이럴 때 어떻게 하시나요? 신권도 다른 돈처럼 아무렇지 않게 쓰시나요? 저는 신권은 이상하게 함부로 못 쓰겠더라고요. 다른 지폐들은 바지 주머니에 찔러 넣기도 하고, 자잘한 물건을 살 때 고민 없이 내밀지만 신권은 차마 반으로 접지도 못하겠어요. 따로 봉투에 담아 놓거나 다이어리 뒷장에 꽂아 놓고 최대한 아껴 쓰게 됩니다.

  참 신기하지요? 그 돈이 나온 지 얼마 안 되었다고 해서 만 원짜리가 2만 원이 되는 것도 아닌데 우리는 왜 더 가치 있는 것처럼 대하는 걸까요?

  게다가 소중한 사람에게 돈을 주는 상황에선 웬만하면 깨끗한 돈을 찾습니다. 부모님이나 조카에게 용돈을 주는 상황이나, 축의금이나 조의금을 내야 할 때, 너덜너덜 닳고 찢어진 더러운 돈보다는 비교적 깨끗한 돈으로 골라 봉투에 담으려고 할 거예요. 마치 돈의 청결함이 그 돈의 도덕성을 표현해 주는 것처럼 말이에요. 아무것도 묻지 않아 깨끗한 돈과, 도덕적으로 깨끗한 돈. 똑같이 '깨끗하다'라는 어휘를 사용하지만 두 뜻이 다르다는 것쯤은 우린 모두 알고 있습니다. 하지만 우리의 뇌는 의외로 이 둘을 혼동하기도 하고 동일시하기도 합니다.

"그 더러운 손을 치워."
"그 사람 참 가슴이 따뜻해."
"차가운 머리로 생각하라."

이런 표현들은 거의 모든 문화권에서 존재하는 표현이에요. 더러운 손은 오물이 묻은 손을 말하는 게 아니라 죄를 저질렀다는 행위의 다른 표현이지요. 가슴 온도가 평균 체온보다 높아지거나 머리가 실제로 차가워지는 상황이 발생하면 심각한 질병이니 당장 병원에 가야 합니다. 하지만 이는 실제 체온이 아니라 다정하다거나 이성적이라는 묘사를 온도로 표현한 거지요. 이처럼 우리 마음속에서는 언어를 동일하게 사용함으로써 실제로는 관련 없는 상황을 똑같이 연결시키는 일이 종종 일어납니다. 그래서 깨끗한 돈은 정직하고 착한 돈이라는 인식이 자리 잡기도 합니다.

실제로 사람들이 돈과 도덕성을 어떻게 연결시키는지에 대한 심리학 실험이 있었습니다. 연구자는 백화점에서 사은 행사를 진행한다고 공고를 내고 무작위로 당첨된 고객들에게 공짜로 50만 원짜리 상품권을 나눠주었어요. 그런데 이 상품권은 금액은 같지만 두 종류로 나뉘어 있었습니다. 상품권 가운데엔 후원한 회사의 로고가 찍혀 있는데, 하나는 불법적인 방식으로 이득을 취한 기업이고, 다른 하나는 윤리적인 방식으로 꾸준히 성장해 나간 좋은 기업이었던 것입니다.

연구자들은 상품권을 받은 고객들을 몰래 추적하여 이 돈을 어떻게 사용하는지 관찰해 보았습니다. 여러 차례 추적한 결과 좋은 기업의 상품권을 받은 고객들은 돈을 규모 있게 쓰고 아껴 쓴다는 공통점이 발견되었어요. 50만 원 중에 생필품을 사고 남은 것은 모아두었고, 신중하게 물건을 고르느라 쇼핑에 걸리는 시간도 오래 걸렸지요. 하지만 나쁜 기업의 상품권을 받은 고객들은 약속이라도 한 듯 그날 하루에 50만 원을 홀라당 다 써버렸다고 합니다. 마치 충동구매 하듯 사치품 위주로 말이에요. 대부분의 사람들의 마음속에서 그 돈은 더러우니 빨리 해치워야 한다고 느꼈기 때문이지요. 게다가 나쁜 기업의 상품권을 살짝만 구겨놓아도 실험의 결과는 극대화되었습니다.

개같이 벌어서 정승같이 쓴다는 말이 있습니다. 개같이 번다는 말에는 여러 가지 의미가 포함되어 있을 거예요. 고생해서 힘들게 벌었다고 해석할 수도 있고, 옳지 않은 방식으로 벌었다고 읽을 수도 있겠지요. 그런데 만약 비윤리적으로 번 돈이라면 정승처럼 우아하게 소비하기는 어려울 것 같습니다. 가치 있게 번 돈이어야 점잖게 쓰고, 그렇지 못한 돈은 함부로 쓰는 것이 우리 내면의 심리니까요.

그래서 저는 부모가 어떻게 돈을 벌었는지 우리 아이들에게 분명하게 알려줄 필요가 있다고도 생각합니다. "아빠가 개고생해서 번 돈이야"라고 수고로움을 강조하는 경우는 많지요. 하지만 힘들게 벌었다는 이야기뿐 아니라 정직하고 착한 방법으로 마련한 돈이라는 이야기도 함께 들려주세요.

우리 주변엔 부모의 돈을 물 쓰듯 하는 사람들이 있습니다. 자기 부모가 돈 버는 방식에 존중감이 없는 경우가 대부분이지요. 물론 실제로 부도덕한 방법으로 부를 축적했을 수도 있지만 부모 스스로가 돈에 대한 존중감이 적거나, 자녀에게 그 부분을 인지시키지 못한 탓도 크다고 봐요.

이렇게 보면 왜 기업들이 막대한 예산을 들여 이미지 광고에 열을 올리는지도 조금은 이해가 갑니다. TV를 보다 보면 국민과 함께하는 기업, 아름다운 기업, 사회와 공존하는 기업, 창의적인 기업이라며 기업의 좋은 이미지를 앞다투어 홍보하는 광고를 접하게 되지요. 차라리 새 제품을 광고하는 게 더 이익일 것 같은데 뭐 하러 힘들게 회사 이미지를 포장하는 걸까요?

이런 광고는 소비자뿐 아니라 그 회사에서 근무하는 직원을 위한 투자이기도 합니다. 기업이 스스로 부를 축적하는 방식이 윤리적이고 선하다는 것을 알렸을 때 직원들에게 좋은 변화가 나타난다는 연구 결과도 있거든요. 착한 회사의 직원들은 심지어 물자와 전기까지 아껴 쓴다는 거예요. 우리들의 회사의 자원 또한 소중하게 여기려는 마음이 저절로 생기는 걸까요?

반대로 기업의 비윤리적인 행적이 기사에 노출될 때마다 직원들이 물자를 낭비하는 횟수가 늘어난다는 연구도 존재합니다. 그러고 보면 우리 뇌는 돈의 양만 문제 삼지 않는 것 같아요. 돈을 버는 방식이나 윤리성 또한 고려하고 있기 때문이지요. 돈을 벌거나 쓸 때마다 스트레스를 받거나 돈에 집착한다거나 죄책감 때문에 마음이 찜찜하다면 그 돈을 바라보는 나의 인식부터 점검해 봐야 할 것입니다.

대부분의 우리는 대단히 많은 부를 소유하고 있지는 않지만 정상적이고 윤리적인 방식으로 소득 활동을 하고 있습니다. 현대사회는 과거에 비해 돈 버는 방법이 다양화되었고, 쉽게 떼돈을 벌었다고 자랑하는 사람도 많습니다. 하지만 나 스스로 생각하기에 정직하고 윤리적인 방식으로 돈을 벌고 있다면 스스로에게, 그리고 나의 가족과 자녀에게 그 자랑스러운 사실을 꼭 인식시켜 주세요.

돈에 대한 나의 존중감과 자긍심이 허투루 나가는 돈을 진정시킬 수 있습니다. 이 또한 돈에 관련된 온갖 부정적인 습관과 생각에서 자유로워질 수 있는 방법 아닐까요?

6장
_____

성공을 꿈꾸는 지혜

우리나라 대학생들을 모아놓고 살면서 가장 공감이 많이 되었던 속담이나 사자성어가 무엇인지 물으면 '새옹지마'나 '전화위복' 같은 말들을 꼽습니다. 말마디야 조금씩 바뀌지만 기본적인 뜻은 복이 화가 되기도 하고 화가 복이 되기도 한다, 혹은 인생의 오르막이 있으면 내리막도 있다는 것이죠. 계절이 바뀌듯 행운과 불운이 순서에 맞게 찾아오고 기쁨과 절망이 교차한다는 것. 이는 동양인들의 머릿속을 차지하고 있는 순환적 세계관이에요.

이러한 가치관은 동양 문화권 중에서도 한국에서 특별히 더 두드러집니다. 그러니 이제 막 20대에 접어든 대학생들에게서도 인생의 무상함을 마음 깊이 공감한다는 이야기가 나오겠지요. 그런데 같은 질문을 미국 학생에게 하면 어떤 대답이 나올까요? 실제로 유럽 속담이나 유대인 격언까지 포함하여 서양 문화권에서 통용되는 문구 중 가장 현실과 크게 공감되는 것을 묻는 조사가 있었습니다. 대망의 1위는 '어쨌든 1은 0보다 크다'였다고 합니다. 참 멋대가리 없지요? 우리나라였다면 '1이 0이 되고 0이 100이 된다'라는 둥 뭔가 더 그럴싸한 반전이 나왔을 텐데 말이죠. 작은 수는 작고, 큰 수는 크다고 말하는 것. 그 차이를 확실히 인정하는 것은 명백한 직선적 세계관입니다. 그리고 서양은 직선적 세계관이 강력하게 지배하고 있는 문화예요. '어쨌든 1은 0보다 크다'는 싱거운 격언을 듣고 아무런 감흥도 못 느끼는 저와 달리 제 외국인 친구들은 '시작이 반이다' 같은 한국 속담을 들을 때마다 화가 난다고 하더라고요.

세계 국기를 놓고 보아도 그 차이는 확연하게 구별됩니다. 서양의 국기는 삼색기를 비롯한 직선의 이미지를 주로 사용하는 반면 동양의 국기는 동그라미가 많이 들어가 있거든요.

이처럼 확실하고 직선적 가치관의 서양과 순환적 가치관의 동양은 성공에 대한 관점도 다릅니다. 한 연구자가 주식의 하락장에서 동서양의 펀드 매니저들이 어떻게 판단하고 결정하는지를 비교했어요. 동양을 대표하는 홍콩의 투자 전문가들은 주가가 연달아 떨어지는 순간 매수를 결정했습니다. '이 정도 떨어졌으니 이제 올라갈 때가 됐어'라는 생각 때문이었겠지요. 반면 캐나다의 투자 전문가들은 연이은 하락세에는 절대 매수를 하지 않았어요. 조금씩 주가가 상승세로 바뀐 후에야 주식을 구매했지요. '많이 떨어졌으니 다시 올라올 것이다'는 동양의 순환적 세계관이며, '떨어지면 계속 떨어진다'는 서양의 직선적 세계관이라는 것, 눈치 채셨나요? 이러한 차이는 성공을 대하는 자세에도 영향을 미칩니다. 혹시 여러분은 유난히 일이 잘 풀릴 때 불안해하지는 않으셨나요? 내가 이 정도까지 올라갔으니 이제 떨어질 차례라고 지레 겁먹은 적은 없나요? 이러한 생각은 순환적 세계관으로 성공을 대하는 우리 문화권만의 독특한 관점일지도 모릅니다.

저마다의 성공을 어떻게 바라보고, 어떻게 꿈꿔야 할지 속 시원하게 이야기해 보겠습니다. 이번에 함께 나눌 주제는 '성공'입니다.

✢ 균형을 잡는 것이 중요합니다 ✢

　우리는 하루 중 대부분의 시간을 일하는 데 쏟곤 합니다(학생이라면 공부가 되겠지요). 매일매일 꾸준히 성실하게 쳇바퀴를 돌리는 생활은 분명히 성공과 가까워지는 길이에요. 하지만 가끔 너무 무리했다는 생각이 들 때가 있습니다. 나의 건강도 가족도 주변의 소중한 사람도 돌보지 않고 일에 몰두하다 어느새 돌아보면 남은 것이 없어진 것처럼 허전해지니까요.

　저는 능력 있고 성실했던 사람들이 활활 타오른 뒤에 남은 잿더미처럼 주저앉는 모습을 종종 보곤 합니다. 열심히 일을 한 뒤 뿌듯함과 보람이 따라오면 상관없지만 죽어라 일해도 의미나 성취조차 느끼지 못할 때, 삶의 방향마저 잃어버리는 것 같아요.

　인정을 받고 싶은 욕망 때문에 스스로를 소진시키는 분들이 참 많지요. 나보다 권력자인 상사의 지시에 어쩔 수 없이 무리하기도 하고, 희한하게 아랫사람에게 칭찬받고 싶어 후배 장단에 춤을 추는 사람도 적지 않습니다. 그뿐 아닙니다. 조직 안의 누군가는 나를 조종하는 법을 기막히게 알고 있어 나를 어르고 달래고 겁주면서 무리한 일을 계속하게끔 이끌지요.

　요즘은 '워라밸'이란 말을 많이 쓰더라고요. 나의 일work과 사생

250

활life의 밸런스를 맞춘다는 것인데 지정된 업무 시간, 정시 퇴근이나 휴가 문화와 연결시키기도 하지요. 하지만 정해진 시간까지만 일하고 빠르게 퇴근한다고 해서 삶의 균형이 간단히 잡히지는 않아요. 균형이란 원칙을 정하고 지킨다고 해서 이루어지는 것이 아니니까요. 일상의 요소가 다양하게 분화되어 있는 만큼 우리들의 고민도 시시각각 새로워져야 합니다.

균형을 잘 맞추는 사람들은 늘 이렇게 고민합니다.

"요즘 내가 너무 일을 많이 하나?"

며칠 후엔 또 이렇게 물어보지요.

"요즘 회사 일은 소홀히 하고 내 생활만 신경 쓴 건 아닌가?"

또 다음 날은 자기 전에 고민합니다.

"내가 너무 팀원들은 배려 안 하고 나만 생각했나?"

몇 시간 후엔 또 이런 고민에 빠질 수도 있겠지요.

"그러고 보니 회사 일이 바쁘다고 가족한테 시간을 못 썼나?"

균형을 한 번에 잡으려는 건 욕심이에요. 어제 세운 원칙이 오늘 바뀔 수 있고, 오늘 했던 고민의 결과는 다음 주에 뒤집힐 수 있어요. 큰 고민 한 번으로 세운 원칙을 계속 밀고 나가는 것만큼 어리석은 짓도 없지요. 길고 복잡한 인생에서 작고 소소하고 반복적인 고민은 수시로 찾아오고 우리는 매번 이 고민을 기꺼이 해야 합

니다. 작은 고민으로 쌓인 행동의 수칙과 방법이 나의 철학이 되고
이론이 될 테니까요.

✦ 나를 무장해제시키는 말 ✦

시카고 대학의 아옐릿 피시배크 교수는 일을 대하는 직장인에
게 동기 부여를 일으키는 매커니즘을 연구했습니다. 평범하고 나
른한 하루를 살고자 하는 우리를 전투적인 일벌레로 바꿔주는 몇
가지 말들이 있지요? 그중 가장 대표적인 건 이 두 가지가 아닐까
싶어요.

① 이 일을 할 사람은 너밖에 없다.
② 이 정도는 다른 사람들도 다 하는 일이다.

재미있는 건 첫 번째 말에 유난히 잘 꽂히는 유형이 있는가 하
면 두 번째에 더 큰 자극을 받는 유형도 있다는 것입니다.

아옐릿 피시배크 교수는 이 두 유형을 '동기 수준의 차이'로 구
분했습니다. 모든 사람들이 똑같은 수준의 동기를 갖고 일하지는
않아요. 인정받고 싶고 성공하고 싶고, 조직에 좋은 영향을 끼치고

싶은 욕구는 누구에게나 존재하지만 사람마다 레벨 차이는 있게 마련이니까요.

우리의 예상보다 훨씬 많은 이들이 '웬만큼만 하고 싶다', '그렇게까지 열심히 일하고 싶지 않다', '그냥 평균 정도만 해야겠다'라고 생각합니다. 이 사람들에겐 "다른 사람들도 다 하는 일이니 너도 해야 한다"는 말이 강력한 동기 부여가 된다고 해요. 물론 동기 수준이 낮다는 게 부정적이기만 한 건 아닙니다. 이 또한 조직에 필요한 구성성분이기 때문이지요.

많은 CEO 분들이 이런 질문을 합니다.

"우리 회사의 모든 직원들에게 동기 부여를 하려면 어떻게 해야 할까요?"

심리학자들은 뜨악하며 대답하지요.

"글쎄요, 모든 직원들이 완벽하게 동기가 부여되면 회사가 망할 걸요?"

여러분은 『삼국지』를 좋아하시나요? 유비, 관우, 장비, 조조, 동탁, 여포……. 『삼국지』에 나오는 등장인물이야말로 그 누구도 빠짐없이 강한 동기로 풀 충전되어 있어요. 그러다 보니 그들이 모여 있는 시대는 그야말로 바람 잘 날이 없죠. 하루가 멀다 하고 배신과 난리, 전쟁이 일어나는 골육상쟁의 날들입니다. 그들 중 절반이라도 동기 수준이 낮았다면 그 많은 전쟁은 일어나지 않았을 거고, 수많은 백성들의 목숨도 지킬 수 있었을 것입니다.

동기 수준이 떨어지는 사람도 조직에 반드시 필요한 사람입니다. 동기 수준이 조금 낮은 이들이 동기 수준이 높은 이들과 공존하며 일정한 방향으로 천천히 움직이는 게 사회니까요.

열 명의 친구가 모였는데 열 명 모두 모임에 대한 애정과 욕구가 크다고 칩시다. 다르게 말하면 좋은 모임을 만들겠다는 동기 부여가 강하게 되어 있어요. 그렇다면 열 명 모두 가고자 하는 방향이 다르지 않을까요? 한 명은 떡볶이 먹자고 하고, 두 명은 호프집 가자고 하고, 또 누군가는 자기 집에 가자고 하고, 포장마차 가자고 우기는 사람도 있고, 결국 자기주장만 하다가 끼니조차 못 챙기고 끝나 버릴지 모릅니다.

그러나 대부분의 모임은 그렇지 않죠. 한두 명이 "오늘은 브런치 집 어때?" 하고 의견을 내면 나머지 사람들이 "그래, 좋아" 하고 물 흐르듯 따라가게 마련입니다. 이와 같은 순응이 일어날 때 조직은 유연하게 굴러갑니다.

아엘릿 피시배크 교수는 조직의 60~70% 정도를 차지하는 동기 수준이 낮은 유형에게도 가끔씩 약간의 자극을 줄 필요는 있다고 말합니다.

"이 정도는 해야 다른 사람만큼 하는 거야."

"대부분 여기까지는 웬만큼 해내더라고."

이와 같은 말은 평균보다 약간 높은 수준의 동기를 심어주는 데 도움이 되지요.

반면, 특별히 성취욕구가 강한 사람들도 있습니다. 이미 누구보다 열심히 하고 있는 사람에게 '이 정도는 해야 중간은 간다'라고 말하면 기분 나빠 하겠지요. 그들에겐 "이 일을 할 사람은 당신밖에 없어"라는 말이 오히려 더욱 강한 동기를 심어줄 것입니다.

중요한 것은 동기 수준의 사이클은 때에 따라 변화한다는 것입니다. 하루도 딴생각 않고 성취에만 몰입하고자 하는 사람도 없고, 영원히 평균 수준에 머무르려고 눈치 보는 사람도 없어요. 날씨처럼 오르락내리락하는 것이 일에 대한 열정이지요. 그러니 나와 내 조직원들의 평균적인 동기 수준과 사이클을 이해하고 있다면 이용할 수도 있답니다.

만약 나의 동기 수준이 평균보다 낮은 편이라면, 다른 사람이 일하는 모습을 보는 것이 좋아요. 심지어 일하는 사진만 붙여놓아도 일의 성과가 달라진다는 연구 결과도 있답니다.

하지만 나의 동기 수준이 남보다 훨씬 높다면 다른 이들의 일하는 모습을 굳이 볼 필요는 없겠지요. 나만이 할 수 있는 역할과 직무를 개발하는 것이 스스로에게 더 크게 동기 부여할 수 있는 방법입니다.

"너밖에 없다, 진짜."
"이 정도는 남들도 다 해."

이 두 가지의 말 중 나는 어떤 말에 더 취약할까요? 내가 자극받는 포인트를 파악해야 하는 또 다른 이유는 타인에게 쉽게 이용당하지 않기 위해서입니다. 쉽게 번아웃되지 않기 위해, 내가 나를 지키기 위해, 내 페이스를 조절해야 하니까요.

금세 사랑에 빠지는 '금사빠'가 있다면 금세 일에 빠지는 '금일빠'도 있습니다. 자기 일에 완전히 몰입하여 열심히 하는 것은 바람직한 일이지만 초반에 페이스를 조절하지 못해 일찌감치 나가떨어진다면 곤란하겠지요. 또 누군가 일에 대한 나의 순수한 열정을 악용할 수도 있어요. 누가 봐도 다른 사람에 비해 일이 몰려 있거나, 남의 일까지 뒤집어쓰는 사람들이 있고, 다분히 의도를 가지고 그를 조종하는 사람도 존재합니다.

일 얘기에서는 조금 벗어났지만 저 같은 경우는 모임에서 술값을 뒤집어쓰고 집에 와서 후회할 때가 종종 있어요. 가만히 보니 친구 중에 한 명이 계산할 때만 되면 제 마음에 불을 지르는 말을 하더라고요. 다분히 의도적으로 말이지요.

솔직히 저는 성격이 대범한 편은 아니에요. 엄청 잘 삐질 뿐더러 저 또한 제가 소심하다는 사실을 알고 있어요. '소심'이라는 말자체가 마치 성격적 결함이 있는 것처럼 느껴지는데, 심리학자들은 우열의 가치를 제거한 '예민'이라는 말을 주로 사용한답니다. 소심하거나 예민한 상태를 다른 말로 풀어 쓰면 '마음의 눈금이 정교하다'라고 할 수 있습니다. 인식과 감정의 눈금이 남들보다 촘촘하니 부정적인 감정이든 긍정적인 감정이든 더 빠르게 느끼고 받아들이며 작은 일에도 큰 불안을 느끼고 표현하겠지요.

그래서일까요. 소심한 사람들은 잘 웃지 않는 특징이 있는데, 다행히 저는 웃음이 참 많은 편이에요. 삐지는 횟수 자체를 줄일 순 없지만 웃음 덕분에 나쁜 감정에서 잘 빠져나올 수 있지요. 하지만 대범과 소심이 우열로 나눌 수 없다는 것을 누구보다 잘 아는 심리학자면 뭐 하나요? 술자리에서 대범하지 못하다는 말을 들으면 이성이 마비되곤 하는데요. "야, 너 오늘 왜 이렇게 소심하게 굴어?" 이 한마디면, 나도 모르게 계산대 앞에서 "내가 낼게!" 하고 통크게 굴곤 한답니다. 소심하다는 말은 제가 꼼짝 못 하는 취약점이었고, 영리한 친구는 그 사실을 교묘하게 이용한 거겠지요.

여러분은 어떤 말에 취약한가요? 어떤 문장을 마주치면 방어력이 상실되고 쉽게 조종당하나요? 그 문장을 내가 알고 있는 건 참 중요합니다. 그래야 나를 지킬 수 있으니까요.

✧　Go! 그리고 No Go……　✧

　어느 날 다른 친구로부터 이야기를 전해 들었습니다. 아까 그 친구 녀석이 "경일이는 소심하다고 하면 술값 다 내더라?"라고 말하고 다녔대요. 약간의 괴로운 시간을 거친 후, 누구보다 예민한 저는 마음의 눈금에 선을 하나 더 그었습니다. 나의 취약함을 이용하는 사람은 나쁜 사람이라고 정리한 거죠. 그래서 그 녀석과는 더이상 가까이 지내지 않기로 결심했습니다.

　물론 그 친구를 찾아가서 "너랑은 이제 끝이야!"라고 선언하지는 않았어요. 그런 선언은 나에게도 위험하거든요. 대신 녀석을 만나지 않기 위해 꽤나 신경을 쓰고 있습니다.

　성공이 무엇이든지 간에, 그것과 가까워지기 위해 해야 하는 일이 있고, 하지 말아야 하는 일이 있습니다. 간편하게 'Go'와 'No Go'라고 정리해 보겠습니다. 대다수의 사람들은 해야 할 것들Go을 먼저 생각하는 경향이 있어요. 하지 말아야 할 것들No Go에는 그다지 큰 고민을 하지 않아요.

의사 선생님들이 질병에 걸린 환자들을 보며 안타까워하는 이유도 그것입니다. 다들 'Go'에는 크게 신경을 쓰지만 'No Go'는 대수롭지 않게 여긴다는 거예요. 디스크 환자들은 진단을 받자마자 값비싼 안마의자를 사고, 마사지를 받으러 갑니다. 그러나 디스크 치료에서 가장 중요한 것은 나쁜 자세로 앉지 않는 것이에요. 허리 통증을 완화시켜 줄 새로운 일을 찾는 대신에 다리를 꼬거나 구부정하게 앉는 것부터 막아야 해요.

성공도 마찬가지입니다. 성공이 무엇이든 그것은 긍정적이고 좋은 상태를 말합니다. 하지만 그 상태와 멀어지게 만드는 사람들도 주변에 꽤 많습니다. 바로 말 한두 마디로 무기력을 옮기는 이들이지요. 나를 무기력하게 만드는 사람이 누구인지 알게 되었다면, 최대한 신경 써서 그들을 마주치지 않으려 노력해야 해요. 앞에서 언급했지만 김정운 박사님의 명언 중에 '외로움을 견디다 못해 나쁜 관계로 도피한다'라는 말이 있습니다. 외로운 사람은 나를 무기력하게 만드는 사람마저 자꾸 만나려고 하지만 이제는 당당하게 'No Go'를 외칠 때입니다.

시도 때도 없이 나를 이용하려는 사람도 있습니다. 내 마음에 불을 지르려는 사람, 나의 취약점을 도구 삼아 나를 조종하려는 사람. 이런 사람들 역시 최대한 만나지 않는 것이 좋겠지요?

아까 말한 제 친구도 그렇게까지 나쁜 인간은 아닙니다. 하지만 확실한 건 저에겐 나쁜 사람이란 거예요. 그 녀석이 저를 제외한 다른 친구들에게나 자기 가족들에게는 한없이 좋은 사람이라고 해도 나에게는 나쁜 사람일 수 있어요. 멀쩡한 두 남녀가 결혼을 하더라도 서로 큰 상처만 남기고 이혼하는 경우가 많아요. 한 사람 한 사람은 좋은 사람이지만 둘에게는 악연이기 때문이지요.

나에게 나쁜 사람, 나를 무기력하게 만드는 사람, 나를 쉽게 이용하려는 사람을 최대한 신경 써서 멀리해 보세요. 이것이 성공으로 가는 길을 조금 앞당겨줄지도 모르는 일입니다.

✧ 성공에 대한 자기 정의가 필요합니다 ✧

성공하기 위해 우리가 할 일은 무엇인지, 이미 성공한 사람들에겐 어떤 특징이 있는지, 수많은 자기계발서에서 이야기해 주고 있습니다. 그런데 막상 중요한 질문은 놓치고 있었던 것 같아요. 성공이란 무엇일까요? 여러분에게는 성공을 표현할 수 있는 나만의 언어가 있나요? 먼저 사전적 의미부터 알아봅시다.

성공: 목적하는 바를 이룸

성취: 그 내용이 무엇이 되었든 자신에게 중요한 일이든 아니든
　　　무언가를 얻거나 이루는 것

　성취에 비해 성공을 설명하는 말은 아주 짧고 모호해 보입니다. 그리고 의외로 간단하네요. 사실 상당 부분 단어 속에 많은 것이 숨어 있거든요. '목적'하는 바를 이뤄야 하니 목적이 없으면 '성공'을 할 수 없습니다. 즉, 목적하는 삶이 성공과 연결된 삶이겠네요.
　사람들은 모두 다 마음속에 이루고 싶은 소망 한 가지 정도는 품고 삽니다. 그러나 목적은 그러한 소망과는 또 느낌이 달라 보여요. 조금 더 명사와 가까워야 하지 않을까요? 지난번 꿈에 대해 이야기할 때 들려드렸던 이야기, 기억하세요?

　"상무님은 꿈이 뭐에요?"
　"제 꿈이요? 사장 되는 거죠."
　"에이, 어떻게 사장이 꿈이에요? 사장이 돼서 무엇을 하고 싶은 가가 꿈이지."

　앞서 저는 꿈은 동사로 표현해야 한다고 말씀드렸습니다. 사장이 되어 무엇을 할지가 분명하지 않으면 실제로 그 상황이 벌어졌을 때 흔들릴 수밖에 없다고요. 구체적으로 어떤 사장이 돼서 어떤

회사를 만드는가가 '꿈'이라면 여기서 '목적'에 해당하는 건 '사장'입니다.

이쯤 해서 갑자기 정치 얘기를 좀 하겠습니다. 사실 처음 만나는 관계에서는 께름칙한 이야기예요. 초면에 "진보주의자세요? 보수주의자세요?"라는 질문은 삼가는 게 좋겠죠? 그런데 세상엔 진보나 보수만 있는 게 아닙니다. 진보도 아니고 보수도 아닌 자유주의자도 있답니다. 이 말을 들은 많은 분들이 생각할 거예요.

'진보도 아니고 보수도 아니면 중도라는 건가?'

'양념 반, 후라이드 반도 아니고, 이도 저도 아니잖아.'

스스로를 중도라고 표현하거나 다른 개념을 끌어오는 사람을 조금 비겁하게 보는 경향이 있다는 것을 압니다. 하지만 저는 정치적으로 진보, 보수, 그리고 개인적 자유주의는 삼각형의 세 꼭짓점을 이룬다고 생각해요. 진보나 보수를 택하지 않은 모두가 적당히 섞여 있는 중간 지점을 선택했다고 볼 수는 없단 얘기지요.

기질과 정치 성향이 완벽하게 일치하기는 어렵겠지만, 타고난 성격과 공동체적 가치관 사이에 분명한 연결고리는 존재하는 것 같습니다. 진보적인 정치 성향을 가진 이들은 약자나 소수가 희생당하는 것에 강하게 분노하는 사람들입니다. 보수적인 정치 성향의 소유자는 한 사회나 조직의 질서나 규범이 깨지는 것에 대해 강하게 분노하지요.

개인주의자들은 어떨까요? 개인주의자들은 나를 포함한 개별 구성원들의 자유의지가 침해당하고 구속당하는 것에 강한 분노를 느끼곤 합니다. 타인의 자유의지가 침해당하는 것에도 마치 나의 자유가 침해당한 것 못지않게 분노할 수 있는 사람이지요. 내 자유가 침해당하는 것도, 남에게 피해 주는 것도 용납하지 않습니다. 그렇다고 해서 고립된 삶을 택하는 건 아니에요. 건강한 개인주의자들은 공동체와 함께 살아가면서 서로의 피해를 최소화하는 방법을 기꺼이 고민하고 살아갑니다.

물론 확실했던 가치관은 조금씩 바뀌기도 합니다. 강한 진보였던 사람이 나이가 들면서 조금씩 보수적으로 변하는 건 이상한 일이 아닙니다. 젊은 시절엔 약자가 피해받는 것에 분노하고, 그들이 보호받는 제도를 만드는 것을 지지했지만, 나이 들고 세상을 보는 층위가 많아지며 다른 모습도 보이게 마련이니까요. 예를 들어 약자 행세를 하는 이들이 제도의 이익을 빨아먹는 행위로 인해 다른 피해자가 발생하는 모습을 보면 또 다른 분노가 치밀어 오르겠지요. 이 모습이 외부에서는 약간 보수적으로 치우친 것처럼 보일 것입니다.

어쨌든 세상을 바라보는 기본 축은 세 가지로 정리할 수 있습니다. 요약하자면 세상은 '약자에 대한 피해 분노', '규칙과 질서에 대한 피해 분노', '개별 자유에 대한 피해 분노' 이렇게 각각의 세계에 조금 더 분노하는 사람들에 의해 잘 유지되고 있습니다. 나는 어디에 속하나요? 내가 무엇에 분노하는지 알아야 나 자신을 좀 더 정확하게 규정할 수 있겠지요.

성공도 마찬가지입니다. 성공에 대한 가치관과 세계관도 정치적 견해와 마찬가지로 제각각 지향하는 점이 다릅니다. 높은 자리에 올라가는 것을 성공이라고 생각하는 사람들이 있습니다. 주로 보수적인 사람들이 권력을 목적에 두곤 하지요. 이들은 기존의 규범을 지키고 새로운 규칙과 질서를 만들어 공동체를 단단하게 만들고 발전시키는 데 기여하고 싶을지도 모릅니다.

한편 진보적인 사람들은 특정한 위치보다는 어떤 역할을 하느냐에 따라 성공을 이야기하기도 합니다. 나에게 주어진 일에서 인정받으며 사회적 약자 또한 보호하는 것이 삶의 목적일 테니까요.

개인의 자유의지를 중요하게 생각하는 사람들은 나의 자유가 훼손되지 않는 상태를 성공이라고 생각합니다. 돈과 지위를 꿈꾸는 것은 경제적, 사회적인 구속에서 자유로워지기 위해서지요.

그렇다면 나에게 있어 성공은 무엇일까요? 나는 어떤 성공을 꿈꿔야 하나요? 우리 모두는 이 막연한 질문에 대한 대답을 정교화시킬 필요가 있습니다.

"돈 많이 버는 사람이요."

"도지사요."

"구청장 정도는 되어야 성공 아닐까요?"

물론 이런 대답도 나쁘지 않습니다. 그런데 저는 최근 누군가로부터 성공에 대한 아주 재미있는 정의를 들었습니다.

내 소리에 대해 항의받지 않는 것

이 짧은 말을 가만히 살펴보니 내포하는 의미가 꽤 많더라고요. 소리라는 것은 물리적인 소리와 추상적인 소리가 모두 포함되기 때문이지요. 이 말을 처음 들었을 때는 '층간 소음에서 자유롭고 싶다는 얘기인가?' 하고 생각했어요. 물어보니 그것도 포함되는 거래요. 하긴, 내가 내는 소리 때문에 남들이 불편해하지 않을 정도로 독립된 공간을 소유했다면 성공이 맞는 것 같습니다.

다른 뜻도 숨어 있습니다. 내가 낸 의견에 대해 '당신 틀렸어', '조용히 해'라는 소리를 듣지 않을 정도의 위치를 가졌다는 것. 이 역시 성공의 다른 모습이지요.

주변 사람들과 내가 정의한 성공에 대해 이야기를 나눠보면 어떨까요? 서로 다른 목적과 가치관을 가진 사람들이 그것을 이루기 위해 노력한다는 사실만으로도 앞으로 나아갈 힘이 생길지도 모르니까요.

✤ 긍정적 롤 모델, 부정적 롤 모델 ✤

성공에 대한 나름의 정의가 내려졌다면 그다음은 그것을 향해 달려 나갈 차례입니다. 이 길고 험난한 여행에서 꼭 필요한 게 두 가지가 있습니다. 포지티브 롤 모델과 내거티브 롤 모델. 즉 긍정적 롤 모델과 부정적 롤 모델이에요.

긍정적 롤 모델은 내가 닮고 싶은 모습입니다. 내 삶이 그와 비슷하게 흘러간다면 "Go! Go! Go!"를 외치며 계속 나아갈 수 있겠지요. 긍정적 롤 모델 못지않게 중요한 건 부정적 롤 모델입니다. '저 사람처럼은 되지 말아야지'라고 생각하는 모습 말이지요. 내 삶이 그와 비슷하게 흘러가면 "No Go! No Go! No Go!"를 외치며 멈춰야 합니다.

숙달된 운전기사가 액셀러레이터와 브레이크를 적절히 밟을 줄 아는 것처럼 인생에서도 'Go'와 'No Go'를 적절하게 활용해야 안전하고 신나게 질주할 수 있겠지요?

어떤 일에서 좋은 결과를 내며 잘나가다가 엉뚱한 곳에서 사고를 쳐서 한 방에 훅 가는 사람들이 참 많지요. 저는 그들이 긍정적 롤 모델만 보고 달려오지 않았을까 하고 생각합니다. 중간에 브레이크를 걸어줄 만한 모델을 발견하지 못하면 리스크 관리가 어려울 수밖에요.

반대로 부정적 롤 모델만 가진 경우도 있어요. 꽤 많은 사람들이 이렇게 이야기합니다.

"엄마처럼 살지는 않을 거야."

"우리 아빠 같은 사람은 되지 않을 거야."

"어휴, 저 상사처럼 늙지 말아야지."

부정적 롤 모델에 대한 이야기만 떠도는 사회는 그곳에 존경할 만한 어른이 없다는 메시지기도 하겠네요. 여러분은 어떤가요? 내가 정말 닮고 싶은 사람, 부러운 사람, 긍정적 롤 모델로 삼고 싶은 사람이 존재하나요?

가만히 살펴보면 직장에서, 학교에서, 내가 몸담고 있는 여러 공동체에서, 꽤 괜찮은 모델을 찾을 수 있을 것입니다. 공정함을 잃지 않으려고 노력하는 직장 상사, 상대를 배려하며 정확한 코칭을 해주는 선배, 뒤처지는 이들을 비난하지 않고 함께 끌고 가려는 리더……. 만약 여러분이 성공을 꿈꾸고 있다면 일상에서 부딪히는 많은 사람에게 여러분의 롤 모델에 대한 이야기를 많이 들려주세요. 특히 긍정적 롤 모델에 대해서요. 내 롤 모델에 대한 이야기를 하는 것은 나에 대해 이야기하는 것과 다름없습니다. 롤 모델은 나를 표현하는 또 다른 인칭이라고 볼 수 있거든요.

성공을 꿈꾸는 지혜

1인칭: 나 오늘부터 다이어트 열심히 해야지!

2인칭: 김경일! 너 오늘부터 다이어트 열심히 해!

3인칭: 김경일은 다이어트를 제대로 하는 인간이다.

어떠세요? 같은 말이라도 여러 인칭으로 바꾸어 반복해서 말하면 훨씬 더 메시지가 강해지는 게 느껴지나요? 이러한 화법은 실제 행동으로 이어지는 효과 또한 강력해집니다. 긍정적 롤 모델에 대한 좋은 발언은 내가 나 자신에게 들려주는 격려와 위로의 말이기도 합니다.

"저 선배는 위기 상황일수록 참 차분해지는 게 보기 좋아."

= '나도 위급할수록 천천히 차근차근 생각하고 말할 것이다.'

"선물 고르는 센스는 ○○ 씨가 최고야. 정말 닮고 싶다니까."

= '나도 다른 사람의 마음을 기쁘게 해주는 좋은 취향을 가질 것이다.'

"우리 부장님은 계속 새로운 걸 배우려고 노력하잖아. 존경할 만한 모습이야."

= '나도 습관적으로 책을 읽고 새로운 분야의 공부를 두려워하

지 않을 것이다.'

이처럼 긍정적 롤 모델에 대해 말하고 상기하는 것만으로도 자동반사적으로 동기부여가 이루어져요. 그러니 나의 긍정적 롤 모델을 선정하는 것도 아주 중요하겠지요. 꼭 가까운 주변의 사람들만이 긍정적 롤 모델이 되는 건 아닙니다. SNS에서 엿본 어느 작가의 기발한 생각을 닮고 싶을 수도 있고, 위인전에서 읽은 외국 인물의 생애에서 배울 점을 찾을 수도 있어요. 저 같은 경우는 앞에서 말씀드렸듯이 최재천 교수님을 정말 존경하는데요. 방송이나 강의에서 교수님의 화법이나 고민, 학문에 대한 태도와 열정과 삶이 나의 롤 모델이라고 여러 차례 말했더니 다들 저와 최 교수님이 아주 가까운 사이인 줄 아시더라고요. 실제로는 1년에 한두 번 볼까 말까 한 사이입니다. 하지만 정서적인 거리는 가깝다 보니, 가끔 저나 교수님도 종종 자주 만났다는 착각에 빠질 때도 있습니다.

최재천 교수님이 학자로서의 긍정적 롤 모델이라면 제 친구 권영범은 '보고 싶다'라는 말에 대한 긍정적 롤 모델입니다. 솔직히 제 또래의 한국 남성들이 친구에게 연락해서 "야, 나 너 너무 보고 싶어"라고 말하는 건 쉽지 않잖아요. 그런데 영범이 녀석은 이 말을 하나도 어색하거나 부담스럽지 않게 참 잘합니다. 술도 좋아하고 사업도 잘하는 말 그대로 상 남자 같은 친구가 매번 진심을 담아 "진짜 보고 싶다, 인마"라고 얘기해 주는데 그 말을 듣고 기분 나쁠 사람이 누가 있을까요? 그래서인지 영범이 주위엔 늘 사람이 많습니다. 진심 그 자체를 전하는 용기. 저는 그 용기를 꼭 배우고 싶어요. 이렇게 긍정적 롤 모델은 단편적으로 끊어서 설정할 수도 있어요. 한 문장의 롤 모델, 특별한 행위의 롤 모델도 있지요.

가끔 강연 중에 수강생들이 칭찬 잘하는 법을 물어보면 저는 '간접 칭찬'의 효과를 말하곤 합니다. 직접 누군가를 칭찬하고 드높이는 게 어색한 한국 문화에서는 더없이 좋은 칭찬의 방식입니다.

"이야, 참 잘한다. 너 능력 있구나?"

갑작스럽게 누군가에게 칭찬을 들었습니다. 고맙고 기쁘지만 너무 직접적인 나머지 부담스러울 수도 있어요. 상황에 따라 아첨처럼 느껴질 때도 있고요. 그런데 이런 칭찬은 어떠세요?

"경일이가 네 능력이 대단하다고 하던데, 정말 그러네?"

우선 상당히 기분이 좋습니다. 그리고 경일이가 다르게 보여요.

'녀석, 내 앞에선 별말 없더니 다른 사람들에게 그런 말을 했어?' 칭찬받은 능력을 개발시키기 위해 계속 노력해야겠다는 생각도 들지요. 이처럼 긍정적 롤 모델에 대한 이야기는 간접 칭찬의 효과까지 누릴 수 있어요. 무엇보다 긍정적 모델에 대한 이야기로 가장 큰 수혜를 입는 사람은 바로 나 자신입니다.

물론 한 사람에게서 긍정적, 부정적 면모가 동시에 보이는 경우도 있습니다. 이럴 땐 반드시 닮을 점과 그렇지 않은 지점을 구분해야 해요.

제 주변에도 굉장히 멋진 선배 한 분이 계십니다. 나이 먹어서도 가져야 할 중요한 역량 중의 하나가 자기의 욕구를 솔직하게 말하면서도 품격을 떨어뜨리지 않는 화법이라고 여러 차례 말씀을 드렸는데, 딱 그 선배에 해당하는 표현인 것 같아요. 선배의 이야기는 항상 솔직하고 재미있지만 조금도 주책맞게 느껴지지 않거든요. 우리 사회에 꼰대가 많아지는 건 바로 솔직하게 나의 욕망을 말하는 기술을 습득하지 못했기 때문이 아닐까요.

많은 어른들이 자칫 위선적이거나 이상하게 들릴 법한 소리를 할 때가 많아요. 하지만 선배의 말엔 그 어떤 숨은 의도나 꼬인 표현 따윈 없습니다. "나 설렁탕 먹고 싶어"라고 하면 설렁탕이 먹고 싶은 거고, "심심해, 놀아줘"라고 하면 정말 심심한 거예요. 속마음이 시원하고 유쾌하게 오고 가니 매번 만날 때마다 마음이 편하고 그 사람을 생각하면 미소가 지어집니다.

그런데 이 선배에게도 단점이 있어요. 약속을 잘 안 지키시더라고요. 워낙 솔직하기 때문일까요? 우리가 지켜야 하는 일 중에서 하기 싫은 것들이 얼마나 많습니까. 그런 것들까지 허심탄회하게 표현하는 사람이다 보니, 지켜지지 않는 약속이 종종 생깁니다.

그러면 저는 이 선배를 긍정적 롤 모델로 삼아야 할까요, 부정적 롤 모델로 삼아야 할까요? 둘 다 삼으면 됩니다. 긍정적이거나 부정적인 것 중 하나로 규정해 버린다면 다른 좋은 배움의 기회를 잃게 되잖아요. 그래도 가급적이면 칭찬은 하되 단점은 말하지 않으려고 해요. 부정적인 말은 굳이 입 밖으로 내뱉지 않아도 내가 아주 잘 기억하고 있거든요. 내가 그 선배에 대해 무조건적으로 용인한다고 오해받는 상황에서 균형을 맞춰주는 정도로만 말하면 그만입니다. 그래서 가끔 아주 가까운 사람들에게 이렇게 말할 때는 있어요.

"그 선배는 솔직한 모습이 진짜 좋은데, 약속을 안 지키는 게 좀 아쉽지."

주변 사람에 대한 이야기뿐 아니라, 우리는 계속 무언가를 평가해야 하는 상황에 처할 때가 있습니다. 심사위원이나 감사 결과를 발표하는 위치에 있을 때는 특히 더 그렇죠. 냉정한 사람들은 이런 화법을 자주 구사합니다.

"잘된 점은 앞의 분들이 충분히 말씀해 주셨으니까 됐고요, 저는 시간 관계상 지적사항만 말씀드릴게요."

단언컨대, 가장 나쁜 화법입니다. 이렇게 말해 버리면 스스로가 배울 게 없기 때문이에요. 실제로 이런 식의 화법을 매일같이 쓰는 사람은 역량이 잘 늘지 않을 확률이 높습니다.

우리 뇌는 좋은 점보다는 안 좋은 점을 더 오래 기억하도록 설계되어 있어요. 부정적인 피드백에 더 큰 영향을 받도록 진화하는 것이 생존에 유리하기 때문이지요. 그러니 좋은 부분을 통해 배우려면 일부러 목소리를 내서 말하는 게 필요합니다. 평가를 내리는 사람도 자기 자신의 말을 통해 배우기 때문이에요. 잘된 점에 대한 말을 많이 해야 긍정적인 지점을 나의 것으로 만들 수 있겠지요? 그러니 앞서 발표한 사람과 메시지가 중복되더라도 그냥 하세요. 바로 옆 사람이 한 말이라 하더라도 그대로 되풀이하세요. 누구를 위해서? 나를 위해서죠.

"Saying is believe."
"Saying is memories."

심리학에서 굉장히 중요하게 여기는 문구입니다. 좋은 롤 모델을 찾았다면 부끄러워 말고 여러 자리에서 칭찬하고 닮고 싶다고 이야기해 보십시오. 내 입에서 뱉은 말이 내가 원하는 방향으로 한 걸음씩 나아가도록 이끌어줄 테니까요.

⊹ How to win VS How not to lose ⊹

'테크크런치 디스럽트TechCrunch Disrupt'에 대해 들어보셨나요? 우리나라로 치자면 투자 엑스포나 스타트업 박람회 정도 될까요? 2010년 샌프란시스코에서 시작된 북미 최대 스타트업 콘퍼런스로, 강연과 비즈니스 미팅, 아이디어가 오가는 장입니다. 첨단 산업 분야의 스타트업 관련자들과 대기업, 벤처 투자자들이 모인 자리에서 즉석으로 큰 규모의 투자가 결정되는 행사도 있어요. 운영 방식은 이렇습니다. 스타트업의 담당자가 투자자들 앞에서 자신의 아이디어나 비즈니스 모델에 대한 내용을 설명합니다. 사회자의 진행 하에 간단한 질의응답이 이루어진 후에 투자자들의 선택이 이어지는 거예요. 할리우드 영화에서처럼 "5만 달러 투자하겠소!", "10만 달러 투자하지"와 같은 대사가 실제로 나오고, 담당자들의 기쁨의 환호가 이어지는 장면, 상상이 되시죠?

그런데 이 최첨단의 아이디어가 오가는 행사와 어울리지 않는 차별 현상이 관찰되었습니다. 이 현상은 몇 년에 걸쳐 아주 끈질기고 고집스럽게 발견되었지요. 바로 남성 발표자가 여성 발표자에 비해 확연히 많은 금액의 투자를 받았다는 것입니다.

투자자들에게 성별과 관련된 편견이 존재했기 때문일까요? 물론 이 이야기를 들은 투자자들은 펄쩍 뛰었습니다. 우리가 신경 쓰는 것은 발표자의 성별이 아닌 답변일 뿐이라고 입을 모았지요. 이들의 항변이 아예 근거가 없었던 건 아니었어요. 발표자의 성별이 드러나지 않는 자료만 보고 투자를 결정했을 때에도 비슷한 결과가 도출되었으니까요.

연구자들은 2010년부터 2016년까지 일곱 차례의 투자 행사에서 있었던 여러 상황과 환경들을 모두 끌어와 전수조사를 시작했습니다. 두 가지 가능성을 염두할 수밖에 없었어요.

첫 번째는 투자자들이 의식하지 못하는 편견에 이끌려 선택을 했다는 것. 두 번째는 모두 눈치채지 못하는 사이에 넛지(그 행동을 선택하도록 이끄는 환경 요인)가 반복적으로 작용했다는 것이죠.

연구 결과 두 번째 가설이 실제로 존재했다는 것이 밝혀졌습니다. 바로 행사를 진행한 사회자에게 문제가 있었던 거예요. 발표자의 발표가 끝나고 질의응답을 하는 시간에 사회자는 자기도 모르는 사이에 남성에게는 'How to win'형 질문을, 여성에게는 'How not to lose'형 질문을 했다는 것입니다.

How to win형 질문은 말 그대로 어떻게 성공할 것인지 묻는 것

질문 유형	핵심 내용	예시
How to win	어떻게 성공할 것인가	- 어떻게 고객을 확보할 계획입니까? - 시장을 장악할 수 있다고 생각하십니까? - 지적 재산으로서의 잠재력에 대해 추가로 말씀해 주실 수 있나요?
How not to lose	어떻게 망하지 않을 것인가	- 테스트는 확실히 마친 것입니까? - 법령에 위반되지 않는지 점검은 분명히 하였습니까? - 제품 가격을 229달러로 책정했는데, 그 가격으로 이윤이 확보될까요?

입니다. 반대로 How not to lose형 질문은 어떻게 망하지 않을 것 인지를 묻는 것입니다.

그런데 여기서 끝이 아닙니다. 이 연구에 참여한 책임 연구자 중에는 그 유명한 콜롬비아 대학의 토리 히긴스 교수도 있었습니다. 제가 강의의 소재로 주로 삼는 '접근 동기와 회피 동기'에 대한 이론적 토대를 처음 형성한 분이세요. 토리 히긴스 교수의 논문을 살펴보면 참 재미있고 의미 있는 연구가 많을뿐더러 평범한 데이터를 통해서도 기막힌 메시지를 뽑아내는 능력이 탁월한 학자라는 생각이 들지요.

이번에도 행사의 성차별적인 투자 방식에 대해 꼼꼼히 살펴본

히긴스 교수는 의미심장한 데이터를 발견하지요. 대규모 투자를 받은 발표자들에게 특별한 공통점이 있었다는 거예요. 바로 'How not to lose'형 질문을 받았음에도 불구하고 'How to win'의 형태의 답변을 한 사람들이 꽤 많았다는 겁니다. 물론 여성도 포함해서요.

만약 어떻게 리스크를 관리할 것인지, 실패를 방지하기 위해 무엇을 할 것인지에 대해 열 가지 질문을 받았다면 다섯 개 정도는 단점을 보완하는 방식으로 대답을 합니다. 그리고 나머지 다섯 개는 질문의 의도와 상관없이 어떻게 꿈을 펼치고 시장을 장악할지에 대해 선언했어요. 결국 가장 많은 투자를 받은 이들은 이런 유형의 사람들이었습니다. 여기에서는 젠더의 차이도 문제되지 않았어요.

이 연구는 우리에게 시사하는 바가 큽니다. 평범한 우리들에겐 긍정적 롤 모델보다는 부정적 롤 모델이 많고, 하고 싶은 것보다는 피하고 싶은 일이 많아요. 스스로 어떤 일을 대할 때 'How not to lose'와 관련된 생각에 매몰되다 보면 'How to win'에 대해 생각할 여백은 없어지지요.

하지만 생각의 방향을 틀어서 정반대편에 서야 할 때가 있지요. 지금이라도 '나는 어떻게 성공할까?', '나는 어떤 방식으로 인생의 승자가 될까?', '내가 하고 싶은 것들을 어떻게 이루어낼까?' 하고 무모한 꿈을 꿔보는 건 어떨까요? 장기적인 안목을 가졌다고 평가

받는 세계 최고의 투자자들이 포부에 따라 투자를 결정하듯, 우리
도 나의 인생을 투자하기 좋은 형태로 만들 필요가 있으니까요. 저
는 가끔씩 딸들에게 아빠의 진짜 꿈은 세계정복이라고 허풍을 떨
곤 합니다. 제가 세계를 정복할 가능성은 0.000001퍼센트도 안 되
겠지요. 하지만 알 수 없죠. 꿈꾸는 과정에서 더 많은 사람들과 제
자신에게 기가 막힌 정신적인 투자를 받을지도 모르잖아요.

✣ 사랑과 워킹맘 ✣

〈사랑과 야망〉, 〈사랑과 전쟁〉, 〈사랑과 성공〉. 한 번쯤은 들어
보셨을 옛 드라마의 제목들입니다. 저 때만 해도 인간의 갈등과 고
뇌를 다룬 작품에는 꼭 사랑이란 낱말이, 그리고 맞은편엔 사랑과
반대되는 단어가 배치되었어요. 사랑은 가난하지만 인간적이고
소박한 삶으로 보았고 그 반대편에 있는 건 성공이었습니다. 사랑
하는 사람과 행복하게 살 것인가, 아니면 야망을 이루기 위해 소소
한 행복을 저버릴 것인가⋯⋯. 이제 우리는 이런 이분법적 분류가
촌스럽게 느껴지는 시대에 살고 있지만 여전히 매일매일 사랑과
야망, 사랑과 성공을 고민하며 전쟁을 치르는 사람들이 있습니다.
바로 워킹맘이에요.

저희 어머니도 워킹맘이셨습니다. 배구선수 출신이셨던 어머니는 지금도 다 큰 아들에게 등짝 스매싱을 날리십니다. 예전에 유튜브로 공개되는 포럼에서 제가 저희 집 이야기를 한 적이 있었거든요. 특이하게도 저희 집은 아버지의 가훈, 어머니의 가훈이 따로 있는데 아버지의 가훈은 '시간을 아껴 쓰자'이고(참 소박하죠?), 어머니의 가훈은 '백문이 불여일타'입니다. '백 번 얘기하는 것보다 한 대 쳐 맞는 게 낫다'라는 어머니만의 오래된 철학이 담긴 문장이지요. 그리고 밖에 나가서 그 이야기를 했다고 만으로 오십이 된 자식을 또 때리는 분이 바로 저희 어머니랍니다. 등짝은 엄청 아팠는데 다행히 마음은 안 아프더라고요. 그 연세에도 짱짱한 손힘이 느껴지는 게 어찌나 감사하던지요. 어머니가 오래오래 건강하셔서 계속 때려주시면 좋겠어요.

이렇게 화끈한 저희 어머니가 일과 가사를 병행하던 시절, 저는 의외로 참 행복했던 것 같아요. 자율성이 많이 보장된 사춘기를 보냈으니까요. 당시 우리 가족은 오래된 2층짜리 양옥집에 살았는데 어머니가 제 방이 있는 2층에 올라오실 때마다 계단에서 찌그덕찌그덕 나무 무너지는 소리가 났어요. 덕분에 얼마든지 후다닥 전장 정리가 가능했습니다. 예민한 청소년기, 제가 정서적으로 건강하게 보낼 수 있었던 이유는 어머니와의 적당한 거리를 유지할 수 있는 환경 때문이 아니었을까요?

사춘기 딸을 키우는 아빠가 된 지금의 저는 충분한 공간적 거리가 확보되지 않는 평범한 구조의 아파트에서 살고 있지만 자식에게 너무 가까이 다가가지 않으려고 노력한답니다.

"채원아, 아빠가 채원이 방에 한번 가봐도 돼?"

"네. 언제요?"

"내일모레 2시 45분쯤?"

아무리 맛있는 거 사준다고 해도 당일 잡히는 회식은 스트레스 받잖아요. 딸에게도 준비할 시간은 필요하겠지요.

웃자고 한 말이지만 워킹맘의 일상에 마냥 웃음꽃이 피지는 않을 것입니다. 우리나라에서 육아와 자기 성취를 함께하는 건 정말 어려운 문제거든요. 목적을 향해 달려가는 것이 성공이라면, 그 도착점보다 더 중요한 것은 여정이에요. 여정이 즐겁지 않다면 무슨 소용이겠어요. 가까스로 한 목적지에 도달하더라도 그다음 목적지를 설정할 수 없을 테니까요.

그렇다면 육아와 자기 성취 중에 무엇을 선택해야 할까요? 이런 종류의 질문을 받은 심리학자의 대답은 늘 같습니다. 그때그때 매일매일 고민해야 한다고요. 오늘 엄마로서의 자아에 추를 두었다면, 내일은 조금 더 일에 집중해야 할지도 몰라요. 하루가 아닌 매 시간마다 나에게 맞는 최적의 역할과 위치를 찾기 위해 끝없이 미세 조정해야 한다고 말이지요.

저는 아주대학교에 적을 두고 있지만 외부 활동도 많이 하는 편이에요. 그런데 외부 일을 하느라 학교 일을 내팽개치면 총장님이 무척 싫어하시겠지요. 그렇다고 서당 훈장님처럼 학교 안에만 머무른다면 학생들에게 들려줄 수 있는 강의 내용이 좁아질 겁니다.

결국 모든 것은 균형의 문제입니다. 하지만 이 시대의 워킹맘들에게 한 가지 당부해 드리고 싶은 말씀은 모든 것을 혼자 다 해내려고 애쓸 필요는 없다는 것입니다. 주변에 지지해 줄 수 있는 사람을 찾는 것을 두려워하지 마세요. 심리적으로 많이 힘든 시기다 보니, 감정적으로 의지하고 싶은 욕구가 클 것입니다. 하지만 이런 상황에서 실질적인 도움이 되는 사람은 '도구적 지지자'입니다.

자, 한번 상상해 볼까요? 새 조직에 입사한 지 1년이 채 안 된 시기, 다음 주 화요일에 급하게 개인적 용무로 자리를 비워야 하는 상황이라고 설정해 봅시다. 약 네 시간 정도 선배가 나의 일을 대신 처리해 줘야 하는 상황이지요. 사실 말을 꺼내는 것 자체가 쉽지 않아요. 하지만 당신은 용기를 내서 이야기합니다. 그리고 보고를 들었을 때 각각 다르게 반응하는 두 종류의 선배가 있습니다.

A

당신: 저……, 정말 죄송하지만 제가 다음 주 화요일 오후에 네

시간 정도 개인 용무로 자리를 비워야 할 것 같습니다.

선배: (하던 일을 멈추고 눈을 맞추며) 그래? 무슨 일 있니?

당신: 네, 좀 급한 일이라.

선배: 너 뭔 일 있구나? 여기 앉아서 툭 터놓고 얘기해 봐. 요즘 힘든 일이 있어?

B

당신: 저……, 정말 죄송하지만 제가 다음 주 화요일 오후에 네 시간 정도 개인 용무로 자리를 비워야 할 것 같습니다.

선배: (쳐다보지도 않고) 다음 주 화요일? 오케이. 다섯 시간 정도는 내가 백업 가능한데 그 이상은 안 된다.

당신: 고맙습니다. 제가 피치 못할 사정이 있어서…….

선배: 사유는 안 궁금하거든? 얘기 끝났으면 가 봐.

어떠세요? A 선배는 감정적인 지지를 먼저 해주는 사람이고 B 선배는 도구적 지지를 먼저 해주는 사람입니다. 비슷한 경험이 있는 분들은 B 선배가 훨씬 편하다는 걸 알 거예요. 내 일에 관심이 없어서가 아니라 필요한 것을 먼저 주려는 마음이란 것도요. 사실 이렇게 겉모습은 쌀쌀맞아 보이지만 시간이 지날수록 더 속 얘기를 많이 하면서 실제로 오랫동안 돈독한 관계를 유지하는 경우도 많아요.

감정적 지지에만 너무 몰두하려는 사람을 저는 '웰컴병'이란 말로 표현할 때가 있어요. 낯선 환경에서 누군가 나를 따뜻하게 맞아 준다면 정말 고맙지요. 하지만 이게 조금 지나칠 때 문제가 됩니다. 웰컴병 환자가 조직의 핵심에서 벗어난 경우엔 자신의 우군을 만들고 싶다는 생각에 접근하는 경우도 있죠.

우리도 한 번쯤은 생각해 볼 필요가 있어요. 나는 타인에게 어떤 지지를 해주었나요? 나에게 도구적 지지자가 필요한 만큼, 나 또한 다른 사람에게 딱 필요한 만큼만 도와야 하지 않을까요?

내가 누군가의 도구적 지지자가 되었을 때, 내가 필요한 순간 진짜 도움을 줄 만한 사람이 더욱 잘 보일 거예요. 일과 육아를 병행하는 여성들의 경우, 마음을 충분히 이해해 줄 만한 사람 곁에 머무르고 싶을 거예요. 하지만 이들이 시간적으로 짬 내기가 어려운 상태라면 조금 먼 곳에 떨어진 도구적 지지자에게 기꺼이 도움을 요청하세요. 나도 그에게 신세를 질 수 있고, 그도 나에게 신세를 질 수 있는 관계. 감정적으로 빚을 덜 지는 관계가 훨씬 편안할 수도 있습니다.

고백하건대 저는 앞서 말씀드렸던 '웰컴병' 환자에 속합니다. 조직의 아웃사이더는 아니지만 기질적으로 우호성이 높기 때문이에요. 그래서 새로운 사람만 보면 그렇게 반가울 수가 없더라고요.

하지만 누군가와 잘 지내고 싶은 욕구의 저변에는 존중받고자 하는 욕구가 깔려 있었던 것 같아요. 스스로에게서 이 모습을 발견한 뒤에는 굉장히 절제하려고 노력합니다.

얼마 전에 학교에 신임 교수님이 처음 오셨는데 적당하게 거리를 두려고 애써보았습니다. 조금 떨어진 상태에서 내가 줄 만한 도움이 있는지만 살짝살짝 체크했지요. 약간의 시간이 지나자 그분께 해줄 수 있는 것과 해줄 수 없는 것이 구분되더라고요. 그 경계가 선명해지자 신임 교수님도 마음이 편해지신 것 같아요. 요즘엔 속 이야기도 툭툭 털어놓는 사이가 되었거든요.

초반에 모든 아픔과 고통들도 다 나눌 것처럼 마음을 열었는데 막상 필요한 순간에 "그건 안 되는데?"라는 반응이 나오는 관계는 참 애매해지지요. 유비, 관우, 장비처럼 도원결의를 맺을 끈끈한 친구 대신 약간 떨어진 곳에서 실질적인 도움을 줄 수 있는 사람을 찾으세요. 이 세상은 사실 수없이 많은 단편적 도움들로 돌아가고 있습니다. 여러분이 지금 이 책 한 권을 읽는 데에도 오류를 체크하는 출판 편집자분들의 노고와 보기 좋게 재작업하는 디자이너분의 수고, 인쇄소에서 일하시는 분들의 고생과 기계가 돌아가도록 전기를 생산하는 분들까지. 이름도 얼굴도 모르는 많은 분들의 도구적 도움이 들어가 있습니다.

서로에게 도움이 되고 신세를 지는 건 절대 폐를 끼치거나 수치스러운 일이 아닙니다. 워킹맘이라면 누군가에게 도움을 받는 게 마땅하다고 생각해요.

전자레인지에 데워 먹는 즉석밥이 처음 나왔을 때 시장에서의 반응이 지금처럼 좋지 않았다고 해요. 당시 광고 카피가 '바쁜 엄마 급할 때'였거든요. 아이의 밥을 직접 만들지 못하는 워킹맘의 죄책감을 그 한마디가 오히려 건드렸던 거예요. 시간이 지나 '엄마의 정성이 담긴 ○○'으로 카피를 바꾸고서야 비로소 매출이 올라가기 시작했다고 합니다.

우리나라뿐 아니라 전 세계 모든 엄마들은 육아를 할 때 내 모든 영혼을 다 바쳐야 한다고 생각합니다. 물론 마음이 가장 중요하지만 육아의 꽤 많은 부분은 도구적으로 해결해야 하는 문제들이에요. 아이를 키우는 일에 정성이 충분히 담기지 않았다고 미안해할 필요도, 정서적 결함을 보상받기 위해 감정적으로 가까운 이들에게 필요 이상의 시간을 지출할 필요도 없습니다. 한 번쯤은 고민해 보시면 좋겠습니다. 이 시대를 사는 우리에게 정말 필요한 도움의 형태는 무엇인지 말이에요.

✦ 돈과 성취감 ✦

우리가 한 분야의 전문성을 가지고 일을 하다가도 어느 순간 업종이나 일의 성격이 바뀌는 순간이 있습니다. 혹은 금전적인 조건에 따라 다른 선택을 해야 할 때도 있고요. 이럴 때 성취감을 느끼면서도 돈을 많이 벌 수 있는 일이 있다면 고민할 필요도 없겠지요. 하지만 언제나처럼 고민이 찾아옵니다.

"돈을 많이 버는 일을 해야 할까요? 아니면 성취감이 높은 일을 해야 할까요?"

일단 만족이라는 심리 기제에 대해 나눠보아야 할 것 같습니다.

여러분은 현재 받는 급여에 대해 '만족'하시나요?

이 질문에 대한 대답은 여러 가지로 갈릴 것 같아요. 큰 어려움 없이 삼시세끼 잘 먹고, 가족의 생존과 안전에 큰 문제가 없기에 만족한다고 대답하는 분도 있고, 다른 사람과 비교해 보니 불만족스럽다고 답하는 분들도 있겠지요. 그렇다면 질문을 조금 바꿔 볼게요.

여러분은 현재 받는 급여가 '충분'하신가요? 혹은 현재 받는 급여에 '흡족'하신가요?

'만족'에 대해서는 적정한 선에서 그렇다고 말하는 분들도 '충분'이나 '흡족'으로 말을 바꾸면 고개를 절레절레 흔드시더라고요. 심지어 꽤 많은 성과급을 받는 대기업 임원들에게도 같은 질문을 하면 비슷한 반응이 나타납니다.

만족이란 무엇일까요? 저는 만족은 끝없이 움직이는 우리를 멈추게 하는 기제라고 생각합니다. 허기진 상태에서 허겁지겁 밥을 먹다가도 어느 순간 포만감이 느껴지면 숟가락을 내려놓지요. 포만감이 충분히 느껴졌음에도 계속 먹으면 그다음 연결되는 감각은 고통이에요. 만족을 느껴야만 우리는 잠시 쉴 수 있어요. '멈춤'을 모르는 기계는 엔진이 과열되어 고장 날 수밖에 없으니, 만족은 우리를 살려주는 고마운 감각이 아닐까요?

돈에 대해서도 마찬가지입니다. 내가 받는 급여가 턱없이 부족하다면 불평과 싸움, 스트레스가 끊이지 않겠지요. 돈 때문에 부부 싸움을 하고, 돈이 부족해서 쩔쩔매고, 돈 걱정에 잠을 못 이룹니다. 그러나 어느 정도 수준에 올라오면 이 모든 것들이 '스톱STOP' 되지요. 그럴 때 우리는 만족이라는 표현을 쓰는 것 같아요. 급여에 대한 '만족'이란 설령 돈이 차고 넘쳐서 기쁘고 흡족하지는 않더라도 온갖 부정적인 상황을 '스톱' 시켜줄 수 있는 상태겠지요.

자, 그럼 돈과 성취감 중에 무엇을 선택해야 할까요? 정신적인 허기짐과 불편과 불평, 끝없는 비교와 경제적 압박에 시달리고 있다면 그것을 멈추기까지에는 어느 정도의 돈이 필요합니다.

약간의 만족을 느꼈다면 다른 고민을 해볼 수 있지요. '스톱'의 상태로 오래 머물게 되면 지루하고 단조로운 삶이 이어질 수 있으니까요.

인생에서 한 번쯤은 두 가지 모두를 선택해 보라고 권해 드리고 싶어요. 비윤리적인 행동이 아니라면 돈 버는 일에 모든 것을 걸어 봐도 좋습니다. 그리고 다른 시점에서 보람과 성취감만을 위해서도 내 시간과 에너지를 투자해 보는 거예요.

인간의 수명이 길어진 만큼 이와 같은 선택 상황은 생각보다 자주 우리를 찾아올 것입니다. 한 직장 안에 직무가 바뀌는 경우도 있고, 이전과 전혀 다른 직업을 택해야 하는 경우도 있어요. 심지어는 동일한 직업, 동일한 직무더라도 위치에 따라 다른 결정을 해야 할 때도 있습니다. 각자가 처한 상황만큼 구체적인 선택의 영역도 모두 다를 거예요.

"야구선수를 할까요, 음악을 할까요?"
"직장에 다닐까요, 사업을 할까요?"

"교직에만 집중할까요? 아니면 퇴근 후에 유튜브를 할까요?"

"쇼호스트를 할까요? 무역상사를 다닐까요?"

이 중 어떤 일은 하면 할수록 돈이 많아지고, 어떤 일은 내 역량이 점차 자라나는 느낌에 찐한 성취감을 느낄 거예요. 심지어는 같은 일 안에서도 다른 효과가 기대되는 경우도 있지요. 저 같은 경우엔 가끔 글을 쓰는데 어떤 형태의 칼럼은 원고료를 많이 받을수록 더 잘 써지더라고요. 하지만 원고료를 거의 못 받아도 나 스스로 만족스러운 결말을 내기 위해 집중력을 발휘하는 글도 있어요.

앞서 말씀드렸던 것처럼 '적합 이론가 유형'과 '개발 이론가 유형' 또한 존재합니다. 적합 이론가 유형인 분들이 자칫 돈이나 성취감 때문에 전혀 맞지 않는 일을 선택하게 되면 큰 실수가 이어질 수도 있어요. 지금 하고 있는 일에서 조금씩 조금씩 다른 종류의 일을 경험하면서 다름의 간극을 벌려보는 지혜도 필요하겠지요?

인생은 짧고 예술은 길다는 말이 있습니다. 그러나 더 이상 짧은 인생을 사는 시대는 끝났어요. 어쩌면 예술 못지않게 길고 긴 삶을 살아야 할지도 모르지요. 그러니 장기전에 임하는 마음으로 많은 일을 경험해 보세요. 내가 한 번도 생각해 보지 못한 분야에 성공이란 보물이 숨겨져 있을지도 모르니까요.

7장

죽음을 준비하는 지혜

심리학에서는 연구 방향을 정할 때, 중요한 몇 가지 질문으로 시작하곤 합니다. '어떻게 해야 좋은 사람이 될까요?', '어떻게 하면 성공할까요?' 등은 평범한 우리들이 언제나 궁금해하는 일반적인 질문입니다. 그런데 답을 얻기 위해 질문을 완전히 뒤집어버리는 경우도 있습니다. '어떻게 하면 나쁜 사람이 될까요?' '어떻게 해야 실패할까요?'처럼 말이지요. 반대의 경우에서 출발해도 내가 원하는 지점에 도달할 수 있으니까요.

　미로 찾기를 잘하는 사람은 무조건 정해진 출발점에서부터 길을 찾지 않습니다. 때론 최종 목적지인 출구에서 역방향으로 나아가기도 해요. 이런 방법을 '역방향 추론'이라고 하는데 생각보다 빠르고 정확하게 문제를 해결하고 길을 찾는 중요한 기술 중 하나입니다.

우리 인생의 궁극적인 지혜를 찾아 나가려면 어디에서부터 생각을 출발해야 할까요? 삶의 종착지인 죽음에 펜 끝을 대고 얼기설기 얽힌 인생의 미로 속으로 다시 들어가 보는 것은 어떨까요?

얼마 전 온라인 서점에서 죽음을 다룬 내용의 책을 검색했더니 자그마치 2만 권 이상이 나오더군요. 인문학적 의미에서의 죽음, 죽음을 주제로 한 소설, 잘 죽는 방법과 자살과 관련된 전문 서적까지……. 우리 인간이 얼마나 죽음을 많이 생각하고 있으며 궁금해하는지 느껴졌습니다.

오로지 인간만이 무덤을 만듭니다. 고대 무덤에는 죽은 사람이 쓰던 물건을 함께 넣어주기도 했지요. 무덤에는 시신뿐 아니라 죽은 후에도 세상이 존재하기를 바라는 소망, 세상을 떠난 영혼이 어딘가로 향한다는 믿음도 같이 묻혀 있습니다. 이처럼 삶이 유한하다는 것을 깨닫고 죽음을 준비한다는 건 다른 어떤 동물들에게도 찾아보기 어려운 인간만의 능력입니다.

물론 동물에게도 죽음을 인지하는 생리적 변화는 존재합니다. 삶의 마지막 순간, 동물의 뇌는 마치 폭발과 같은 큰 변화를 맞이한다고 해요. 인간도 마찬가지여서 사망 직전의 환자의 뇌를 관찰해 보면 1분에 30번 돌던 엔진이 갑자기 3000번을 도는 것과 같이 모든 기능이 갑자기 활성화되는 것을 확인할 수 있습니다. 이 순간 누군가는 판타지나 황홀감을 경험한다고 하지요. 죽음을 앞둔 동물의 이상 행동은 그런 생리적인 대혼란을 경험하는 현상일 것입니다.

심지어 죽음 앞에서 놀라운 수준의 이타적인 행동을 하는 동물도 있습니다. 수컷 사마귀는 번식이 끝나면 스스로 먹이가 된다고 합니다. 인간의 눈으로 보면 이보다 더 숭고한 희생은 없으니까요. 그러나 두려움이나 슬픔과 같은 정서를 느끼지 못하는 곤충의 입장은 다르지요. 유전자의 전달을 위해 자신의 목숨을 기능적으로 사용하는 것뿐입니다.

우리가 진지하게 생각하고 성찰해야 하는 것은 인간의 죽음입니다. 그리고 죽음 그 자체보다는 죽음을 통해 얻을 수 있는 삶의 지혜입니다. 이번 장에서는 인생의 종착지, 죽음에 대해 이야기를 나누어볼까 합니다.

✢ 죽음의 존재를 처음 알게 된 날 ✢

　여러분은 언제 처음 죽음이 무엇인지 알게 되었나요? 어린 저에게 죽음을 처음 알려준 건 TV였습니다. 1970년대 후반을 강타한 최고의 인기 드라마 〈전설의 고향〉을 아시나요? 전국 각 지역에서 내려오는 전설이나 설화를 엮은 것으로, 매 에피소드마다 온갖 귀신들이 등장하는 공포 사극이었지요. 드라마를 함께 보는 가족이나 극중 인물들은 귀신이 나올 때마다 무섭다고 소리를 지르는데, 어린 저는 대체 무엇이 무섭다는 건지 이해를 못했어요.

　'저 누나는 왜 저렇게 머리를 풀고 있지? 왜 하얀 한복을 입고 있을까? 혹시 설날인가?' 하며 고개만 갸웃댈 뿐이었어요. 당시 집 근처에는 가방 공장이 있었는데 그곳에서 일하던 여공 분들과 이웃처럼 꽤 친하게 지냈거든요. 가끔 저녁 때 놀러 가면 막 씻고 나온 누나들이 긴 머리를 풀어헤친 채 반갑게 맞이해 줬는데 TV 속 하얀 옷을 입은 누나가 그 모습과 크게 달라 보이지 않았어요. 그런데 TV 속에선 덩치가 큰 장군들도 그런 누나만 보면 무섭다고 기절을 하니, 궁금해 미칠 것 같아 하루는 삼촌에게 물어봤습니다.

　"저 누나는 누군데 왜 다들 무서워해?"

　"저건 사람이 아니야. 귀신이야."

　말하고, 눈을 깜빡이고, 걷고, 쩌려보고……. 사람이 할 수 있는 모든 것을 다 하지만 사람이 아니라니! 일곱 살 정도의 소년이 그 개념을 이해하는 것은 쉽지 않았습니다. 그 후에도 만나는 사람마다 "귀신이 뭐야?"라고 묻고 다녔지만 시원하게 대답해 주는 어른은 없었어요.

하지만 그 과정을 통해 모호하게나마 죽음이란 것을 알게 되었던 것 같아요. 그 전까지만 해도 나라는 아이는 친구들과 놀고, 맛있는 것을 먹고, 엄마에게 야단맞지 않을 정도로만 장난을 치면 그만인 존재였어요. 이런 나의 삶에 끝이라는 게 존재한다는 것은 상상조차 할 수 없었습니다. 그런데 죽음이란 게 있다니, 약간 충격이었습니다.

'어? 그럼 나도 이 세상에서 없어지는 걸까? 엄마도? 아빠도? 내 동생도?'

우리 모두는 죽는다고 합니다. 병에 걸리면 죽을 수 있고, 다쳐도 죽을 수 있고, 망태 할아버지에게 잡혀 가도 죽을 수 있대요. 그 사실이 갑자기 두렵게 느껴졌어요. 드디어 저에게도 공포심이 생긴 거지요. 그 후로는 〈드라큘라〉 같은 영화를 보면 밤에 잠을 잘 수도 없었고, 어두운 방에 누워 있는 게 무서워서 온 집 안의 불을 다 켜놓기도 했습니다. 어둠과 끝, 소중한 것의 상실, 그리고 죽음. 이 모든 것이 하나의 거대한 공포로 나를 압박하는 것만 같았지요.

뭐 하고 놀까, 무엇을 먹을까가 인생 최대의 고민이던 해맑은 아이는 어떤 사건을 통해 처음 죽음을 알게 됩니다. 그날부터 그 아이는 조금씩 다른 사람이 됩니다. 5세에서 10세 사이. 유년기에 죽음을 처음 받아들이는 상황이 인간의 성격을 결정하는 여러 요인 중 하나로 작용한다고 주장하는 학자들도 있어요. 이처럼 죽음에 대해 알아버린 인간의 마음은 바빠집니다.

인간의 삶은 유한하고 우리의 시간은 얼마 남지 않았습니다. 놀이공원에서 자유이용권을 이용해 본 적 있으신가요? 사실 저는 '자연농원' 세대라 그런 건 모르고 살았답니다. 나중에 대학생이 돼서야 처음 자유이용권이란 걸 사보았어요. 그 당시 사귀던 여자친구와 놀이공원 데이트를 갔는데, 입장하자마자 서로 잡은 손을 냅다 뿌리치고는 놀이기구를 향해 달려간 기억이 나네요. 꽁냥거릴 시간이 어디 있습니까. 하나라도 더 타야지요. 정말 토할 때까지 열심히 놀았더니 집에 돌아갈 때는 '아이고' 하는 곡소리가 나더군요. 저만 그런 건 아니었어요. 제 주변의 모든 커플들이 취객처럼 비틀거리고 있었으니까요.

만약 자유이용권을 평생 이용할 수 있었다면 그 정도로까지 무리하지는 않았을 겁니다. 하루라는 시간이 짧게 느껴지기에 우리의 마음은 더없이 급해지는 거지요. 바로 이것이 죽음을 대하는 인간의 마음입니다.

우리 한국인은 성격이 급하기로 유명하지요. 브리태니커 백과사전에도 '빨리빨리'라는 항목이 등재되어 있다고 하잖아요. 죽는다는 건 굉장히 무거운 의미인데 유독 한국 문화권에서는 다양한 상황에서 제법 가볍게, 그리고 친숙하게 사용되곤 합니다.

'배불러 죽겠다.'
'좋아 죽겠다.'
'예뻐 죽겠다.'
'지루해 죽겠다.'

이렇게 말끝마다 죽겠다고 하니 한국인의 뇌에서는 자기도 모르는 사이에 남은 시간이 얼마 없다는 암시를 받고 있는지도 모를 일이죠.

✢ 나의 죽음을 상상한 적 있나요 ✢

인간은 상상을 좋아하는 동물입니다. '당신은 부자가 될 수 있을까요?'라는 질문을 받았을 때 대부분의 사람들은 바로 상상의 나래를 펼칠 수 있어요. 부자가 된 자신의 모습을 아주 구체적으로 상상하는 거죠. 하지만 내 가족이 다치거나 핵전쟁이 일어나는 상황을 상상하라고 하면 쉽게 떠오르지 않습니다. 우리 뇌가 너무 끔찍한 일에 대한 상상은 거부하기 때문이에요.

그렇다면 나는 어떻게 죽게 될까요? 내가 세상을 떠나는 순간을 생각해 본 적 있나요? 무척 힘든 일입니다. 상상하는 것 자체로 이미 괴로운 일이에요.

하지만 아이러니하게도 영화나 드라마에서 우리는 늘 누군가의 죽음을 지켜봅니다. 특정 기간 동안 방영된 미디어에서 '출산', '결혼', '죽음' 중 어느 장면이 가장 많이 나오는지 조사한 결과, 압도적인 1위를 차지한 건 '죽음'이었다고 합니다. 생각해 보니 결혼식 장면이 나오는 영화는 어쩌다 한 번 본 것 같고, 아이가 태어나는 장면을 제대로 찍은 영화는 별로 못 봤던 것 같아요. 하지만 웬만한 영화에서 주인공은 꼭 죽습니다. 주인공이 살더라도 누군가는 죽어요. 로맨스 영화에서도 죽고, 액션 영화에서도 죽습니다. 전쟁 영화에서는 수천수만 명이 죽는 것을 아무렇지 않게 바라볼 수 있지요.

축복해야 할 일, 축하해야 할 일, 삶에서 소중한 순간들을 우린 늘 상상합니다. 상상은 뇌가 그 일을 구체화하고 학습하며 준비하는 과정이에요. 하지만 정작 잘 준비해야 할 죽음에 대해서는 힘들고 끔찍하다는 이유로 상상을 거부하지요. 그래서 우리 인간의 죽음은 언제나 갑작스럽게 찾아오는 것 같습니다.

장기간 투병을 한 환자나 급성질환으로 세상을 떠나신 분들이나 죽음 앞에서는 모두 당황스럽고 아쉽고 어렵습니다. 그래서 어쩌면 우리가 미디어를 통해 학습하는 것은 아닐까요? 죽음을 조금이라도 더 잘 준비하기 위해서 말이지요.

최대한 늦게 맞이하고 싶은 것이 죽음입니다. 그러나 다들 살면서 한 번쯤은 '죽고 싶다'라는 생각도 해보았을 거예요. 죽고 싶을 만큼 괴로웠던 경험, 여러분들도 있으시지요?

물론 저도 있습니다. 군대에서 힘든 훈련만 받아도 죽고 싶다는 생각이 간절했답니다. 군필자들 사이에선 유격 훈련과 혹한기 훈련 중 뭐가 더 힘든지를 두고 첨예한 토론이 벌어지곤 합니다. 두 남성이 이렇게 말합니다.

A: 유격 훈련이 얼마나 힘든 줄 알아? 할 때 진짜 죽을 것 같아.
B: 혹한기 훈련은 얼마나 힘든 줄 알아? 훈련받을 때 진짜 죽고 싶어!

죽을 것 같은 유격 훈련, 죽고 싶은 혹한기 훈련. 마치 고통엔 두 가지 종류가 있는 것 같습니다. 유격 훈련은 다시 생각해도 정말

죽음을 준비하는 지혜

끔찍합니다. 끊임없이 움직이도록 시키는 훈련이거든요. 포복, 오리걸음, 앉아 뛰며 돌기……. 특히 PT체조 8번 온몸 비틀기는 정말 떠올리기도 싫어요. 창자까지 꼬이는 그 고통! '아 정말 내가 이러다 죽겠구나' 싶은 생각이 강렬하게 머리를 스치고 지나갑니다.

한편, 혹한기 훈련은 끊임없이 참아내야 하는 훈련입니다. 딱히 뭘 하지는 않는데 정말 춥거든요. 그리고 그 추위를 버텨야 하지요. 시간은 좀처럼 흐르지 않고 나는 마치 영원처럼 느껴지는 시간을 기다리고 또 참아냅니다. 그렇게 참다 보면 '차라리 그냥 죽고 싶다'라는 생각이 간절해집니다.

스스로 목숨을 끊는 이들의 심리는 무엇일까요? 심리학자들은 이렇게 정리합니다. 너무 힘들어서가 아니라 너무 많이 참아야 했기 때문에 자살하는 거라고 말이죠.

✦ 극단적 선택을 하는 심리 ✦

요즘은 어느 정도 댓글 차단 기능이 있지만 예전에는 누군가 자살했다는 소식을 듣고 다들 구름떼처럼 몰려와서 이런 댓글을 남기곤 했지요.

"죽을 용기로 살지 왜 죽어?"

"조금 참으면 되는 걸 비겁한 선택을 했네."

"혼자만 힘드냐? 사는 게 다 똑같지."

자살을 선택한 분들의 생애를 살펴보면 안타깝게도 성실하고 책임감 있는 유형의 사람들이 상당수를 차지합니다. 소위 잘 참는 것이 특기인 분들이지요. 난봉꾼이 자살하는 건 본 적이 없어요. 참아내고, 참아내고, 또 참아냈으나 더 이상 못 참는 지경에 이르렀을 때 '죽고 싶다'라는 생각이 간절해집니다.

어느 날 문득 삶이 끝났으면 좋겠다는 느낌. 그것은 '힘들다'와는 다른 감정입니다. 힘들다는 건 무언가 많이 하고 있다는 뜻이거든요. 그 무엇도 할 수 없을 정도로 계속 참아왔으나 더 이상 견디기 어려운 상태까지 왔을 때, 사람들은 죽음을 결심합니다. 그러니 무작정 '참아야 하느니라'가 얼마나 위험한지 아시겠지요? 지나친 인내는 실제로 생명에 지장을 줄 수도 있다는 이야기니까요.

그렇다고 해서 내 마음대로 살 수는 없는 일입니다. 학교에서, 가정에서, 내가 몸담고 있는 일터에서 성질이 난다고 무조건 소리를 지를 순 없습니다. 무작정 참으면 안 되지만 적당히 참아야 한다니, 오죽하면 '직장 상사에게 받은 스트레스를 해소하는 방법'에 대한 연구가 다 있겠습니까.

어느 조직이나 폭력적인 언사를 일삼는 사람들이 많습니다. 요즘 빌런들은 예전처럼 대놓고 괴롭히지도 않아요. 본인이 사회적으로 지탄받지 않는 선에서 교묘한 방식으로 가스라이팅을 하는데 그 방식이 어찌나 천재적인지요. 남 괴롭힐 때만 머리 좋은 인간들. 이를 '악마적 창의성', '악의적 창의성'이라고 말하기도 하더군요. 물론 직장 내에서만 일어나는 일은 아닙니다. 친구나 가족 관계에서도 충분히 벌어질 수 있는 일이니까요.

아무튼 이 모든 괴롭힘을 당하면서도 무작정 참는 건 무척 위험합니다. 이때 받은 심리적 타격을 어떻게 치료해야 할까요? 한 연구진이 제안한 방법은 다음과 같습니다.

1. 인형을 준비한다.
2. 인형에 그 사람의 이름을 쓴다.
3. 핀으로 인형을 찌른다.

아니, 스트레스 해소법을 알려준다더니 때 아닌 저주 인형이라니, 황당하다고요? 그럴 수밖에요. 2018년에 노벨상의 패러디로 불리는 '이그노벨' 경제학상을 수상한 내용이거든요.

모욕이나 학대를 당했을 때 억울함과 무기력은 업무 비효율과 연결됩니다. 그런데 저주 인형에 핀을 찌르는 행동만으로도 스트레스 해소가 가능하고 심지어 업무 효율까지 높인다고 하네요. 단, 인형에 사진을 붙이는 건 권하지 않습니다. 진짜로 해를 입힌다는 죄책감 때문에 악몽에 시달릴 가능성이 있거든요.

평범하고 착한 사람인 우리는 저주 인형을 찌르는 행동 하나도 정밀하게 조절해야 합니다. 너무 과하면 안 되지만, 적당한 통쾌함은 느낄 수 있어야 해요. 그만큼 화를 낸다는 행위는 수많은 연습이 필요한 '좁은 과녁'이 아닐까요? 화를 얼마나 어떻게 내야 할지 평소에 잘 마스터해야 한다는 말이지요. 우리의 인생은 길어졌습니다. 그러니 분노가 치밀 때 어떻게 해결해야 할지를 고민해야 합니다. 그리고 고민은 크기보다 빈도가 중요합니다.

직장인 A씨는 회사생활에서 스트레스를 받을 때마다 참고 참았습니다. 더 이상은 안 되겠다 싶어 하루 날을 잡아 아주 깊은 고민을 했다고 합니다. '아아, 힘들구나. 어떻게 난국을 이겨낼 것인가……. 그래 붓글씨를 쓰자!' 그 후로 그는 평생 심리적으로 힘들 때마다 붓글씨를 썼다고 합니다. 자, 이 이야기는 과연 해피엔딩일까요? 전혀 그렇지 않습니다. 평생 지켜내야 할 하나의 원칙 같은 것은 없어요. 이럴 때는 이런 방식으로, 저럴 때는 저런 방식으로, 상황과 시기에 맞는 다양한 과녁이 필요하니까요. 나에게 해소감은 주면서도, 죄책감은 적고, 사회에 끼치는 피해 또한 적은 방법을 고민해 보십시오. 분노가 치미는 순간마다 끊임없이 말입니다. 이 방법을 알아야 길어진 수명에 맞게 건강하게 살 수 있습니다. 그렇지 않으면 나이 드는 내내 고통스러울 거예요.

그저 눌러 참기만 하면 여러 가지 안 좋은 것들이 저절로 따라오게 되어 있습니다. 가장 첫 번째로 오는 것은 '우울'입니다. 우울은 내가 못나서 느끼는 감정이 절대 아닙니다. 우울은 지적 능력이 높은 존재만이 느낄 수 있거든요. 나의 통제 능력이 떨어지는데 참아야만 할 때, 불편함이 환기되지 않고 가득 차 있을 때 뇌가 보내는 신호라고 생각하면 될 것입니다. 자동차에 주유를 하면 오일게이지가 올라가고, 기름이 떨어지면 오일게이지는 내려갑니다. 그 시그널을 무시하면 차는 별안간 멈춰버립니다. 우울이라는 심리는 그 위험을 알리는 신호입니다.

✧ 우울은 어디에서 오는가 ✧

우리는 종종 우울감을 느낍니다. 걷잡을 수 없이 커다란 우울의 파도에 빠질 때도 있고, 작고 가벼운 우울이 살짝 스치고 지나갈 때도 있어요. 사람들은 언제 우울을 느낄까요? 우리가 경험했을 법한 상황을 통해 우울을 파헤쳐 볼까요?

1. 새벽 1시에 야식이 당기는데 라면이 떨어졌을 때

직장인 A씨가 퇴근한 늦은 밤에 가족들은 모두 잠들어 있었습니다. 이미 저녁을 먹은 터라 많이 배고프진 않았지만 조금 출출했어요. 잠도 안 오고 야식이나 먹고 싶은 생각에 터덜터덜 주방으로 가서 찬장을 열었습니다. '집에 라면이 뭐가 있더라…….' 하지만 찬장은 텅 비어 있었어요. 하필이면 먹을 게 똑 떨어진 모양입니다. A씨는 한동안 가만히 서서 빈 찬장을 바라보았어요. 가벼운 우울감이 스쳐 지나가는 것을 느꼈습니다.

2. 오랜만에 시간이 나서 술 한잔할 친구를 찾았는데 이미 다들 다른 약속이 잡혀 있다고 할 때

바쁘고 타이트한 일정을 소화하던 B씨는 중요한 미팅이 취소되었다는 소식에 속으로 신이 났습니다. 미팅은 세 시간이었지만 뒤에 이어질 저녁 시간까지 합하면 꽤나 긴 자유 시간이었으니까요. 휴대폰 연락처를 열어 오랜만에 친구들에게 전화를 걸었습니다. 하지만 다들 선약이 있다고 하네요. 결국 황금 같은 시간을 혼자 보내야 하는 A씨는 조금 침울해졌습니다. 나를 빼고 세상이 돌아가는 느낌이었거든요.

3. 아침에 일어났는데 하늘이 잿빛이고 날씨가 우중충할 때

C씨는 30대 중반이 넘어서면서부터 이상하게 날씨에 영향을 많이 받는다는 걸 느낍니다. 화창하고 맑은 날엔 조금 들뜬 기분으로 하루를 보내지만 춥고 습하고 어두운 날엔 종일 작은 우울감 속에 빠져 있는 것만 같아요. 어린 시절엔 날씨가 맑든 비가 오든 활기찬 모습이었는데 몸도 마음도 영향을 많이 받는 것만 같아 더 우울해집니다.

4. 중요한 일을 잘 준비하여 멋진 모습으로 진행했는데 마무리에서 삐끗하여 망쳐버렸을 때

연구원인 D씨는 이번 달부터 시작한 대학 강의를 위해 꽤 오래 전부터 열심히 준비를 했습니다. 영어 강의였기에 모든 스크립트를 다 달달 외우기까지 했지요. 두 시간 정도의 긴 시간을 스스로가 생각하기에도 멋져 보일 정도로 무리 없이 진행했는데 마무리 준비가 조금 미흡했던 모양입니다. 당황하다 보니 이상한 영어가 튀어나왔고 결국 엉망진창이 되고 말았습니다. 터벅터벅 퇴근길을 걸어오는데 모든 노력이 물거품이 된 것 같은 기분에 깊은 우울에 빠져 들었습니다.

5. 나의 실력을 내가 가늠하기 어려울 때

E씨는 취미로 골프를 시작한 지 3~4년 정도가 되었습니다. 사실 처음 시작할 때만 해도 이렇게 어려운 운동인 줄은 몰랐어요. 매일매일 열심히 하니까 언젠가 실력이 늘겠거니 기대를 했지만 생각보다 쉽지 않았습니다. 문득 '아무리 해도 안 되는구나'라는 생각이 들자 좌절감을 넘어 우울감이 찾아왔습니다.

한편 F씨는 직장생활을 한 지 꽤 오래되어 웬만한 업무는 쉽게 처리하는 '일잘러'입니다. 하루는 선배가 간단한 일을 처리해 달라고 부탁했는데 막상 해보니 잘 모르는 일이었어요. 믿고 맡긴 선배에게 깔끔하게 해결한 모습을 보여주고 싶었는데 어디서부터 어떻게 해야 할지 손도 못 대고 있었던 거지요. 결국 다른 분의 도움으로 문제는 해결했지만 스스로가 무능력하다는 생각에 우울감에 휩싸였습니다.

여러분도 이 정도의 우울은 종종 경험하실 거예요. 내가 언제 우울을 느꼈는지, 그 우울의 강도는 어느 정도인지 한번 정리를 해보세요. 우울이라는 심리를 이렇게 자세히 들여다보는 이유는 스스로 목숨을 끊는 극단적인 행위와 가장 밀접한 연관이 있기 때문입니다. 전 세계의 타살률을 비교해 보면 우리나라는 10만 명당 1명 이하로 아주 안전한 나라라고 해요. 하지만 자살률을 살펴보면 상황은 달라집니다. 많을 때는 인구 10만 명당 30명도 넘는 수가 자살로 생을 마감합니다. 전 세계에서 가장 안전하면서도 가장 위험한 나라, 바로 대한민국입니다.

스스로 생을 마감하는 분들의 99%의 공통점은 우울입니다. 이 우울감을 해결하지 못하면 결국 삶은 죽음의 방향을 향할지도 모릅니다. 그렇기 때문에 우울이라는 심리를 잘게 썰어서 자주, 좋은 방식으로 해결해야 합니다.

우울은 다양한 시점에 여러 모습으로 찾아오지만 자세히 살펴보면 대부분 내가 통제하기 어려운 상황에 맞닥뜨렸을 때 가볍든 무겁든 우울의 심리를 경험하지요.

라면 때문에 우울감을 겪었던 A씨의 사연은 솔직히 말하면 제가 겪은 일이에요. 라면이야 집에 있을 때도 있고 없을 때도 있는 것 아니겠습니까? 재미있는 사실은 라면이 없을 때 화가 날 수도 있지만 우울할 수도 있다는 거예요.

만약 종일 먹은 게 없어서 너무 배가 고픈데 TV에서는 라면에 달걀과 만두를 듬뿍 넣어 후루룩 쩝쩝 먹방을 하고 있습니다. 지금 당장 라면이 먹고 싶어 죽겠는데 마침 우리 집엔 라면이 없다? 그럴 때 드는 감정은 강한 분노입니다. 생각만 해도 화가 나네요. "으아, 왜 만날 내가 찾을 때만 없냐고!"라고 외치고 싶습니다.

하지만 그날은 딱히 배가 고프지 않았어요. 밤도 깊었고 그냥 혼자 라면이나 먹으면 좋겠다는 생각이 들었어요. 주방으로 가서 기대하는 마음으로 찬장을 열어봤는데 아무것도 없었습니다. 화가 나지는 않더라고요. 하지만 어찌나 우울하던지요.

강한 욕구를 품고 있지만 그 욕구를 충족시킬 수 없다는 걸 깨달으면 인간은 분노를 느낍니다. 하지만 욕구가 강하지 않았는데 그것조차 허락되지 않은 상황에서는 우울을 느낍니다. 이것이 바로 분노와 우울의 차이입니다.

혼자 밥을 먹어야 했던 B씨의 이야기 또한 격하게 공감이 가는 우울입니다. 소망하던 것이 배제되었고, 심지어 외로움까지 겹쳐졌으니까요. 외로움에 대해서는 나중에 다시 말씀을 드리겠지만 혼자라는 사실은 나쁜 감정을 더욱 증폭시킵니다. 이것이 나만의 감정이라고 생각할수록 더 깊은 우울감이 찾아오게 마련입니다.

C씨의 경우는 날씨에 따라 기분의 영향을 많이 받습니다. 심리학자들은 그런 현상을 전문적으로 '철들었다'라고 합니다. 물론 농담이면서 진담이지요. 철이 없던 어린 시절엔 날씨 따윈 신경 쓰지 않았거든요. 인간에게 가장 중요한 하루의 행동지침을 만들어주는 것은 무엇일까요? 바로 '날씨'입니다. 비가 오는 날은 우산을 챙겨야 하며, 눈이 오는 날엔 바닥이 미끄럽지 않은 신발을 챙겨야 합니다. 인간 생존에 가장 중요한 일일 거예요. 뒤집어 생각하면

10~20대 땐 인간 생존에 필요한 최소한의 정보조차도 처리하지 않을 정도로 철이 없었다는 얘기입니다. 하지만 어쩐지 별걸 다 신경 써야 하는 상황이 유쾌하지만은 않습니다.

예전에 영향을 전혀 미치지 않았던 것에도 이제 영향을 받는다는 건 주도권을 빼앗긴 느낌이거든요. 나의 통제 영역을 벗어난 상태 말이에요. 아이를 출산한 여성들이 느끼는 우울감과 같은 매커니즘입니다. 분명히 나의 삶인데 갓난아이의 울음소리에 삶의 주도권이 송두리째 흔들리니 우울이 찾아옵니다.

운동선수들의 심리를 연구하면 공격수에 비해 수비수들이 더 많이 지치고 더 쉽게 우울증에 빠진다는 결과가 나오곤 합니다. 이는 거의 모든 스포츠에서 적용되는 현상입니다. 똑같이 몸싸움을 하고 열정적으로 경기를 하지만 나의 의지대로 움직이는 게 아니기 때문이지요.

✦ 피크와 엔드 룰 ✦

마지막 5분 때문에 두 시간을 망친 것 같았다는 D씨의 심리를 이해하려면 피크peak와 엔드end의 관점을 먼저 알아야 합니다. 피크는 말 그대로 어떤 일의 정점이지요. 엔드는 마지막을 뜻해요.

어떤 사람이 참 재미있는 하루를 보냈다고 합시다. '재미있는 하루'라고 뭉뚱그려 이야기를 하지만 사실 하루 사이에는 꽤 많은 일들이 일어납니다. 예를 들어 오전에 친구와 나눈 농담은 조금 재미있었고, 점심 때 처음 간 식당은 꽤 많이 괜찮았어요. 스터디 모임에서 읽은 책은 그저 그랬지만 저녁 때 본 공연은 평생 잊지 못할 정도로 최고의 경험이었으며, 밤에 지인과 통화하면서 들은 이야기는 소소하게 즐거웠다고 가정해 보지요.

그럼 이 사람이 경험한 재미 정도를 숫자로 정리해 볼까요?

오전에 친구와 나눈 농담: 3

점심시간에 처음 간 식당: 4

스터디 모임에서 읽은 책: 2

저녁 때 본 공연: 9

밤에 지인과 통화한 내용: 3

평균으로 계산하면 4.2 정도입니다. 그러나 피크는 힘이 꽤 강해요. 저녁 때 본 공연이 무척 재미있었기 때문에 그날 하루는 평균보다 더 높은 감정으로 기억될 수 있을 것 같아요.

그런데 피크만큼 센 것이 엔드입니다. 마지막이 좋으면 다 좋고, 마지막이 나쁘면 다 나쁘다는 생각이 들거든요. 마지막이 10이었으면 다른 일들이 별로였어도 그날의 평균점수를 수학적 논리보다 훨씬 높이 끌어올릴 수 있습니다.

이와 같은 '피크 엔드 룰'은 다양한 상황에서 발견할 수 있습니다. 중간은 지루해도 마지막 반전이 기가 막혔던 영화(마지막이 재미있으면 최고라고 생각하죠), 평범한 코스 요리 중에 엄청나게 맛있는 음식을 내어 주는 레스토랑(다른 평범한 음식들의 기억을 덮어버립니다), 3박 4일 휴가의 기억(가장 즐거웠던 한두 가지만 생각나요), 기다리는 내내 불편했지만 마지막 친절에 마음이 눈 녹듯 녹았던 상점(갑자기 만족도가 올라갑니다) 등등. 다양한 상황이 벌어지지만 우리들은 정점과 마무리의 기억으로 대상을 평가하고 인지한다고 볼 수 있어요.

그런데 피크나 엔드를 인식하는 데에는 역시 개인차가 있답니다. 먼저, 피크의 영향을 특별히 많이 받는 사람들이 있어요. 이들은 대체로 즉흥적인 면모를 보이지요. 즉흥적이라는 건 나쁘게 말하면 충동적이고, 좋게 말하면 결정능력이 뛰어나다고 할 수 있어요. 오래 생각하는 게 늘 좋은 건 아닙니다. 장고 끝에 악수 두고 10시간 고민 끝에 쇼핑몰에서 나와버리잖아요. 직관이 좋은 사람들은 그런 고민을 하지 않습니다. "난 이걸로 할래", "난 저거 싫어"라고 바로바로 결정하니까요.

저는 피크가 강한 편이라 결정도 굉장히 쉽게 하는 스타일이에요. 아내는 저와 반대의 성격이고요. 저는 결정을 미루는 아내를 보고 답답하다고 하고 제 아내는 저보고 '생각 좀 해라'라고 잔소리를 합니다. 제가 생각이 아예 없는 건 아닙니다. 생각을 많이 하기는 하는데 결정할 때만 안 하는 것뿐이거든요. 집안에 저 같은 사람이 있어야 뭐라도 결정하고 살지 않겠어요?

그렇다면 엔드의 영향을 많이 받는 사람은 어떤 사람일까요? 두 시간 동안 훌륭한 강의를 해놓고 마지막 5분 때문에 우울감에 빠진 D씨는 엔드의 영향을 꽤 많이 받는 것처럼 보입니다. 그 이유는 아마 D씨가 아직 젊기 때문일 거예요. 엔드를 인식하는 것은 나이와도 상관이 있거든요.

실제로 이에 관한 심리학 연구가 최근 있었습니다. 우리보다 먼저 장수사회로 간 독일에서 진행된 연구입니다. DIPF(독일 국제교육 연구소)의 안드레아스 뉴바우어 박사가 2020년에 JPSP(성격 및 사회 심리학지)에 발표하면서 큰 주목을 받은 연구입니다.

다양한 세대를 대상으로 다양한 상황에 노출시키고 마지막 만족도를 평가하게 하였는데 연령대에 따라 평가의 내용에서 차이가 드러났습니다.

오늘 하루 겪은 일의 점수가 3, 3, 3, 3, 10이라고 할 때 젊고 어린 세대일수록 "와, 오늘 정말 최고인데?" 하고 기억합니다. 엔드의 점수가 높기 때문이지요. 마찬가지로 종일 좋은 일이 넘쳐났어도 마지막이 나쁘면 하루를 망쳤다고 평가하는 경향을 보였습니다.

하지만 40~50대로 넘어가기만 해도 엔드의 힘이 약해집니다. 그러다 60대 정도가 되면 아주 특별한 능력이 생깁니다. 그날 하루에 느꼈던 감정의 정확한 평균을 판단하는 능력이라고나 할까요? 똑같이 하루 동안 3, 3, 3, 3, 10에 해당하는 일이 있었다면 잠자리에 누워 "오늘은 4.4 정도의 하루였군"이라고 생각한다는 것이죠. 심지어 70대부터는 엔드를 과소평가하는 성향까지 보였다고 해요. 대체 왜 이런 현상이 벌어진 걸까요?

노년층에 갈수록 죽음과 가까워집니다. 그러다 보니 끝에 모든 것을 좌지우지 당하지 않겠다는 소망들이 예전에 틀린 계산을 정확하게 고쳐주는 것은 아닐까 싶어요. 조금은 문학적인 해석이었을까요? 재미있는 건 과거에는 이처럼 노년층을 대상으로 한 심리학 연구를 찾아보기 어려웠다는 것입니다. 하지만 인간의 수명이 길어졌고 점차 노인의 심리에 대한 연구도 많아지고 있어요. 특히 최근엔 60대, 70대, 80대가 되어서야 가질 수 있는 인간의 능력에 대한 연구들이 이어지고 있습니다.

마지막으로 피크와 엔드 룰을 기반으로 직장에서 써먹을 수 있는 꿀팁 하나 알려드릴게요. 일하다 보면 후배에게 늘 칭찬만 할 수는 없습니다. 때로는 잘못된 것을 바로잡고 나무라야 할 때도 있거든요. 문제는 언제 그 말을 하느냐입니다. 꽤 많은 다정한 선배들이 후배의 아침을 망치고 싶지 않아 잔소리를 꾹 눌러 참습니다. 기다리고 기다렸다가 퇴근 시간이 다가와서야 넌지시 한마디 던지지요.

하지만 젊은 세대인 후배는 엔드에 영향을 많이 받겠지요? 선배가 하루 종일 좋은 이야기를 해주었다고 해도 퇴근 전에 한 쓴소리만 각인될 거예요. 칭찬을 세 번 하고 질책을 두 번 했어도 언제 했느냐에 따라 후배의 생각이 달라집니다. 마지막에 한마디를 듣게 되면 '저 선배는 나를 미워해'라고 꽁할 수도 있다니까요.

선배는 서운합니다. 기분 맞춰주느라 나름 애를 썼는데 한마디에 팽 하고 가버리다니, "어떻게 한 번 혼내면 내 근처에 오지도 않아"라고 중얼거리지요. 저도 꽤 많이 들어본 이야기랍니다. 지도교수님도 지휘관님도 답답해하며 넋두리를 하시곤 했지요. 그만큼 제가 어렸다는 증거가 아닐까요?

만약 이 책을 읽는 분이 후배 세대에 해당된다면 나의 선배에 대해 다시 생각해 보세요. 그 선배는 생각보다 당신을 미워하지 않을지도 모릅니다.

선배들은 후배의 아침을 망칠까 봐 우려하는 마음에 마땅히 해야 할 쓴소리를 참지 마세요. 그 아침이 바로 말하기 좋은 시간대입니다. 끌고 갈수록 더 불리해질 수 있답니다.

✦ 메타인지가 우울에서 나를 구한다 ✦

D씨처럼 골프 때문에 우울감을 경험하는 분들, 생각보다 많습니다. 참 쉬워 보이는데 생각처럼 안 되는 것이 골프의 특징이잖아요. 어려워 보였던 일이 생각보다 쉽게 풀리면 사람들은 성취감과 뿌듯함을 느낍니다. 반대로 쉽게 보이는데 어려운 일, 노력해도 나아지지 않는 일들은 우울감이 옵니다. 쉬워 보이는데 어려운 것이 어디 골프뿐이겠습니까. 그러니 부부생활은 또 얼마나 우울하겠습니까.

자기가 잘 알고 있다고 생각한 직무를 해결하지 못했던 E씨 역시 비슷한 맥락으로 이해할 수 있습니다. 이것을 다른 말로 '메타인지적인 좌절감'이라고 말할 수 있습니다.

내가 알고 있다고 생각했는데 문제를 풀어보니 틀렸을 때, 할 수 있다고 생각했는데 막상 해보니 마음처럼 안 되는 상황에서 우리는 좌절감을 맛봅니다. 차라리 처음부터 몰랐다면, 처음부터 못한다고 생각했다면, 이런 우울은 오지 않았을지도 몰라요. 이런 일이 반복되면 내가 나를 신뢰하기 어려운 상황이 됩니다. 일의 동력이 떨어지는 것은 당연합니다.

저 또한 자주 겪는 일이기도 합니다. 최근 어떤 강의 주제에 대해 의뢰를 받고 할 수 있다고 답변한 적이 있었습니다. 약속한 시간이 가까워 오자 슬슬 자료를 준비하려고 컴퓨터를 열었는데, 아뿔싸! 내가 이 분야에 대해 전혀 아는 게 없다는 것을 깨달은 거예요. 당황스럽기도 했지만 우울하기까지 했답니다. 예전보다는 많이 좋아졌다고 생각했는데 여전히 내가 날 모르는구나 싶었습니다. 그 이후에는 다른 강의 제안이 들어와도 선뜻 받지를 못하겠더라고요.

메타인지는 기억력, 암기력, 연산능력과는 다른 차원의 능력입니다. 평범한 학생들과 우수한 학생들의 차이도 메타인지에서 결정되는 경우가 많거든요.

여러 학생들을 모아놓고 짧은 시간 동안 스무 개의 카드에 적힌 낱말을 외우도록 했습니다. 말 그대로 기억력 테스트지요. 결과는 다양했습니다. 열 개를 외우는 아이도 있고, 열세 개를 외우는 아이도 있고, 열일곱 개까지 외우는 아이도 있었지요. 평소 우수하다고 손꼽히는 학생들도 기억력에 대해서는 다른 학생들과 딱히 큰 차이를 보이지 않았다고 해요.

하지만 차이는 다른 곳에 있었습니다. 기억력 테스트를 진행하기 전, 연구자가 학생들에게 이런 질문을 했던 거예요.

"스무 개 단어 중에서 몇 개까지 외울 수 있을 것 같아?"

A라는 학생은 열여섯 개까지 외울 수 있다고 했지만 막상 테스

트를 진행해 보니 열세 개를 맞혔습니다. 한편 B 학생은 아홉 개를 예상했고, 정확하게 아홉 개를 성공시켰습니다. 기억력은 A 학생이 뛰어나지만 메타인지 능력은 B가 높다고 할 수 있겠지요.

상위 0.1%에 해당하는 우수한 학생들의 특별한 점을 조사해 본 결과 일반적인 학생들과 아이큐나 기억력에서는 별 차이가 없었습니다. 단 하나의 차이점은 유난히 메타인지가 높았다는 것이었어요. 메타인지의 '메타'는 상위에 있다는 뜻이지요. 다시 말해 '내가 나를 보는 능력'이 좋다는 것입니다. 메타인지 능력이 뛰어나면 우울감이 적을 수밖에요. 내가 통제할 수 있는 영역이 커지니까요.

그렇다면 어떻게 메타인지 능력을 높여야 할까요? 내가 어떤 현안에 대해 제대로 알고 있는지, 그렇지 않은지 알기 위해서는 무엇을 해야 할까요? 저는 학생들에게 늘 이렇게 말합니다. 세상엔 두 가지 종류의 지식이 있다고요.

첫 번째 지식 : 내가 알고 있는 느낌은 있는데 남들에게 설명할
수 없는 지식
두 번째 지식 : 내가 알고 있을 뿐 아니라 남에게 설명도 할 수
있는 지식

이 중 두 번째만이 진짜 나의 지식이고 진짜 나의 능력입니다.

듣기만 하고 고개만 끄덕인다고 해서 제대로 아는 건 아니에요. 설명하고 말할 수 있어야 합니다. 말해 보지 않으면 내가 어디까지 얼마나 알고 있는지 나조차도 알 수 없으니까요.

물론 설명을 하는 건 쉽지 않습니다. 하다 보면 막히고 잘 모르고, 더듬대기 일쑤거든요. 말을 하지 않으면 설명이 막힐 일도 없겠죠. 그런데 설명이 막히는 그 부분이야말로 내가 알고 있다고 착각했던 부분이에요. 그런데 설명을 않고 가만히 있다가 뒤늦게 몰랐다는 걸 깨달으면 어떨까요? 당연히 우울감이 찾아오지요. 우울하고 주눅이 드니 다시 말을 안 하게 됩니다. 자기 점검의 기회를 놓치는 악순환은 이렇게 이어지는 거예요.

그래서 유대인들이 그토록 학교나 가정에서 말하고 질문하고 토론하는 교육을 시키나 봅니다. 유대인 교육의 핵심은 말하기거든요. 말하면서 막히고, 어버버하고, 엉뚱한 소리를 해야 내가 모르는 게 무엇인지 정확히 알게 됩니다. 모르는 것을 보완하고 다시 말하면서 학습하고……. 이 과정을 통해 선순환 구조가 이어지는 것입니다.

마찬가지로 우리 반에서 공부를 가장 잘하는 친구에겐 아이들이 찾아와서 질문을 합니다. 친절하게 문제풀이 방법을 설명해 주다 보니 대답이 잘 안 나오는 부분이 생겨요. '응? 이건 다시 확인해 봐야겠다'라고 하며 표시를 해둡니다. 그 부분을 체크하고 다시 외우니 실력이 더 좋아집니다. 학습의 선순환이죠. 하지만 공부를 못하는 친구들은 그 분야에 대해 말을 아낍니다. 무시당하기는 싫어서 자꾸 아는 척을 해요. 잘 모르는 상태에서 안다고 했다가 망신을 당합니다. 망신을 당해서 창피하니 더욱더 말을 안 합니다. 이렇게 악순환이 일어나는 거예요.

이와 같은 순환은 산업 구조에서도 일어나는 일입니다. 최근 정계에 계시는 분이 하소연을 하시더라고요. "한쪽에선 사람이 없다고 하고, 한쪽에선 일자리가 없다고 하는데 대체 뭐가 맞는 거냐?" 라고 말이지요.

저는 이렇게 생각해요. 실력이 있는 사람은 제돈 주고 사람을 씁니다. 그 자리엔 일을 할 줄 아는 사람이 옵니다. 기업의 실력은 쌓이고 부도 축적되니 더 좋은 값으로 사람을 구할 수 있게 됩니다. 경쟁력이 있는 일자리에 더욱더 좋은 일꾼들이 모여드는 기업 경영의 선순환이지요.

실력이 없는 사람은 돈을 깎아서 싸게 사람을 쓰려고 합니다. 그러다 보니 일할 줄 모르는 사람, 일 못하는 사람이 들어옵니다. 그 기업의 실력은 더 떨어지고, 다시 적은 돈으로 사람을 구합니다. 경영은 계속 악순환을 그릴 수밖에 없겠지요?

그렇다면 나쁜 순환의 고리를 끊어내기 위해서는 무엇을 해야 할까요? 말해야 합니다. 특별히 다양한 수준의 사람들과 내 일에 대해, 지식에 대해 대화를 하셔야 해요. 실리콘 밸리에서 자주 목격되는 현상이 있습니다. 새로운 사업 아이템이나 개발 계획이 만들어지면 기업의 임원이 자기 방을 청소하시는 분께 첫 프레젠테이션을 하는 모습입니다. 전문적인 분야의 내용이라 어려울 법도 한데 설명을 듣는 청소부는 고개를 끄덕입니다. 내 일을 모르는 사람들도 납득할 수 있게 쉽게 풀어서 설명했기 때문이지요.

상위 0.1%의 학생들은 전교 2등이 물어봐도, 전교 꼴등이 물어봐도 아주 쉽게 설명을 해준다는 특징이 있습니다. 부모님들은 나보다 공부 못하는 친구와 놀지 말라고 하시지만 그게 바로 내 아이의 실력을 막는 길이라는 건 모르시는 것 같아요. 어려운 이야기를 쉽게 풀어서 할 때 새로운 학습이 일어나고 지식은 더욱 견고해집니다. 그래서 부모교육을 할 때는 일부러 강조하곤 합니다. 내 아이보다 학업 능력이 떨어지는 친구와 어울리는 것을 절대 두려워하지 말라고요.

교육 공학자와 심리학자들이 공동으로 진행한 연구 중에 과학고등학교의 학업 성취도에 관한 것이 있었습니다. 과학고등학교에 입학했다는 것부터가 이미 상당한 실력을 갖고 있는 학생들이에요. 그런데 신기한 것은 그 아이들의 실력이 시간이 지날수록 점점 더 좋아진다는 것입니다.

학생들의 학력을 추적해 보니, 중3 때 들어간 성취도에 비해, 졸업할 무렵의 학업 성취도가 가파르게 상승했다는 것을 볼 수 있었어요. 이 이야기를 들은 과학고등학교 선생님들은 "훗, 저희가 좀 잘 가르칩니다"라며 흐뭇해하시더라고요. 물론 선생님들 덕분이기도 하지만 더 강력한 원인은 다른 곳에서 발견되었습니다.

과학고는 합숙을 합니다. 기숙사를 사용하면서 자연스럽게 3학년이 2학년 공부를 봐주고, 2학년은 1학년 후배들의 스터디 리더를 해주는 전통이 있어요. 1학년은 '예비 과고인'이라고 하여 중3 아이들의 공부를 도와줍니다. 가르치면서 배우는 구조가 동시에 성립되는 거예요.

하지만 많은 학부모님들이 이 시스템을 싫어하신다고 해요. 내 아이가 공부할 수 있는 시간이 빼앗긴다고 생각하기 때문이지요. 그러나 그 전통이야말로 자녀의 실력을 눈부시게 업그레이드시켜 주는 첫 번째 요인이었습니다.

결과를 들은 선생님들은 조금 섭섭해하셨지만 그럴 필요도 없습니다. 이 전통을 유지하고 아이들을 서포트하고 반대하는 학부모님들을 설득해 주신 분들이 바로 선생님들이거든요. 누구보다 중요한 역할을 하셨다고 평가할 수 있겠지요? 단순히 지식을 가르치는 것뿐 아니라 공부하는 환경을 설계하는 것 또한 교사의 몫이니까요.

누군가를 만나 내가 알고 있는 정보를 나누고, 그 과정을 통해 배우는 것. 우리 삶에 꼭 필요한 기술입니다. 메타인지를 통해 우울증을 극복할 뿐만 아니라 여타의 다른 문제들도 해결할 수 있거든요. 그래서 저는 끊임없이 권해 드립니다. 다양한 사람을 느슨하게 만나라고 말입니다.

✢ 얕고 다양한 관계의 중요성 ✢

예전에 심리부검 센터장직을 맡은 적이 있었어요. 심리부검이란 자신의 생을 스스로 마감하신 분들이 왜 그런 선택을 할 수밖에 없었는지 추적하는 연구입니다. 나중에 알게 된 사실인데 정신과 의사 선생님이나 심리학자들이 심리부검 센터를 '자살의 국과수'라고 부르더라고요.

그런 별명을 얻을 정도로 심리부검 센터에서는 어려운 케이스들을 많이 풀어갑니다. 유서가 있고 고인의 상황이 명확하게 드러난 경우엔 굳이 부검까지 가지 않습니다. 법의학자들이 진행하는 신체적 부검의 경우에도 사인이 분명한 경우엔 유족과 합의하에 부검을 진행하지 않으니까요. 돌아가실 것 같지 않았던 분이 왜 자살을 선택했는지 알기 위해 하는 것이 심리부검입니다. 그러니 살아계셨을 때 남기셨던 거의 모든 것을 확인해야 합니다. 어떤 음식을 드셨는지, 잠은 어떤 패턴으로 주무셨는지 말이죠(일단 음식과 잠, 이 두 가지만 봐도 일상이 무너졌다는 걸 확인할 수 있어요).

더 장기적인 요인도 살펴봅니다. 그러다 보면 어떤 유형의 사람들이 주로 자살을 하는지 추려지게 마련입니다. 안타깝게도 돌아가신 분들의 대다수가 오로지 직장과 가정만 알고 사신 분들이었어요. 고인의 소식을 들은 주변 분들은 이렇게 말씀하시곤 합니다.

"아, 그분이 그런 선택을 하실 줄 몰랐어요. 오로지 일과 가족만 알던 분인데······."

오로지 회사와 집, 모든 인간관계가 그 안에서 나오고, 모든 감정과 정서가 그 안에서 이루어지면 우울감을 해결할 방법이 없게 됩니다. 우울감을 해결하기 위해서는 나와 다른 생각의 사람을 가볍게 만나야 하거든요. 주부들이 출산 직후 갑작스러운 우울증을 호소하는 것 또한 마찬가지 상황입니다. 당시 만날 수 있는 사람들이 너무 빤하기 때문이에요. 남편이 가사 일을 돕지 않거나 사랑을 주지 않은 것도 잘못이지만 직접적인 원인이라고 보기는 어려워요. 하지만 관계가 고립되고 감정이 해소되지 않으면 원망이 더 많아질 수밖에요. 얕고 다양한 관계망이 아니라 좁고 깊은 관계에만 집중하게 되면 사람은 무너집니다. 그렇기 때문에 평상시에 넓고 얕은 자원을 많이 만들어놓아야 해요.

✣ 절망이 아니라 무망입니다 ✣

『화산 아래서』라는 소설의 작가, 맬컴 라우리입니다. 이 사진은 그가 스스로 목숨을 끊기 전에 찍힌 것입니다. 보시다시피 멍하니 먼 곳을 바라보던 맬컴 라우리는 정확히 36시간 후에 생을 마감했습니다.

그의 의미 없는 눈빛에서 읽을 수 있는 심리는 '무망'입니다. 우리는 자살의 원인이 절망이라고 많이 이야기하지만 알고 보면 절망은 자살과 그다지 가까운 심리는 아닙니다. 절망은 '희망이 꺾인 상태'를 말합니다. 하지만 무망은 '다른 희망을 만들어낼 동력이 없는 상태'예요. 언론에서는 "기초 수급 연금이 끊긴 후 절망하여 자살하였습니다"라는 표현이 종종 나오지만 정확한 말은 아니지요. 제대로 심리를 분석하면 절망이 아니라 무망이거든요. 절망은 좋은 걸 가지고 싶은데 그 욕구가 끊긴 상태예요. 그럼에도 불구하고 막아내고 싶은 게 있을 수도 있겠지요? 그러나 무망은 나쁜 걸 막아내려는 욕구, 좋은 걸 가지고 싶은 욕구, 두 가지 모두 없는 상태입니다. 만약 두 욕구 중 어느 한 욕구라도 강하게 있다면 자살은 일어나지 않습니다.

맬컴 라우리의 경우 스스로 생을 마감한 사람들의 전형적인 패턴을 보여주었습니다. 위 사진을 찍은 이후 36시간 동안 그는 아무것도 먹지 않았다고 전해집니다. 스스로 생을 마감한 대부분의 분들이 그렇습니다. 이미 자아가 무너졌기 때문에 아무것도 먹을 수 없고 음식을 찾지도 않습니다. 하지만 다른 경우도 존재합니다.

심리부검 센터에서 조사한 케이스입니다. 사건 현장인 사무실엔 반쯤 먹은 컵라면이 거울 앞에 놓여져 있었고, 고인은 사무실

창문으로 투신했습니다. 미리 마음을 먹고 계획했던 일이 아니었다는 걸 알 수 있었어요. 내가 소속된 이 세상을 끝내기로 결심했는데 어떻게 컵라면을 먹을 수 있겠어요. 사건이 있기 직전 상황이 CCTV로 남아 있었습니다. 조금 후에 돌아가실 분이 편의점에서 컵라면을 사서 나오며 비닐봉지를 빙글빙글 돌리고 있었습니다. 능숙한 프로파일러나 보폭 연구를 많이 해본 심리학자들은 보폭만 보아도 알 수 있습니다. 그분의 걸음걸이는 절대로 자살하려는 사람의 것이 아니었어요. 그렇게 아무도 없는 사무실에 들어가 컵라면을 먹다가 문득 거울을 보니, 그 안에는 거지 같은 식사를 하는 자기 자신이 있었습니다. 그 지점에서 그분이 무너진 것 같습니다.

지금 힘든 일을 겪고 계시다면 절대 식사를 허투루 하지 마세요. 반찬도 많이 꺼내놓고 최대한 젓가락으로 이 그릇 저 그릇 움직이면서 드십시오. 비슷한 반찬이지만 일부러 반찬 가짓수를 더 많아 보이게 해도 됩니다. 뇌에 암시를 주는 데 효과가 있을 테니까요.

아무튼 컵라면을 드셨던 그분은 15초 만에 투신을 하셨습니다. 물론 고달픈 인생이었습니다. 하지만 아주 잘 버티고 있었어요. 그런데 갑자기 무너져 버렸고 그렇게 생을 끝내셨습니다. 이것은 분명한 우발적 자살이었어요.

전체의 5%에 해당하는 자살이 우발적으로 일어납니다. 잘 버텨내고 있던 강인하고 지혜롭고 선한 자가 문득 무너져 버리는 것이죠. 그런데 그 5%가 스무 번 일어나면 100%가 되는 것 아닐까요?

✤ 두 날의 공통점 ✤

좋아하는 것을 갖고 싶은 욕구, 나쁜 것을 막아내려는 욕구, 그 욕구 중에 하나만 있어도 사람은 쉽게 무너지지 않습니다. 인간에겐 강렬하게 살고자 하는 본능이 있기 때문이에요.

2001년 9월 11일. 이날은 미국인들은 물론 전 세계인들에게 충격으로 다가온 날이었습니다. 저는 그날 미국에 있었기 때문에 미국인들이 어떤 마음으로 그 사건을 바라보는지 잘 알고 있습니다. 물론 뉴욕에서 한참 떨어진 텍사스에 있었고 유학 간 지 한 달 정도밖에 되지 않아 영어 실력이 형편없을 때였죠. 원어민들은 몇 시냐고 물어볼 때 "Do you have the time?(지금 몇 시죠?)"이라고 하는데요, 시간 묻는 여성분에게 "I'm married!(저 결혼했거든요)" 하고 동문서답할 정도였거든요.

그러니 9월 11일. 그 사건이 있던 날도 사실은 분위기 파악을 못하고 있었습니다. 아침에 인터넷이 안 돼서 수리 기사님이 오셨는데 그분 표정이 멍한 것이 정신이 반쯤 나가 계신 거 같더라고요. 뉴스에 대해 뭔가 이야기를 하긴 했는데 영어가 짧다 보니 '트윈스? 쌍둥이를 낳았다는 뉴스인가?' 하고 갸우뚱했던 기억이 나네요. 그러다 학교를 갔는데 그날따라 많이 이상했어요. 복도에 멍하니 주저앉아 눈물을 흘리는 학생들이 보였습니다. 그제야 비로소 이 충격적인 사건이 무엇인지 알게 되었습니다. 많은 사람들이 크게 놀랐고 오랫동안 괴로워했습니다. 미국 역사에는 케네디 대통령 피격 사건, 챌린저호 폭파 사건 등 놀랍고 슬픈 사건들이 많았지만 그 사건들을 모두 합친 것보다 시민들을 더 큰 충격에 빠뜨린 날이었을 거예요.

2001년 9월 11일이 역사상 가장 슬픈 날이었다면 1980년 2월 22일은 가장 기쁜 날이 아닐까 싶어요. '빙판 위의 기적'이라 불리는 이 사건은 동계올림픽 기간에 미국 국가대표 아이스하키팀이 소련을 이긴 사건이에요. 이때 미국 국가대표는 놀랍게도 대학생으로 구성된 아마추어였습니다. 그런데 전 세계 최강인 소련과 맞붙어 승리를 거둔 거예요. 대한민국 중고등부 아마추어 야구팀이 미국 프로 야구 선수들을 이긴 상황이라고나 할까요? 그 누구도 이길 수 있다고 생각하지 않았는데 기적이 일어난 것이죠. 경기를 중계하던 해설자가 "Do you believe miracle?(여러분은 기적을 믿으시나요?)" 하고 울부짖던 목소리는 아무리 오랜 시간이 지난 후에도 감격스러운 장면으로 남아 있습니다.

2001년 9월 11일과 1980년 2월 22일은 극적으로 대비되는 날입니다. 미국 역사상 가장 슬픈 날과 가장 기쁜 날. 그리고 두 날의 소름 돋는 공통점이 존재합니다. 조사가 시작된 이래 자살한 인원 수가 가장 적은 날이라는 것이죠. 2001년 9월 10일에는 95명, 9일에는 90명이었는데 사건 당일에는 35명이라니, 압도적으로 낮은 수치였습니다. 가장 슬픈 날뿐 아니라 가장 기쁜 날에도 동일하게 적용되었어요. 강하게 욕망하는 것을 얻었을 때도, 강하게 막을 것이 생겼을 때도 사람들은 스스로를 포기하지 않았다는 것을 확인할 수 있습니다.

두 날의 공통점은 또 있습니다. 여러 매체에서 'I'가 아니라 'We'라는 말이 가장 많이 나온 날이라는 것이죠. 맞습니다. 이 기쁨과 이 고통은 나의 것이 아니라 우리의 것입니다. 미국 사회는 공동체보다는 개인을 중요하게 생각하는 문화였어요. 늘 '나'로서 살아오던 사람들이 어느 날 갑자기 '우리'가 되었을 때, 스스로 목숨을 끊는 수치가 3분의 1 정도로 줄어들다니 놀랍지 않나요?

이것은 우리나라의 상황과는 조금 다르게 해석할 필요가 있어요. 대한민국에서 자살한 인구의 대부분은 '나'가 아닌 '우리'로 살아왔던 사람이었기 때문입니다. 우리 가족, 우리 조직, 내가 아닌 우리만을 위해 살아오던 사람이 홀로 남겨진 상황, 이 고립감과 외로움에서 다시 '우리'로 묶어주지 못했을 때 그의 생이 끝나곤 했으니까요. 오로지 '무엇을 위해 산다'는 건 굉장히 위험한 생각입니다. 주위의 누군가가 그런 삶을 살고 있다면 "괜찮아, 그럴 필요 없어. 우리만을 위해서 살지 마"라고 말해 줄 수 있는 우리가 필요합니다. 다시 한번 강조드립니다. 이런 때일수록 느슨하고 다양한 관계가 필요해요. 진짜 중요합니다.

✧ 함께라는 약 ✧

이번엔 경제적인 이야기도 한번 나눠볼게요. 제가 좋아하는 신시아 크라이더 교수가 쓴 논문의 내용입니다. 논문의 제목을 우리말로 번역하면 '고통은 구두쇠를 만들지 않는다'입니다.

피실험자들에게 슬픈 영화를 계속 보여줍니다. 그리고 영화가 끝난 후 그들이 무엇을 하는지 관찰합니다. 그 결과, 과소비를 하는 모습을 발견할 수 있었다고 해요. 사람이 슬픔에 빠지면 명품이나 비싼 물건을 많이 산다는 연구는 전부터 있었어요. 그런데 본인이 슬픈 상황에 처한 게 아니라 슬픈 영화를 보기만 해도 비싼 물건을 산다는 건 처음 발견된 연구였습니다. 다운된 자아를 끌어 올리려는 욕구를 사치재를 구입하는 행위로 풀어냈던 것입니다.

얼마 전까지 세계를 휩쓸었던 코로나 팬데믹에서도 이런 현상은 발견되었습니다. 강력한 슬픔과 불안이 한데 모인 시기, 이때 명품이나 사치재의 소비는 오히려 늘어났다고 해요. 물가가 올라가고 스태그플레이션이고 경기가 어렵다고 하는데 오히려 비싼 물건은 더 많이 팔리는 현상이 벌어진 것이지요.

신시아 크라이더 교수는 같은 연구를 하더라도 다른 해석을 하거나 새로운 결과를 창출하는 훌륭한 학자입니다. 데이터를 분석하던 심리학자는 슬프고 불안하고 고통스러운 영화를 본 이후에도 낭비재를 구입하지 않는 사람들 또한 발견했어요. 대부분의 사람들은 꿀꿀한 기분을 푸는 데 큰돈을 썼지만 소수의 사람들은 그렇지 않았던 거죠. 무시해도 될 정도로 적은 수치였고 평균으로 계산하여 정리하면 그만이었지만, 냉철한 학자는 조금 더 꼼꼼히 자료를 분석했습니다.

다양한 집단에게 여러 번에 걸쳐 실험을 진행하다 보니 슬픈 영화를 틀어주던 환경에 약간의 차이가 있었다는 걸 발견했어요. 보통은 한 명이나 두세 명이 따로따로 떨어져 영화를 보곤 했는데 실험 시간을 조절하다 보니 가끔은 다수의 타인들이 한꺼번에 모여 영화를 시청할 때도 있었던 것이지요. 어쩌다 한 번 열다섯 명, 스무 명이 같이 보기는 했지만 자주 있었던 일은 아니었기에 따로 체크해 두지 않았던 겁니다. 하지만 과소비의 여부는 거기에서 결정이 났습니다. 혼자나 둘이 본 사람들은 낭비를 했지만 여러 명이 함께 본 사람들은 그러지 않았거든요.

변수는 '외로움'이었습니다. 혼자라서 외로운데 슬픈 영화까지 보았으니 '외롭고 슬픈' 상태가 됩니다. 혼자라서 외로운데 불안한 영화를 보았으니 '외롭고 불안한' 상태가 되었고요. 이 심리가 나에게만 해당되는 문제라고 생각했을 때 과소비라는 행위로 연결되었다는 겁니다.

팬데믹을 비롯해 불안이 많은 시기입니다. 그럴수록 우리는 허전함을 메우고 낮아진 자존감을 올리기 위해 낭비를 일삼을 수 있겠지요. 이것을 막는 결정적인 방법은 외로움을 피하는 것입니다.

외로움은 모든 자살의 가장 중요한 원인 중 하나입니다. 캔디는 '외로워도 슬퍼도 나는 안 울어'라고 노래했지만 '외로우면서 동시에 슬프면' 울 수밖에 없어요. 그리고 낭비할 수밖에 없고요. 다시 또 같은 이야기를 드리게 되네요. 느슨하게 다양한 사람을 만나는 것이야말로 현대 사회를 살아나가는 가장 지혜로운 방법이라고 말이지요.

하지만 만날 수 있는 사람이 한정되어 있다면 어떻게 해야 할까요? 똑같은 수의 사람을 만나도 외로움을 덜 느낄 수 있는 방법은 없을까요? 『왜 사람들은 자살하는가?』의 저자 토머스 조이너 교수는 '감사'가 그 정답이라고 말합니다.

자주 고맙다고 말하고, 남을 많이 도와주세요. 내가 고맙다고 말하는 건 상대가 나를 도왔다는 뜻입니다. 반대로 내가 남을 도와준다면 타인에게 고맙다는 인사를 듣게 되겠지요. 그 두 가지가 모두 공존할 때 의미 있는 삶이 됩니다. 고맙다는 말을 죽어도 안 하는 사람은 인색한 사람입니다. 남에게 쉽게 도움을 받으면서 정작 자신은 고맙다는 인사를 들어본 적 없는 사람은 기생적인 삶을 사는 것이죠. 돈을 벌면 그 돈을 써야 자본주의 사회가 굴러가는 것처럼 감사 역시 받기도 하고 하기도 해야 합니다.

이 두 가지가 함께 이루어져야 세상을 떠날 때 '의미 있는 삶'이라고 기억하며 만족스러운 마무리를 할 수 있을 거예요. 둘 중 하나라도 없다면 많은 회한과 후회로 슬픔과 불안함을 느끼게 될 것입니다.

세상을 떠난 많은 분들은 우리에게 준엄한 메시지를 남기셨습니다. 그러니 여러분, 외롭지 마십시오. 많이 감사하고 많은 감사를 받으시길 바랍니다. 그것이 우리들의 생명을 살리는 방법이며 먼 훗날 아름다운 죽음을 준비할 기회를 만드는 길입니다.

8장

그래도, 미래

외국인 연구자들에게 가장 이해하기 어려운 한국 언어를 꼽으라면 '정'을 이야기한다고 합니다. 다른 말로 번역하기 막막할 정도로 특이한 개념이지요. 게다가 동사 활용 패턴 또한 굉장히 특별합니다. 사랑을 이야기할 때 우리는 '사랑한다' 혹은 '사랑에 빠진다'라고 말합니다. 영어에서도 'fall in love'로 표현하지요. 하지만 정은 '든다'라는 흔치 않은 동사로 표현합니다. 종이에 잉크가 젖어들 듯, 저녁하늘에 노을이 물들 듯, 조금씩 조금씩 스며드는 이 감정이 한국인을 대표하는 감정이라니, 재미있지 않나요?

이 책을 통해 인간이 경험해야 할 다양한 문제를 간접적으로 접하고, 조금씩 조금씩 마음의 지혜를 쌓게 된 여러분들도 어느덧 인지심리학에 정이 들지 않았을까 감히 기대해 봅니다.

그래도, 미래

지금까지 우리는 아주 많은 이야기를 다루었습니다. 인간관계, 행복, 일과 사랑, 돈과 성공, 그리고 죽음까지……. 인간은 이처럼 다양한 문제에 대해 깊이 생각하며 살아갑니다. 특이한 점은 오직 인간만이 죽음을 떠올리고 준비하는 존재란 사실입니다. 왜 많은 동물 중에서 인간만이 죽음을 깨닫고 두려워할까요? 역설적이게도 오직 인간만이 미래를 고민하는 존재이기 때문이겠지요.

여러분은 각자의 미래에 대해 얼마나 많이, 또 자주 생각하시나요? 앞으로 10년 뒤, 20년 뒤, 혹은 30년 뒤에 나는 어떤 모습일까, 어떤 곳에서 살고 있을까, 어떤 일을 하고 있을까에 대해 어린아이가 도화지에 이루고 싶은 꿈을 그림으로 그리듯 자주 떠올리시나요? 물론 살고 있는 집값이 떨어지는 건 아닌지, 몹쓸 병에 걸려서 병원 신세를 지는 건 아닌지, 그때까지 직장에 내 자리가 남아 있을지 등에 대한 걱정도 드실 겁니다.

우리가 맞이할 미래에 대해 한 가지 확신할 수 있는 것은 생각보다 더 많은 날을 살아남기 위해 일해야 한다는 것이지요. 많은 학자들이 인간의 수명은 늘어나고, 인구가 줄어드는 것은 피할 수 없는 미래이자 정해진 운명이라고 이야기합니다. 2030년쯤 되면 전업주부들의 리턴도 활발하게 일어날 것이며 현재도 '경단녀'나 '청년실업'과 같은 단어가 빅데이터에서 빠르게 사라지고 있다는 이야기는 이미 드린 적 있지요. 우리 사회가 이러한 미래를 버텨 내기 위해서는 70~80대, 어쩌면 90대에도 일을 계속 해야 할지 모릅니다. 물론 과학 기술의 발전에 따른 눈부신 변화 또한 이루어질 것이며 우리는 그에 맞춰 살아갈 것입니다.

지금 이 순간에 미래 전문가들은 기술과 과학에 관련하여 우리가 맞이할 놀라운 변화에 대해 이야기를 합니다. 새로운 기술이 개발될 때마다 서점에서는 신간이 쏟아져 나오고, 유튜브에서도 강의나 인터뷰를 찾을 수 있지요.

하지만 심리학자인 저는 과학, 기술이 아닌 다른 측면으로 미래에 대한 이야기를 해볼까 합니다. 꽤 많이 남아 있는 인간의 삶. 앞으로 우리는 어떤 안목을 가지고 바라보아야 할까요? 마지막으로 함께 나누어볼 주제는 바로 '미래'입니다.

✦ 웰 디파인드, 일 디파인드 ✦

"인간이 살아가면서 맞이하게 되는 수많은 문제를 두 가지 종류로 나눠볼 수 있을까요?"

인지심리학을 전공하는 대학원들을 대상으로 하는 첫 수업 때 던지는 질문입니다. 여러 대답이 나올 수 있겠지만 저는 웰 디파인드well defined와 일 디파인드ill defined로 구분하곤 합니다.

웰 디파인드의 뜻은 말 그대로 '잘 규정된 것'들입니다. 이 문제의 출발점은 어디고, 나는 현재 어디에 있으며, 최종 목적지가 어디인지가 명확한 문제지요.

'357+257=?'라는 문제가 있습니다. 듣자마자 바로 답을 내리는 것은 어려운 일이지만 대부분의 사람들은 이 문제를 어떻게 풀어야 할지 이미 알고 있어요. 먼저 일의 자리부터 더합니다. 일의 자리의 덧셈을 성공했다면 이미 문제의 3분의 1은 해결된 셈이지요. 그다음 받아 올림과 함께 십의 자리를 더해야 합니다. 이걸 풀었다면 벌써 문제의 3분의 2까지 해결되었습니다. 최종 목적지는 백의 자리까지 더하는 것입니다. 실수 없이 차근차근 순서대로 풀다 보면 누구나 해결할 수 있는 문제입니다. 만약 조금 어렵다면 해결이 될 때까지 좀 더 노력해야겠지요. 웰 디파인드 문제들의 대부분은 꾸준한 노력으로 해결이 가능한 것들이니까요.

하지만 일 디파인드는 조금 더 어렵습니다. 제대로 규정되지 않은 문제거든요. 어디서부터 손을 대야 할지, 현재 어떤 상태인지, 어떻게 끝내야 할지 알 수 없어 문제 자체가 엉망진창입니다. 예를 들면 '어떻게 해야 성공할 수 있을까요?'와 같은 문제지요. 대체 무엇이 성공인지, 나의 위치는 어디인지 그 누구도 규정해 주지 않거든요. 좀 더 사소한 문제로 접근해 볼까요? 심리학 교과서에는 '쿠키 통에 들어 있는 쿠키를 엄마 몰래 훔쳐 먹기'라는 문제가 나옵니다. 이 문제를 해결하려면 어디서부터 출발해야 할까요? 절반 정도 성공했다는 확신은 어느 단계에서 느낄 수 있을까요? 마침내 이 문제를 제대로 해결했는지, 아니면 실패했는지, 누가 정확한 평가를 내려줄까요? 그나마 쿠키를 먹기라도 했다면 답에 가깝게 접근했다고 할 수 있겠지요. 하지만 인생을 이루는 거의 대부분의 문제는 이보다 훨씬 더 복잡하고 모호하답니다.

학교에서의 우등생이 사회에서 반드시 우등생이 될 수 없는 이유도 바로 이것이지요. 우리가 학교에서 배우는 대부분의 문제들은 '웰 디파인드'지만, 실제 삶에서 부딪히는 문제들은 '일 디파인드'인 경우가 많으니까요.

그런데 어느 순간부터 변화가 시작되고 있습니다. 생활 속에 수많은 '일 디파인드' 문제들이 '웰 디파인드'로 바뀌고 있으니까요. 그리고 앞으로 우리가 맞이할 미래는 더 많은 모호하고 복잡한 것들이 명확하게 규정된 편안한 해결책이 나올 것입니다.

우리가 상상하는 수많은 과학 기술, AI, 메타버스, 4차 산업혁명과 관련된 수많은 테크놀로지를 심리학자의 언어로 정리하자면 '일 디파인드'를 '웰 디파인드'로 바꾸어주는 기술이라고 할 수 있습니다.

✦ 공부의 신, 연애의 신, 통일의 신 ✦

지금부터 재미있는 상상을 한번 해보겠습니다. 제가 향후 10년 안에 개발하고 싶은 스마트폰 앱이 있습니다. 첫 번째 앱의 제목은 '공부의 신'입니다. 기술이 발달하여 스마트폰을 이용해 개인의 뇌를 스캔할 수 있다고 칩시다. 말도 안 된다고요? 일단 상상만 해보는 거예요. 한 학생이 이번 주 금요일에 있을 시험을 준비하고 있습니다. 월요일 아침, 공부를 시작하기 전에 책을 펼쳐 시험 범위를 스캔합니다. 나의 뇌 상태도 미리 스캔하여 공부할 내용과 연동시켜 놓지요. 스캔이 완료되자 학생은 앱을 켜놓고 본격적인 공부를 시작합니다. 열심히 책을 읽다가 문득 스마트폰을 들여다보니, 이런 알람이 와 있네요.

시험 만점까지 8.4% 진척 중

'오, 신기한데?' 학생은 흐뭇하게 웃고 계속 공부에 집중합니다. 한 시간 정도 지났을까요? 다시 스마트폰을 확인하니 이런 글귀가 보입니다.

시험 만점까지 15.6% 진척 중

명확한 수치를 보니 어쩐지 더 열심히 공부하고 싶다는 생각이 듭니다. 어느덧 해가 뉘엿뉘엿 지는 줄도 모르고 종일 열심히 공부를 했어요. 도서관을 나갈 즘에는 21.4%까지 지수가 상승한 것을 확인할 수 있었습니다.

다음 날도 '공부의 신' 앱을 켜놓고 열심히 공부를 합니다. 어제와 마찬가지로 꽤나 몰입한 것 같은데 23.2%만 진척되었다고 하네요. 공부한 시간에 비해 느리게 상승한 셈이죠. '어쩐지, 이 부분은 어렵더라. 그냥 열심히 읽기만 한다고 해서 저절로 머리에 들어가지 않는 모양이네.' 학생은 문제되는 부분을 체크해 놓습니다. 나중에 시간이 나면 다시 살펴볼 생각이에요. 저녁이 되니 이내 30%까지 돌파했네요. '저녁 먹고 좀 쉴까?' 하는 유혹이 들었지만 빨리 40%를 보고 싶은 마음에 밤 10시까지 공부를 계속했습니다.

결국 40이란 숫자를 확인한 그는 뿌듯한 마음으로 귀가합니다.

너무 무리했던 탓일까요? 이튿날은 늦잠을 자느라 오전 시간을 날려버렸습니다. 그런데 이게 어찌된 일이죠? 어제 그렇게 고생하여 만들어놓은 40%라는 지수가 어느 순간 38%로 내려가 버린 게 아니겠어요? '정해진 시간에 연속적으로 공부하지 않으면 암기했던 내용이 사라지나 봐.' 학생은 이 앱 덕분에 좋은 공부 습관에 대한 정보를 얻은 것 같습니다.

도서관에 도착한 학생은 다시 마음을 다잡고 공부를 합니다. 저녁이 되자 55%까지 진척이 됐네요. 그런데 그날 오랜만에 만난 친구와 커피만 한잔하고 헤어질 생각이었는데 아뿔싸, 정신 차려보니 세 시간째 당구를 치고 있네요. 아차 하는 마음에 '공부의 신' 앱을 켜 보니 진척도가 39%로 대폭락해 버렸습니다.

자, 제가 개발할 '공부의 신' 앱이 어떤가요? 실제로 이런 앱이 존재한다면 시험에서 만점을 못 받을 사람이 없겠지요? 누구나 이 앱만 깐다면 금요일 오후 예정된 시험 전까지 완벽하게 100%를 준비할 수 있을 거예요.

인생이 힘든 이유는 내가 어디에 있는지, 목표를 향해 얼마만큼 왔는지, 앞으로 얼마나 더 해야 하는지 알 수 없기 때문입니다. 그러나 이 앱은 일 디파인드를 웰 디파인드로 바꾸어줍니다. 웰 디파인드 문제들은 노력을 통해 해결할 수 있고요.

공부의 신으로 기업가치 1조를 만들면 두 번째 앱으로 10조의 가치를 창출할 생각입니다. 두 번째 앱의 제목은 바로 '연애의 신' 입니다.

'공부의 신'으로 열심히 공부하던 학생 앞에 한 여학생이 나타났습니다. 꿈에 그리던 이상형이에요. 어떻게 해야 그녀의 마음을 얻을 수 있을까요? 학생은 '연애의 신' 앱을 깔고, 그녀의 뇌 정보와 연동해 보았습니다. 마침 그녀가 보이기에 다가가 이런저런 농담을 하며 알짱거려 봅니다. 그녀의 웃음에 기분이 좋아진 학생이 스마트폰을 확인해 보니, 저런……. 호감도가 10%나 감소했네요. 그래도 포기할 수는 없습니다. 다음 날 점심시간 그녀에게 다가가서 밥을 사주겠다고 해봅니다. 용기를 내어 "김밥 먹을래?"라고 말을 던지고 앱을 켜 보니 호감도가 순식간에 6.4%나 상승했어요. 그녀는 어마어마한 김밥 덕후였던 것입니다. 그것을 모르는 남학생은 그저 단순하게 먹을 것으로 꼬셔볼 생각에 끊임없이 그녀를 불러내어 근사한 음식을 대접합니다. 하지만 그녀는 부담만 느낄 뿐 호감도는 지속적으로 하락하고 있어요.

이제 포기하고 싶을 정도입니다. 그냥 성적이나 잘 받자는 생각에 그녀와 함께 도서관에서 자료를 찾으며 공부를 했더니 오히려 호감도가 쭉쭉 올라가네요. 50%가 넘어서자 이 지긋지긋한 썸을 빠르게 끝내고 확실한 연인 사이로 들어가고 싶은 욕심이 생깁니다. 그녀의 마음을 한방에 사로잡고자 차 트렁크가 열리면 풍선과 함께 '나랑 사귈래?'라는 문구가 떠오르는 이벤트까지 준비했어요. 하지만 엄청난 실수였죠. 이벤트 후 호감도는 급격하게 떨어져 2%도 남지 않았으니까요. 드라마는 드라마일 뿐, 여자들이 이런 이벤트를 질색한다는 중요한 사실을 알게 된 셈입니다.

자, 어떤가요? 이런 앱이 상용화된다면 혼자 외로움을 삼키는 모태솔로는 세상에 존재하지 않겠지요?

마지막으로 만들고 싶은 앱은 '통일의 신'입니다. 세상에서 가장 어려운 관계가 남북 관계 같아요. 어떻게 통일을 해야 할지, 얼마나 진전됐는지 그 누구도 알려주지 않습니다. 하지만 스마트폰 앱이 개발된다면 이 골치 아픈 일 디파인드 문제도 웰 디파인드로 바뀌겠지요.

저의 이 세 가지 아이디어가 허무맹랑하기만 한 건 아닙니다. 우리가 현재 사용하고 있는 수많은 앱과 사물인터넷, 메타버스나 인공지능과 같은 새로운 테크놀로지들이 모두 같은 맥락을 띠고 있기 때문이지요.

일 디파인드를 웰 디파인드로 바꾼다고 해서 세상의 모든 문제가 해결되는 것은 아닙니다. 하지만 비슷한 노력으로 더 많은 것을 풍부하게, 용이하게 활용할 수 있어요. 이것이 바로 4차 산업혁명이며 우리가 바로 그 변화의 시대를 살고 있는 최초의 인류입니다.

✦ 오락실의 추억 ✦

저는 우리 집에 TV가 처음 들어오던 날이 생생하게 기억납니다. 남다른 동안 외모로 나이를 속여 보려고 해도 어쩔 수 없는 부분이네요. 저보다 조금 어린 제 아내는 TV는 태어나기 전부터 존재해야 하는 것 아니냐고 저를 구한말 사람 취급하더군요. 고작 다섯 살 정도의 차이인데 그 사이에 세상이 많이 바뀌었으니 할 말이 없습니다.

그렇습니다. 저는 TV가 존재하지 않는 세상에 태어났습니다. 제가 유치원에 다닐 때쯤 갑자기 아저씨들이 우리 집에 커다란 상자를 들고 들어오셨어요. 아버지는 비키라고 손짓하시며 안방 안쪽에 그 상자를 설치하셨지요. TV를 처음 켜고 화면을 본 순간은 잊을 수가 없습니다. 영화관이 집으로 들어온 것 같았거든요. 당시 제가 살던 서울시 강서구 신월동에는 극장이 없어서 영화를 보려면 영등포구에 있는 연흥극장까지 가야 했어요. 지역구를 넘어야 볼 수 있었던 영화를 안방에서 보다니요. 정말 놀라운 경험이었습니다. 저는 그날 이후 TV에 빠져 살았습니다. 부모님께 가장 많이 들었던 잔소리는 다름 아닌 "차라리 TV 안으로 들어가라!"였지요.

아침 애국가와 함께 TV를 틀기 시작해서 한밤중 애국가를 들으며 TV를 끄던 김경일 어린이는 얼마 후 TV보다 훨씬 더 판타스틱한 신문물을 맞이하게 됩니다. TV가 아무리 대단해봤자, 다른 사람들이 만들어서 보내는 방송을 보는 게 전부일 뿐 나의 의지를 가지고 바꿀 수 있는 건 채널밖에 없었지요. 그나마 그 채널이란 것도 1976년에는 KBS, MBC, TBC(훗날 KBS2가 됩니다.), 그리고 AFKN 미군 방송이 전부인 수준이었지요. 그런데 내가 원하는 대로 화면 속의 내용을 바꿀 수 있는 사건이 벌어지게 됩니다. 그야말로 초능력을 갖게 된 거예요!

'스페이스 임베이더'라는 게임을 들어본 적 있으신가요? 만약 알고 있다면 당신도 올드세대입니다. 많은 분이 이 게임을 '갤러그'라고 잘못 알고 있는데 갤러그보다 먼저 출시된 아주 단순하고 원시적인 게임이에요. 하지만 전자오락을 처음 경험한 그 당시의 저로서는 브라운관 속 세상을 내가 주무를 수 있다는 것만으로도 환상 그 자체였지요.

동네 아이들은 더 이상 집에서 TV를 보지 않았습니다. 대신 모두 오락실로 향했습니다. 방바닥을 굴러다니던 그 흔한 10원짜리를 구할 수도 없었어요. 우리가 오락실에 갖다 바쳤으니까요. 워낙 많은 아이들의 손을 타다 보니 오락기는 곧잘 고장이 났습니다. 레버가 헐거워지거나 버튼이 안 먹기 일쑤였죠. 그래서 주인아저씨는 6개월에 한 번 정도 정기적으로 수리를 하셨어요. 모든 기계를 싹 손보느라 하루 이틀 정도 오락실 문을 닫기도 했는데 저에겐 그 시간이 억겁과도 같은 고통스러운 기다림이었습니다.

그날도 수리 때문에 며칠 문을 닫았던 오락실이 오랜만에 열리는 날이었어요. 때마침 일요일이었기에 동네 개구쟁이들은 꼭두새벽부터 줄을 길게 서 있었습니다. 마치 명품숍 오픈런하는 느낌이랄까요? 오락실 문이 열리자마자 "와아아아!" 소리와 함께 뛰어들어간 기억이 지금도 생생하네요.

동전을 넣고 레버를 당기는데……, 캬! 갓 뽑은 신차를 조작하는 짜릿함을 이와 비교할 수 있을까요. 살짝만 움직여도 정확하게 표적을 향하고, 버튼을 스치기만 해도 총알이 발사되는 쾌감이라니. 그런데 이게 웬일일까요? 그토록 기다리고 고대하던 임베이더 게임을 저는 더 이상 할 수가 없었어요. 고작 30초 만에 게임을 포기하고 맙니다. 재미도 없고 흥이 안 나는 거예요.

아마 수리 과정 중에 생긴 일종의 버그 현상이었나 봅니다. 열심히 게임을 하고 총알을 쏘는데 점수가 올라가지 않았어요. 이건 아니라는 생각이 강하게 들어 큰 소리로 따졌습니다.

"아저씨! 돈 돌려주세요!"

지금도 저는 성격 검사를 할 때마다 우호성이 높은 편이라고 나옵니다만 어린 시절의 저는 우호성으로 타의 추종을 불허하던 녀석이었습니다. 오죽하면 어머니가 당신 대신 반상회에 초등학생 아들을 보내셨겠어요? 저 멀리서 어른의 그림자만 비쳐도 달려가 "안녕하세요!"라고 인사했고, 동네 할머니가 뭐라고 말씀하시면 손을 꼭 잡아드리면서 "아유, 할머니 힘드셨겠다" 하고 추임새도 곧잘 넣는 아이였습니다. 누가 길을 물어보면 아는 길이든 모르는 길이든 최선을 다해 알려주려고 했지요. "이다음부터는 저 복덕방 할아버지한테 물어보시면 잘 알려주실 거예요"라는 애프터서비스도 잊지 않았고요. 홍 반장을 뛰어넘는 동네의 마스코트인 제가 어른과 싸우는 건 있을 수도 없는 일이었지요. 하지만 그날은 달랐어요. 씩씩대며 오락실 주인아저씨에게 대들고 있었으니까요.

나: 아저씨, 돈 돌려달라니까요?

아저씨: 경일아, 뭐가 문제니? 래버가 안 돌아가? 버튼이 잘 안 눌러서 그래?

나: 그런 건 아니에요. 래버도 잘 돌아가고 맞히면 잘 터져요!

아저씨: 그런데 뭐가 문제니? 수리까지 싸악 마쳤는데.

나: 점수가 안 올라간단 말이에요!

아저씨: 하아, 뭐야 고작 그것 때문이었어? 그깟 점수가 대수라 고 이러는 거니? 점수 좀 올라간다고 쌀이 나와, 밥이 나와?

나: 아무것도 안 나오죠. 그런데 점수 없이는 못하겠어요. 이상 하게 하기 싫어진다고요!

무엇이 문제였을까요? 이 사건이 있기 전까지는 저 역시 게임 그 자체가 재밌어서 했다고 생각했습니다. 총알을 쏘고 맞히면 터 지는 게 스릴 있다고 생각했어요. 하지만 그게 진짜 게임이라는 행 위를 하도록 이끈 직접적인 이유가 아니었던 모양입니다. 제가 한 행동의 결과가 매번 쌓이고, 변화량만큼 스코어로 반영되는 과정, 그것 때문이었어요. 이것을 전문 용어로 '피드백'이라고 합니다. '어떤 행위의 결과가 최초의 목적에 부합되는 것인가를 확인하고 그 정보를 행위의 원천이 되는 것에 되돌려 보내어 적절한 상태가 되도록 수정을 가하는 일.' 이것이 바로 피드백의 사전적 의미입니 다. 그런데 재미있는 것은 세상의 모든 게임은 실시간 피드백 요소 가 적용된다는 사실이에요. 그리고 제가 게임을 했던 이유도 바로 그 피드백 때문이었고요. 만약 행위 자체의 재미 때문에 게임을 했 다면 스코어가 올라가든 안 올라가든 상관이 없었겠지요?

✢ 도박과 게임의 차이 ✢

그 사건 이후에 고민을 많이 했습니다. 아저씨와 나는 왜 서로를 이해할 수 없었을까? 나는 왜 30초밖에 게임을 지속할 수 없었을까? 인지심리학자가 된 후에야 알게 되었어요. 게임은 즐거워서 하는 게 아니라 피드백을 받기 위해 하는 거란 사실을요.

이는 최근 도박과 게임의 차이를 분석한 연구에도 확연하게 나옵니다. 인간이 도박을 하면 보상중추라고도 하는 뇌의 쾌감중추가 자극됩니다. 쾌감중추의 매커니즘은 동물이나 인간이나 크게 차이가 없습니다. 그냥 기분이 좋은 거예요.

맛있는 것을 먹을 때, 사랑하는 사람과 접촉을 할 때(동물의 경우 교미 시) 쾌감중추가 반응하거든요. 여기에 인간은 한 가지가 더 추가됩니다. 바로 돈입니다. 개에게 돈을 준다고 해서 기분 좋아하지는 않습니다. 그 돈을 가진다고 해서 개가 다른 좋은 것으로 바꿀 수단은 없으니까요. 하지만 인간은 돈으로 사랑하는 사람과 맛있는 것을 먹을 수 있으니 돈을 받아도 쾌감중추가 반응하는 것이지요. 인간의 뇌가 원하는 건 이토록 단순하답니다.

도박을 하는 사람들의 뇌를 관찰해 보면 정확하게 쾌감중추에 반응이 옵니다. 돈과 관련된 것이니까요. 고스톱에서 오광이 떴을 때, 쓰리고에 피박 씌웠을 때, 그리고 잭팟이 터졌을 때. 쾌감중추는 그때마다 짜릿하게 반응합니다. 하지만 도박에서 돈을 벌 확률은 내가 통제할 수 있는 것이 아닙니다. 많은 분이 고스톱을 치면서 '이제 똥광 나올 때가 됐는데……?'라고 중얼거리시지만, 그런 확률은 세상에 없답니다. 마치 '이제 안타를 칠 때가 됐다', '약속의 8회'와 같은 근거 없는 믿음이지요.

게임도 도박과 비슷한 매커니즘으로 진행될 것 같지만 게임하는 사람들의 뇌를 관찰하면 의외로 쾌감중추는 고요합니다. 별로 즐겁지 않다는 이야기지요. 반면 인지기능은 엄청나게 활동하는데 이는 뇌가 몰입하고 있다는 증거입니다. 여기서 인간과 동물의 중요한 차이가 발생합니다.

맛있는 음식을 먹거나, 사랑하는 짝과의 교미를 원하는 것은 인간이나 동물이나 마찬가지입니다. 그런데 오로지 인간만이 쾌감을 주지도 않는 활동에 몰입하는데 그게 바로 게임이에요. 스코어가 나오는 동안엔 도저히 멈출 수 없었던 임베이더처럼 말이지요.

참고로 도박할 때는 머리를 쓰지 않습니다. 머리를 쓴다는 착각은 들 수도 있겠네요. 가끔 제게 이런 질문을 하는 분이 계십니다.

"김 교수, 머리를 쓰면 치매가 예방된다던데, 정말인가?"

"네. 확실히 증명된 사실입니다."

"그럼 고스톱을 쳐도 치매가 예방되겠군?"

"아닌데요. 그냥 고스톱을 잘 치는 치매 노인은 될 수 있겠죠."

아시겠지요? 도박과 뇌 사용은 무관하다는 것이 학자들의 결론이랍니다.

✧ 실시간 피드백의 위력 ✧

현재를 사는 우리는 20세기 초반 인류와는 전혀 다른 삶을 살고 있습니다. 비슷한 노력으로도 비약적인 발전을 이루어낸 독특한 1세대거든요. 이전 세대는 힘들고 고통스럽게 했던 많은 일들을 우리는 피드백으로 탄력을 받아 좀 더 쉽고 간단하게 해내고 있습니다.

마우스가 처음 나왔던 날을 기억하시나요? 둥그렇게 생긴 생경한 물건으로 작업을 해야 한다니, 참 황당했지요. 왼쪽 클릭, 오른쪽 클릭이나 드래그 같은 동작을 하려면 손가락에 경련이 일어날 것 같았어요. 그러나 그 낯섦은 한방에 해결됐습니다. 지뢰찾기와 카드놀이를 하면서 말이지요. 정확한 포인트에 화살표를 이동시키고, 완벽한 드래그 앤 드롭까지! 몇 번 게임을 하다 보니 어느 순간 마우스와 한 몸이 되어 있었습니다.

그 시절 추억의 게임을 하는 동안에도 우리 뇌는 그다지 즐거워하지 않았습니다. 피드백이 있기에 모든 행위가 가능했던 거예요. 하지만 피드백 또한 경험이 있어야 탄력을 받을 수 있습니다.

PC통신 초창기에 많은 개발자들이 노인성 치매를 예방하는 인지 향상 게임 개발에 심혈을 기울였습니다. 하지만 막상 출시해 보니 그다지 반응이 좋지 않았다고 해요.

당시 노인들은 10대에도, 20대에도, 30대, 40대, 50대에도 게임적 요소를 경험하지 못한 분들이셨습니다. 일생 동안 한 번도 피드백을 받아보지 못했던 거지요. 그러니 이 재미도 없는 것을 왜 해야 하는지 알 수 없었을 것입니다. 그분들이 살았던 시대는 행위 자체가 재미있으면 놀이, 그렇지 않으면 노동이었습니다. 재미없는 행위를 피드백 때문에 몰입하는 경험을 해보지 못했기에 적절한 뇌 상태가 만들어지지 않은 셈이지요.

다행히 현재는 이 산업도 많이 변화했다고 합니다. 20~30년 사이에 노인들의 세대도 많이 바뀌었기 때문이지요. 이제야 이와 같은 기능성 게임들이 소비자들의 뜨거운 관심을 받고 있습니다. 그리고 이제 우리 세대는 나는 변화했는데 시스템은 그대로인 상황을 극도로 싫어하게 되었어요. 마치 BMI처럼요.

BMI는 Body Mass Index의 약자로 키와 몸무게로 계산한 대략적인 체질량 지수입니다. 몸 관리를 하시는 분들은 유독 이 지수에 예민하지요. 저 또한 그랬습니다. 코로나 팬데믹이 시작될 무렵, 스트레스를 좀 받았는지 정신 차려 보니 제가 하루에 다섯 끼씩 먹고 있더라고요. 인생 최고의 몸무게를 찍고 난 뒤, 안 되겠다 싶어서 다이어트를 결심했습니다. 88kg일 때 측정했던 BMI 지수는 '비만'이었어요. 죽어라 노력해서 무려 10kg이나 감량에 성공했습니다. 50대의 중년 남성이 살을 뺀다는 게 얼마나 힘든 일인지 상상도 못 하실 겁니다. 그러나 저는 그 어렵다는 다이어트를 해낸 거예요. 자신만만해진 저는 다시 떨리는 마음으로 BMI를 측정했습니다. 그런데 이게 웬일일까요? 결과는 여전히 '비만'이지 뭡니까!

살면서 이렇게 화가 난 적이 또 있었을까요? 10kg에 해당하는 숱한 노력과 노동이 모두 어디로 사라졌단 말입니까. 저는 애꿎은 가정의학과 전공자 친구에게 연락하여 짜증을 냈습니다. "야! MBTI도 인간을 최소 열여섯 종류로 나눠! 한우 등급도 이것보단 촘촘하다고! 10kg이란 엄청난 수치를 비만이라는 말로 퉁 치는 게 말이나 돼?"

친구는 저의 불만을 한방에 해결해 주었습니다. 가정용 스마트 체중계의 링크를 보내주더라고요. 저는 다이어트를 제대로 해보자는 생각으로 친구가 추천한 스마트 체중계를 사보았습니다. 체중계 자체도 스마트하지만 앱을 설치해야 진가가 나오더군요. 일단 체크할 지수의 종목이 체중뿐 아니라 근육량, 체지방량, 체수분, 체지방률 등등 열여섯 개로 늘어났어요. 게다가 뭐든 제가 노력하여 몸을 움직이면 수치의 변화가 눈에 보입니다. 피드백이 있으니 더 열심히 운동을 하게 되더라고요. 작은 숫자의 변화가 내 노력의 보상처럼 느껴졌기 때문이겠지요.

나는 움직이지만 상대는 그대로인 박제와도 같은 세상에서 무엇이 됐든 실시간으로 피드백을 해주는 세상이 열렸습니다. 출발점은 어디인지, 종착지는 어디인지, 그리고 나의 진도는 어디까지 진행되었는지, 피드백은 복잡하고 난해한 '일 디파인드' 문제들을 '웰 디파인드' 문제로 바꾸어주고 있으니까요.

✣ 피드백이 바뀌면? ✣

'팩맨'이란 게임 아시나요? 게임 방법은 아주 단순합니다. 노란색 팩맨 캐릭터가 미로와 같은 길을 다니며 하얀 점들을 획득하는 게임인데, 자칫 실수로 길을 지나는 유령과 몸이 닿으면 목숨이 하나씩 없어집니다. 아주 간단해 보이지만 은근히 어려워서 화가 난 상태로 더욱 게임에 몰입하게 만드는 매력이 있지요. 팩맨을 해보지 않은 사람들은 이게 대체 뭐가 어렵냐고 할지도 모릅니다. 하지만 막상 해보면 생각처럼 잘 움직여지지 않아요. 이 단순한 게임의 난이도가 높은 이유는 행위와 피드백의 미스매치 때문입니다.

이 책을 여기까지 읽으신 분들은 심리학의 개념 중에 하나인 '접근 동기'와 '회피 동기'에 대해 알고 계시겠지요? 그렇다면 한번 생각해 봅시다. 이 게임에서 팩맨이 해야 하는 일은 유령에 접근하는 것일까요? 회피하는 것일까요? 당연히 회피입니다. 한편 유령과 멀어질수록 점수는 쌓입니다. 쌓인다는 개념은 회피보다는 접근에 가깝지요.

행위: 유령을 피한다 → 회피
피드백: 점수가 쌓인다 → 접근

팩맨은 행위는 회피이지만 피드백은 접근인 전형적인 게임으로 '행위- 피드백 미스매치'라고 평가할 수 있습니다. 이게 별것 아닌 것 같지만 은근히 게임하는 사람들을 어렵게 만듭니다.

그렇다면 팩맨 게임을 더 쉽게 바꿀 수는 없을까요? 행위를 바꾸려니 공사가 커집니다. 완전히 새로운 프로그램을 만들어야 돼요. 개발자들의 말에 따르면 유령에게 접근하는 형태의 게임으로 바꿀 수는 있지만 개발비가 100배는 더 든다고 하네요.

그렇다면 피드백을 바꿔볼까요? 피드백 시스템은 적은 비용으로 쉽게 수정할 수 있습니다. 가령 게임을 시작할 때 10만 점을 주고 시작하는 겁니다. 유령과 거리가 가까워질수록 점수가 낮아집니다. '뿅뿅뿅' 하는 귀여운 사운드도 '철커덕 철커덕' 하는 심장 떨어지는 사운드로 바꿔버리는 거죠.

행위: 유령을 피한다 → 회피
피드백: 점수를 빼앗긴다 → 회피

실제로 시험 삼아 이런 형태로 게임을 수정해 보았습니다. 결과는 놀라웠어요. 게임 유저들의 실력이 무려 세 배 이상 좋아졌거든요. 아무것도 손대지 않고 스코어 창만 건드렸을 뿐인데 엄청난 시너지가 발생한 것입니다. 어떤 게임은 피드백을 바꿨을 때 네 배, 다섯 배까지 결과가 좋아지는 경우도 있었습니다.

하지만 결과가 쉽게 난다고 해서 무조건 좋기만 한 건 아닙니다. 사람들이 쉽게 흥미를 잃더라고요. 생각한 대로 잘 되어가는 게임은 그만큼 재미가 없어지는 모양입니다. 이래서 우리 삶이 복잡한 게 아닐까요? 가끔의 변수도 필요한 거고요.

÷ 노동도 게임처럼 ÷

앞서 이야기한 이유 때문에 인지심리학자들은 행위 자체로는 노동과 게임을 구분하지 않습니다. 기업체를 운영하는 많은 대표님은 심리학자들에게 늘 질문하시죠. 우리 회사 직원들이 일을 즐겁게 하려면 어떻게 해야 하느냐고요. 심리학자들의 대답은 언제나 단호합니다.

"불가능합니다. 일은 절대로 즐거울 수 없으니까요."

하지만 여기에 한마디 정도 덧붙일 수는 있겠네요.

"그러나 직원들이 게임을 하듯 일하게 만들 수는 있습니다."

"오오! 그럼 일을 아주 즐겁게 한다는 뜻입니까?"

"그건 아니죠. 게임은 즐거워서 하는 게 아니니까요. 피드백 때문에 하는 거예요."

대표님은 무슨 말장난이냐는 표정을 짓겠지만 여러분은 제 말뜻을 이해하실 것 같습니다. 피드백을 잘 주면 아무리 지루한 삽질도 게임처럼 할 수 있으니까요.

흔히 무의미한 행동, 지루한 행동, 재미없는 행동을 가리켜 '삽질한다'라는 표현을 쓰지요. 삽질은 인류 보편의 노동입니다. 전통적으로 지루하고 고통스러운 노동이었어요.

이 삽질을 게임으로 만드는 방법은 아주 간단합니다. 사물 인터넷이 가능한 세상이잖아요. 삽에 작은 센서 하나를 붙입니다. 그 센서는 노동자의 스마트폰과 연동이 됩니다. 삽으로 한 번 흙을 팔 때마다 스마트폰에서 '뾰로롱' 하는 소리와 함께 벽돌 그림 하나가 나타납니다. 연속 네 번을 파 보니, '뾰롱 뾰롱 뾰롱 뾰롱' 하며 벽돌이 척척 쌓이는 게 보이네요. 비슷한 연구를 진행했을 때 그냥 노동만 하는 것보다 최대 다섯 배까지 일의 능률이 오르는 걸 확인할 수 있었습니다. 그런데 다섯 배가 문제가 아닙니다. 열 배, 스무배까지도 능률을 끌어올릴 수 있으니까요. 이 피드백에 의미만 붙이면 가능한 일입니다.

뾰롱뾰롱 소리와 함께 벽돌이 하염없이 쌓이다 보면 노동자의 머릿속엔 의문점이 생깁니다.

'이거 100개까지 쌓으면 뭐, 새로운 게 나오나?'

열심히 삽질을 하다 보니 실제로 벽돌 100개를 모았습니다. 펑! 소리와 함께 이런 사운드가 울려 퍼집니다.

'축하합니다. 벽돌 100개로 창고 건설이 가능합니다!'

게다가 그럴싸한 창고 그래픽까지! 이 정도 되니 벽돌을 200개, 300개 쌓으면 어떻게 되는지도 궁금해지네요. 한참을 쌓다 보니 개인 주택에, 아파트에, 초고층 빌딩까지 등장합니다. 어떤가요? 충분히 열 배, 스무 배까지도 힘내서 일할 수 있겠지요?

저는 여기서 만족하지 않으렵니다. 노동자의 능률을 지금보다 훨씬 더 높게 끌어올릴 수 있으니까요. 삽에 센서를 하나 더 달려고요. 이번 센서는 내 스마트폰에만 연결되는 게 아니라 인터넷, 즉 전 세계 네트워크와 연동이 됩니다. 삽질을 시작하는 그 순간부터 월드 프로 삽질러 랭킹이 실시간으로 보이는 거죠. 첫 삽을 뜰 때 12만 5천 9백 2등이었지만 두 시간쯤 진행하니 쟁쟁한 세계 프로 삽질러들을 제치고 순위가 올라가는 게 보입니다. 리마커블 삽질러들 같은 경우엔 사진도 보이는데 이제 곧 나도 명예의 전당으로 들어갈 태세네요. 핀란드의 프로 삽질러 자이리톨 씨의 기록도 깨고 탈레반에서 참호를 만들던 무스타파 씨도 눌러버렸어요. 어떻습니까? 이렇게 되면 삽질의 능률은 천 배고 만 배고 계속 올라가지 않을까요?

세상에 그런 삽질이 어디 있냐고요? 없긴 왜 없습니까. '애니팡'이란 게임 다들 해보셨잖아요. 아무 의미 없는 손가락질에 전 국민이 2년 반 동안 미쳐 있었던 그때가 기억나지 않으세요? 애니팡 게임에 스코어와 랭킹이 빠져 있다고 생각해 보십시오. 어떤 사람이 이걸 5분 이상 하겠어요. 같은 그림 세 개를 연결하는 것, 그야말로 지루하고 무의미한 삽질 아닌가요?

실제로 개발 과정에서도 많은 사람이 애니팡의 성공을 예측하지 못했다고 합니다. 괄목할 만한 성공을 거둔 뒤에도 떨떠름하긴 마찬가지였지요. 누군가가 "성공의 이유가 뭐라고 보십니까?"라고 물으면 "그러게요……"라며 머리를 긁적이는 게 솔직한 반응이었지요. 하지만 이제 다양한 사례를 통해 새로운 관점이 생겼습니다. 애니팡의 성공 요인은 사용자의 욕구에 딱 들어맞는 타입과 정도의 피드백을 찾아낸 것이었어요. 물론 지금까지는 대부분 우연히 얻어걸린 제품이 성공을 했지만 데이터가 충분한 미래는 달라질 것입니다. 개발자 스스로 피드백의 타입과 정도를 조율하여 결정하는 날이 오겠지요. 그것을 명확하게 파악하는 기업이야말로 세계 시총의 대부분을 가져갈 것이라 감히 예측해 봅니다. 이미 구글, 아마존, 애플 같은 세계적인 기업들은 그 비밀을 간파하기 위해 간절한 시도를 거듭하고 있고요.

바야흐로 4차 산업 혁명의 시대입니다. 이 시대의 피드백은 아주 특별합니다. 대면량은 낮추면서 피드백의 양은 높아지는 인류 최초의 경험을 만들어내고 있으니까요. 이건 또 무슨 뚱딴지 같은 소리냐고요? '우버'를 예로 들어볼까요?

✛ 우버는 어떻게 전 세계를 매료시켰는가 ✛

팬데믹 상황이 어느 정도 진정되면서 제가 몸담고 있는 대학에도 유럽 교환학생들이 다시 들어오기 시작했습니다. 따져 보니 우버가 서비스를 시작한 지 10년 정도 지난 시점에 성인이 된 친구들이지요. 대화를 나누다 보니 정말로 택시라는 단어를 잘 모르는 것 같더라고요. 엄마 아빠 시대에 사용했던 추억의 교통수단을 대하는 듯한 느낌이었습니다.

한 나라의 택시 산업을 소멸하다시피 한 우버. 제가 이 엄청난 서비스를 처음 접했던 건 2010년 미국에서였습니다. 편리하다기에 이용해 보려고 시도했는데 지독하게 불편했던 기억이 납니다. 처음 앱을 다운받는 것부터가 끔찍했거든요. 건물마다 와이파이가 터지고 초고속 인터넷망이 깔려 있는 한국과는 상황이 다릅니다. 10여 년 전 미국에서 앱 파일 하나를 설치하려면 30분 정도의 시간이 걸렸어요. 겨우 다운로드를 완료했더니 이번엔 신용카드 정보를 넣으랍니다. 열여섯 자리를 네 칸에 나눠서 채워 넣는데 얼마나 헷갈리던지요. 유효기간을 입력할 때는 '년'을 먼저 넣어야 할지, '월'을 먼저 넣어야 할지 머리가 지끈거릴 정도였지요. 간신히 모든 정보를 입력하고 카드를 지갑에 넣어 뒷주머니에 딱 꽂는 순간 '카드 뒷면의 CVC 코드를 입력하십시오'라는 메시지가 뜨는데…… 아오, 모든 걸 다 포기하고 휴대폰을 집어던지고 싶은 욕구를 간신히 참았습니다.

하지만 이 어려운 난제를 뚫는 순간 신세계를 경험할 수 있습다. 기사님의 얼굴과 차량 정보, 그리고 나의 위치가 스마트폰 화면에 나타난 것입니다. 기사님이 어디쯤 와 있는지, 얼마나 남았는지가 실시간으로 보이는 경험은 게임을 처음 만났을 때처럼 환상적이었어요. 물론, 실시간 피드백을 보고 있다고 해서 더 빨리 오는 것도, 요금이 싸지는 것도 아닙니다. 하지만 이 게임과도 같은 세상을 접해 버린 우리는 우버의 매력에서 헤어 나올 수가 없지요.

우버의 다른 매력은 하나 더 있습니다. 기사님은 이미 내가 가야 할 곳을 알고 있기에 어디를 어떻게 가달라는 말을 하지 않아도 된다는 것이죠. 지금은 우리나라에서도 모빌리티 서비스가 활성화되어, 예전처럼 손을 들어 택시를 잡는 일이 확 줄었습니다. 이러한 시스템을 이용하여 택시를 타게 되면 "어디로 가주세요", "어떻게 가주세요"에서 시작하는 연속적인 대화가 줄어드니, 목적지까지 조용히 갈 수 있습니다. 승차감이나 운전 실력보다 대화 없는 상태가 오히려 더 편안함을 선사한다는 것, 공감하시지요? 현대 도시인들은 사람을 너무 많이 봐서 지쳐 있는 상태거든요.

네트워크가 폭발적으로 늘어난 오늘날, 현대 도시인은 사람 때문에 지쳐갑니다. 마주치는 사람마다 대화도 해야 하고, 회의도 해야 하고, 강의도 해야 하고, 소개팅도 해야 합니다. 종일 사람을 상대하느라 피로도가 쌓여 있는데 퇴근길에 만난 택시 기사님이 너무 밝게 환대해 주시면 '잘못 걸렸다' 싶을 때가 있습니다.

자칫 잘못하면 40분 내내 기사님이 지지하는 정당을 함께 지지하고, 기사님이 응원하는 야구 팀을 함께 응원해야 하니까요. 소문난 맛집보다 그 옆옆집이 더 맛있다는 설득을 40분 내내 당해야 하고요. 심지어 기사님 입에서 "내 자식 같아서 하는 말인데……"라는 대사가 시작되면 심장이 철렁 내려앉습니다. 지금부터 40분 동안 혼날 준비를 해야 하거든요.

우버를 타면 대화할 일이 없습니다. 참 신기하지요? 물리적인 대면성은 떨어졌는데 피드백은 많아졌어요. 이건 정말 대단하고 신비로운 일입니다. 인류가 처음 경험해 보는 획기적인 순간이에요. 우리 인류는 지난 30만 년 동안 피드백을 많이 받기 위해서는 대면량을 늘려야 했습니다. 병원을 자주 가야 의사 선생님께 내 상태에 대한 이야기를 들을 수 있었고, 기업에 자주 전화를 해야 제품에 대한 불만을 제기할 수 있었어요. 그런데 정반대의 상황이 벌어졌습니다. 사람을 마주하는 대면량이 줄어 나의 사회적 에너지를 아끼는 동시에 이전보다 더 많은 정보를 얻을 수 있으니까요.

오늘날 이 경험을 선사해 주는 기업들은 '유니콘 기업'이란 평가를 듣기도 합니다. 배달의 민족이나 쿠팡이츠도 그 예가 될 수 있겠네요. 대면량은 줄이면서 정보의 양은 늘려주니까요.

지자체를 비롯한 다른 단체에서 이 성공을 보고 앞다투어 배달 앱 개발을 시도합니다. 그러나 중요한 건 '배달'이 아니에요. 소비자들은 더 싸고 더 신속하게 배달받기 위해 그 서비스를 이용하는 게 아니거든요. 내 음식이 언제 출발했고, 어디쯤 오고 있고, 얼마나 지나야 받을 수 있는지를 확인하는 게 바로 이 서비스의 핵심이기 때문이죠.

얼마 전까지만 해도 짜장면을 먹고 싶으면 중국 음식점에 전화를 걸어 주문해야 했습니다. 제 나이가 50인데도 아직도 가끔 전화 주문이 버거울 때가 있어요. 상대방이 조금만 무뚝뚝하게 받아도 별별 생각이 다 들거든요.

"짜장면 한 그릇만 주세요."

"아… 네."

이 짧은 대답 속엔 얼마나 많은 대사가 숨어 있을까요? '너는 나잇살이나 먹은 인간이 이 바쁜 시간에 군이 짜장면 한 그릇을 배달시키는 그런 반사회적 행위를 해야만 했냐?'라는 원망과 비난이 들리는 것 같아 귀가 아플 지경입니다. 게다가 배달까지 늦어지면 더욱 속상합니다. 음식은 언제 도착할지 알 수 없고, 나는 주인을 기다리는 강아지처럼 마냥 현관문만 바라보고 있지요.

하지만 스마트폰으로 배달 서비스를 이용하면 사장님의 눈치를 볼 일도 없을뿐더러 내 시간의 주도권을 내가 갖게 됩니다. 실시간 피드백을 통해 22분 뒤에 음식이 도착할 거라는 사실을 예측할 수 있거든요. 약 2분 정도의 편차를 고려하더라도 품격 있는 샤워를 14분 동안 할 수 있다는 계산이 나오거든요. 이게 바로 '디지털 트랜스포메이션' 아닐까요?

✛ 우리 동네 4차 산업혁명 ✛

우리 학자들은 종종 새로운 현상을 발견했을 때 그것을 대변하는 최신 용어를 만들고 싶은 유혹에 빠지곤 합니다. 하지만 대부분의 현상은 기존에 존재했던 것들이고, 용어 또한 있는 것으로 충분히 설명 가능하지요. 저는 동료나 후배 연구자들과 새로운 용어를 만들지 말고 우리가 모두 알고 있는 쉬운 언어로 풀어보자고 이야기하곤 합니다.

몇 해 전 세상을 뜨겁게 달구었던 '4차 산업혁명'이란 용어 또한 다른 말로 풀어보면 '대면량을 줄여주는 실시간 피드백'이라고 정리할 수 있겠지요. 그리고 그 피드백은 사람들에게 부드러운 연속성을 부여해 주고 있습니다.

실시간 피드백은 기술입니다. 완전히 새로운 기술이 아니라 그 동안 있었던 기술이에요. 지난 200~300여 년 동안 인류의 과학 기술은 직선적으로 발전해 왔지만 특정한 구간에 이르렀을 때야 사람들은 'O차 산업 혁명'이라는 이름을 붙였어요. 기술 자체는 일정한 기울기로 진보했는데 왜 그 기간만이 특별한 취급을 받았을까요? 기술과는 별도로 전통적으로 이어온 인류의 보편적인 규칙이 깨져버렸기 때문은 아닐까요?

앞으로 5차 산업혁명, 6차 산업혁명도 이어지겠지요. 이 또한 같은 방향으로 공존하던 두 개의 변인이 반대의 길로 향하는 혁신일 것이라 예상해 봅니다. 그 정도 되어야 비로소 '혁명'이란 이름을 붙일 수 있을 테니까요. 그렇다면 4차 산업혁명은 IT 업계에서만 일어나는 현상일까요? 꼭 그렇지는 않습니다. 대면량과 피드백의 공존 법칙만 뒤집으면 얼마든지 가능하니까요. 이 조용하고 단순한 혁명은 우리 동네 식당에서도 충분히 일어날 수 있습니다.

거리도 가깝고 맛도 좋은데 잘 안 가게 되는 식당이 있어요. 원인을 분석해 보니 너무 친절한 서비스가 문제였어요. 가끔 고급 레스토랑이나 일식집을 가면 주방장님께서 직접 주방에서 나와 고객에게 인사를 하는 경우가 종종 있지요? 어느 날은 주방장님이 참치 눈알주를 만들어주면서 이렇게 말씀하시더라고요.

"교수님, 이건 교수님께만 드리는 특별한 서비스입니다."

그분이 방에서 나가시고 얼마나 지났을까요? 옆방에서 익숙한 목소리가 들리더군요.

"부장님, 이건 부장님께만 드리는 특별한 서비스입니다."

약간의 시간이 지난 후 조용해지자 옆옆 방의 소리까지 들렸습니다.

"상무님, 이건 상무님께만 드리는 특별한 서비스입니다."

아니, 도대체 그 참치는 눈이 얼마나 많은 걸까요?

사실 사회적으로 쓸 수 있는 나의 에너지가 충분할 때엔 이런 서비스가 반갑고 좋았습니다. 누군가 나에게 말을 걸어준다는 것은 감사한 일이고, 친절한 서비스를 제공하는 직원은 훌륭한 마인드를 가진 분이니까요. 그런데 가끔 이런 행동이 버거울 때가 있습니다. 미용실에서, 카페에서, 식당에서 주인장과 담소를 나누다가도 마음속 깊은 곳에서는 '이제 말 좀 그만 시켜주면 좋겠다'라고 외치고 싶을 때가 있잖아요.

예전에 누군가가 인터넷 커뮤니티에 '자주 가는 카페에서 알은 척해서 이제 안 가'라는 글을 올려 화제가 된 적이 있었습니다. 맛도 좋고 편안한 안식처와 같은 가게였는데 "손님은 매일 같은 걸 드시네요?"라는 직원의 한마디에 발길을 끊게 되는 거죠. 단골집에 못 가는 이유 중 하나는 과도한 대면량입니다. 그렇다고 직원이 주문 받고 음식이 나올 때까지 눈도 마주치지 않는다면 이 또한 섭섭합니다. 어떻게 해야 손님이 만족할 수 있는 적정한 선의 소통을 할 수 있을까요?

제가 지인들과 자주 가는 레스토랑이 있었어요. 맛과 서비스는 보통이었고, 손님들이 남긴 리뷰 별점도 보통이었지요. 그런데 새로 홀 서빙하시는 분이 오고 나서 별점이 한 개 반 이상 늘어났어요. 그분이 엄청난 서비스를 제공했냐고요? 그런 것도 아닙니다. 그저 주문을 받고 음식이 나오기 전에 싱거운 피드백을 툭 던져주는 수준이었지요. 주문 후에 빈 잔에 물을 따라주면서 이런 식으로 말하는 겁니다.

"셰프님이 재료 다 다듬으셨고, 조리 시작하십니다."

"아, 그래요?"

고객들은 대수롭지 않게 대답하지만 기분이 나쁘지만은 않은 눈치입니다. 요리에 대한 안내를 살짝 듣기만 했는데 꽤 고급 서비스를 받은 것처럼 으쓱해지거든요. 5~6분이 지나자 식전 빵을 내어주며 또 이렇게 말하는 거예요.

"지금 막 조리 끝나고 접시를 꺼내시네요."

다른 테이블을 응대하러 지나는 길에 눈이 마주치면 살짝 미소

지으며 이렇게 이야기합니다.

"음식 나올 때까지 3~4분 남으셨어요."

이렇게 되면 손님들은 짧게 감사의 인사를 전하고 남은 3~4분에 맞춰 대화의 양을 조절하기까지 합니다. 역시 예상했던 시간에 맞춰 따뜻한 식사가 나오자 이 모든 상황의 통제권을 내가 갖고 있다는 생각에 기분이 좋아지더라고요. 재료가 더 좋아진 것도 아니고, 음식이 더 빨리 나온 것도 아닙니다. 하지만 식사의 만족도는 올라갑니다. 별것 아닌 피드백이지만 이것이 있고 없고의 차이는 크지요. 그동안 피드백이 없는 식당에서는 나보다 더 늦게 온 손님이 먼저 음식을 받는 불상사가 생기는 건 아닌지 우리 모두는 불안에 떨며 눈을 부릅뜨고 있었습니다. 이 불편함이 없어진 것만으로도 식사의 품위와 삶의 질이 올라가는 게 느껴지시나요?

평소에 잘 알고 지내던 치과의사 선생님과도 비슷한 실험을 해 보았습니다. 진료를 마치 게임처럼 문득문득 중계해 주는 거예요. 환자가 의자에 앉으면 장갑을 끼면서 가볍게 말을 시작합니다.

"오늘 치료는 한 10분 정도 할 거고요, 중간에 시린 거 한 번, 따끔한 거 세 번 정도 있을 겁니다. 오래 걸리진 않고 3초씩이에요."

나이를 먹어도 치과 의자는 여전히 공포입니다. 그러나 의사 선생님의 싱거운 한 마디 안내에 환자들은 어느 정도 안심하는 기분이 들어요. 물론 그렇다고 해서 물리적인 고통이 줄어들지는 않겠지요. 잠시 후 의사 선생님은 또 무심하게 멘트를 던집니다.

"5초 뒤에 드릴 들어갑니다. 3초 정도 시리실 거예요."

5초 동안 마음의 준비를 하고 속으로 하나, 둘, 셋을 세니 정말 드릴 소리가 사라졌습니다.

"어떠세요, 생각보다 안 시리시죠?"

그 순간 환자는 이 선생님을 무한 신뢰하고 싶어집니다. 치료비를 깎아준 것도 아니고, 이전과 다른 혁신적인 진료 기술을 가져온 것도 아닙니다. 하지만 중간중간 적절한 피드백을 해주는 것만으로 찾아오는 사람이 늘고 병원에 대한 평가가 좋아지는 것을 확인할 수 있었어요. 치료가 끝난 분에게 슬쩍 다가가 물어본 적도 있습니다. "이 병원은 왜 이렇게 환자가 많아요? 뭐가 달라요?" 물론 그 어떤 분도 "확실히 다릅니다. 이 치과는 치료의 처음과 끝을 잘게 썰어서 실시간 피드백으로 알려주어 환자로 하여금 진료의 추이를 그릴 수 있게 해주니까요"라고 대답하지 않습니다. 대신 대부분 이렇게 이야기하시더군요. "여기가 안 아파요."

적절한 피드백을 주는 식당을 더 맛있다고 느끼고, 필요한 피드백을 주는 치과를 안 아프다고 평가하는 이유는 무엇일까요? 우리 인간이 주체성을 추구하는 존재이기 때문은 아닐까요? 내가 조금씩 변화하듯 세상도 변하고 있다고 믿으며, 얼마나 어떻게 변화하는지 알고 싶어 하는 것이 우리의 본성이니까요. 그래서 우리는 쾌락과는 상관없는 게임에 몰두하고, 가장 좋은 피드백을 선사하는 서비스에 열광합니다. 과도한 접촉 없이 일의 양과 진행 상황을 소통하는 것만으로도 작은 혁명의 바람은 불어오고 있을지도 모릅니다. 우리 동네 빵집, 우리 동네 병원, 우리 동네 학원에서도 충분히 가능한 4차 산업혁명이지요.

✥ 세대 차이, 세대 공감 ✥

실시간 피드백을 받아본 사람들은 변화하는 세상을 감지합니다. 나도 바뀌고 싶고 세상도 바꾸고 싶어지지요. 만약 원하는 피드백이 바로바로 오지 않는다면 답답함을 느끼기도 합니다.

요즘은 아카이브를 통해 예전 방송 자료를 많이 볼 수 있어요. 최근 인터넷에서 1990년대 다큐멘터리의 한 장면을 보게 되었습니다. 지하철 역 안의 모습을 찍은 내용이었지요. 열차의 모양이나 객실의 생김새, 승강장의 구조는 지금과 크게 다를 게 없습니다. 다만 스크린 도어나 열차 도착 안내 전광판이 생기기 전이어서 지하철 내 안내방송으로만 정보를 알 수 있었어요. 열차가 도착하기 3분 전, 이런 안내가 나옵니다.

"3분 후, 열차가 도착합니다."

방송이 울리자 벤치에 앉아서 기다리던 사람들은 자리에서 일어납니다. 하지만 방송은 거기까지. 3분 사이에 어떠한 추가 안내도 나오지 않습니다. 곧 도착한다던 열차가 올 생각이 없어 보이자 사람들은 손목시계를 보며 자리에서 서성거립니다. 결국 플랫폼 끝에 발을 걸치고 어두운 터널을 향해 목을 들이미는 위험천만한 행동을 하기에 이릅니다. 어른들은 이런 젊은이들의 행동에 혀를 끌끌 차기도 했지요.

"왜 3분을 못 기다릴까요? 인스턴트 식품에 익숙해진 젊은 시대들은 컵라면이 익는 3분에 인내심이 맞춰져 있기 때문입니다."

나이 지긋한 교수님이 큰 문제라도 생긴 것처럼 인터뷰를 하는 모습에서 고개를 절레절레 저을 수밖에 없더군요. 같은 3분이지만 실시간 피드백이 들어오는 3분과 그렇지 않은 3분은 전혀 다르게 흘러갑니다. 지금은 서울 시내 어느 지하철을 타도 열차가 어느 역에 정차했는지, 얼마만큼 왔는지 즉각적으로 볼 수 있는 화면이 설치되어 있지요. 덕분에 3분이라는 시간 동안 초조하고 지루해 하는 승객은 보기 어렵습니다.

같은 현대를 살아가는 사람이지만 굳이 두 세대로 나누자면 게임적인 요소인 실시간 피드백을 한 번이라도 경험한 세대, 그렇지 못한 세대로 분류할 수 있겠지요. 저와 제 선배들도 기성세대이긴 하지만 우리는 게임을 즐기며 살아왔습니다. 그러나 저의 은사님이나 부모님 세대만 해도 게임적 요소를 경험해 보지 못하셨어요.

디지털로 전달되는 실시간 피드백에 익숙한 세대는 그것이 나에게 의미가 있든 없든, 일단 확인하고 바라보는 경향이 있습니다. 컴퓨터가 프로그램을 다운로드하는 동안에도 1%부터 100%까지 가로 바가 채워지는 화면을 나도 모르게 바라보게 되잖아요. 저 또한 그랬습니다. 대학원생 시절, 늦은 시간 연구실에서 다운로드 화면을 바라보고 있는데, 지도교수님이 뒤에서 정말 이해할 수 없다는 목소리로 물으셨어요.

"경일아, 그걸 그렇게 보고 있으면 좀 더 빨리 오니?"

그럴 리가요. 쳐다보고 있다고 해서 다운로드 속도가 빨라지는 것도, 에러가 사라지는 것도 아닙니다. 하지만 그냥 보게 됩니다. 제가 아무리 이야기해도 교수님은 모르셨을 거예요. 1930년생이신 그분은 게임적 요소를 경험하지 못한 세대니까요.

컵라면이 익는 시간만큼의 인내심으로 어른들의 걱정을 샀던 젊은 저희도 어느덧 기성세대가 되었습니다. 오늘날 기업을 운영하시는 분들이 심리학자를 많이 찾아옵니다. 그분들의 최대 고민은 MZ 세대들의 퇴사 문제입니다. 입사할 때만 해도 우리 회사를 그토록 원했으면서 왜 짧은 시간 안에 이렇게까지 많이 퇴사하는지 모르겠다며 답답해하죠.

자료를 확인해 보니 정말 좋은 회사로 손꼽히는 대기업이나 금융사, 공기업에서도 기본적으로 20~30% 정도의 젊은 인재들이 퇴사를 결정하고 있었습니다. 왜 이런 상황이 벌어지는 걸까요? 제대로 현상을 이해하고 해결책을 제시하기 위해 '젊은 사람들은 끈기가 부족해'라는 말도 안 되는 소리는 필요하지 않습니다. 그 세대가 가지고 있는 근본적인 욕구와 입 밖으로 꺼내지 못한 진짜 속마음을 살펴봐야 하지요. 설문조사로는 답이 안 나오는 조직의 문제가 새벽 2시 술자리에서 튀어나오는 것처럼 말입니다.

젊은 세대들은 불행한 선배를 볼 때, 워라밸이 완전히 무너진 임원을 볼 때 퇴사를 결심합니다. '저게 바로 나의 미래구나'라는 생각에 떠나는 거예요.

두 번째 이유는 조직에서 그 어떤 피드백도 오지 않기 때문입니다. 낮은 고과보다, 힘겨운 회식보다, 변화도 답변도 없는 조직에서 더 큰 괴로움을 느끼지요. 피드백이 없는 치과 치료가 더 아프게 느껴지는 것처럼, 스코어 안 나오는 애니팡을 하염없이 하는 것처럼, 아무리 총을 쏘아도 점수가 0인 임베이더를 이어가는 것처럼 인생이라는 게임이 재미없고 지루하게 느껴질 테니까요.

이 문제를 해결하려면 우선 조직 차원에서 직원들의 업무와 행동에 대한 적절하고 효과적인 피드백 시스템을 고민할 필요가 있습니다.

누누이 말씀드리지만 인류의 수명이 길어졌습니다. 우리는 더 오래 살게 됩니다. 그리고 더 길게 일해야 하고, 일터에서 많은 세대와 공존해야 합니다. 50년의 나이 차이가 나는 사람들과도 함께 일해야 하지요. 그들은 우리보다 더 이른 나이에 스마트폰을 사용했고, 게임적인 요소를 숨 쉬듯 경험한 세대들이에요. 세대 차이가 난다고 혀를 차고 있을 때가 아닙니다.

물론 세대 간의 차이를 줄여 주는 단서는 존재합니다. 요즘은 '교육education'이라는 말 대신 '학습learning'이라는 말을 주로 사용합니다. 교육 분야에서 일하시는 분들도 '학습 시스템'이란 용어를 예전보다 훨씬 더 많이 쓰실 거예요.

교육은 잘 아는 사람이 모르는 사람에게 알려주는 것입니다. 배움을 위한 커리큘럼이 존재해야 하지요. 반면 학습은 쌍방향의 발견입니다. 서로 대화를 하다가 '어? 이런 게 있었어?'라며 알아가는 것이지요. 저는 교육 시스템을 보여주는 최고의 영화를 〈죽은 시인의 사회〉, 학습 시스템을 보여주는 최고의 영화를 〈인턴〉으로 꼽고 있어요. 배움에 나이나 직급은 상관없습니다. 경험과 대화를 통해 로버트 드니로와 앤 해서웨이가 동시에 슬기로워지는 과정을

382

보실 수 있을 거예요.

〈죽은 시인의 사회〉의 배움이 고루하고 쓸모없다고 말하는 게 아닙니다. 세상이 아무리 빠르게 변해도 여전히 훌륭한 교육자가 필요하니까요. 다만 그동안 우리들의 교육이 너무 독재적인 분위기에서 이루어졌다는 게 문제입니다. 〈죽은 시인의 사회〉가 조금 더 전통적인 배움이었다면 앞으로는 〈인턴〉과 같은 공부가 점점 더 많아질 것으로 보입니다. 쌍방의 피드백을 통해 함께 성장해 나가기 위해서 우린 어떤 대화를 해야 할까요?

✦ 우리에게 필요한 대화 ✦

나와 다른 세대, 나와 다른 사람과 소통할 때 기억해야 할 사소한 습관이 있습니다. '우버'나 '배민'처럼 적절하고 필요한 피드백을 주는 거예요. 자칫 통보를 피드백이라고 잘못 이해하는 분들이 많습니다. 하지만 자연스럽게 쌍방의 상태에 대해 짚어주는 좋은 대화를 하고 싶다면 다음 포인트를 기억하길 당부드립니다.

① 재능보다는 노력

재능과 노력을 잘 구분해서 대화해야 합니다. 저는 게임적인 요소를 경험한 1세대였지만 저희 부모님은 그러지 못하셨어요. 그래서 이런 피드백을 꽤 많이 들었습니다. 아마 여러분도 정말 많이 들어보셨을 거예요. "경일아, 너는 머리가 좋으니까 조금만 더 하면 된다." 그 당시 우리들은 그 메시지를 듣고 '그래, 나는 하면 될 거야!'라고 생각했습니다. 그런데 지금의 10대, 20대, 심지어 30대만 해도 다르다고 해요. '그래, 나는 조금만 해도 될 거야'라고 생각해서 진짜 조금만 노력하는 경우가 허다합니다. 심지어 아예 노력하지 않는 경우도 있어요. 재능에 칭찬을 받았기 때문입니다. 게임에 익숙한 인류는 재능과 노력을 구분할 줄 알거든요.

요즘 아이들이 왜 게임을 좋아할까요? 유일한 놀거리이기 때문에? 다른 놀이보다 접근성이 높아서? 물론 그렇기도 하지만 '페어 플레이'가 가능하기 때문입니다. 게임이 다른 운동보다, 사회생활보다 훨씬 더 공정하단 이야기지요. 일곱 시간 게임을 한 사람을 한 시간 게임한 사람이 이기기는 어렵거든요. 재능이 아예 필요 없는 건 아닙니다. 하지만 다른 분야에 비해 재능에 훨씬 덜 의존하게 되는 것이 바로 게임이지요.

과거에 비해 운동장에서 농구를 즐기는 학생들이 줄었다고 합니다. 운동할 시간이나 장소의 부족 등 여러 원인을 찾을 수 있지만 저는 다른 이유가 있다고 생각해요. 키가 170cm는 넘지만

180cm가 안 되는 저로서는 그들의 마음이 이해가 가기 때문이에요. 우리 시대 남학생들은 죄다 키가 비슷비슷했습니다. 커봤자 178이고 작아봤자 165였지요. 신체 조건도 신체 능력도 비슷하다 보니 그 학교에서 가장 농구를 잘하는 아이는 농구장에서 제일 많이 뛴 아이였습니다. 과거에는 노력에 의해 실력 차이가 눈에 띄게 벌어졌지만 지금은 다릅니다. 타고난 신체적 조건이 다르고 그에 따라 운동 능력의 차이도 크다 보니 재능에 따라 최종 승리자가 결정되어 버리니까요.

100년 전 올림픽은 제일 열심히 노력한 사람들의 무대였지만 지금의 올림픽은 타고난 신체적 재능을 뽐내는 장이 되었습니다. 제가 천 년 동안 달리기 연습을 한다고 해도 우사인 볼트의 첫날 100미터 기록 근처에도 갈 수 없을 거예요. 스포츠도 비즈니스처럼 투자와 시스템이 함께합니다. 어떤 스포츠 종목의 인기가 많아지면 돈과 관심이 집중되지요. 그곳에 노력하는 인재들도 모이게 마련입니다. 뛰어난 인재들이 모두 자신이 할 수 있는 최고의 노력을 하니, 그 안에서 우열을 겨루는 마지막 차이는 결국 남다른 재능으로 결정나 버리는 셈입니다.

그래서 저는 부모님들을 상대로 강의할 때마다 아이에게 머리가 좋다는 칭찬은 최대한 자제하라고 조언하곤 합니다. 직장에서도 마찬가지입니다. 상대의 노력에 대한 구체적인 서술이 없는 칭찬은 오히려 열심히 한 사람에게 모멸감을 줄 수도 있어요. 내가 밤새 만든 보고서를 쓱 보더니 큰 소리로 "잘했어!" 하고 지나가는 상사. 후배는 그다지 좋아하지 않습니다. 뒤돌아서 '제대로나 봤어? 뭘 보고 잘했다는 거야?'라고 중얼거리지요. 좋은 평가를 받았더라도 노력이 아닌 결과에 대한 피드백이라고 생각할 거예요. 하지만 보고서를 오랫동안 꼼꼼하게 살펴보고 말해 주는 상사도 있습니다. 이런 상사들은 페이퍼를 받으면 개요부터 슥 보고는 이렇게 이야기합니다.

"만드는 데 몇 시간 걸렸어? 애썼네?"

그다음엔 페이퍼를 한 장 한 장 넘겨보며 게임 중계하듯 리포트를 해주네요.

"김 대리는 제품의 문제를 다섯 가지 정도로 봤구나? 각 문제점엔 네 가지 포인트를 찍었고, 음……, 다 일리가 있는 말이야. 그리고 개선점을 세 가지로 언급했네. 이 부분은 내가 좀 더 보완해 줄게. 일단 오케이, 아주 좋다!"

어때요? 그냥 잘했어보다 훨씬 좋은 소통이라는 게 느껴지시나요? 노력에 대한 피드백은 굉장히 중요한 요소입니다. 자녀나 후배, 부하 직원들과 대화를 해야 한다면 이러한 습관을 꼭 갖도록 해주세요.

②인격

페르소나부터 부캐까지……. 현대인은 단 하나의 얼굴로 살아가지 않습니다. 삶이 다양해진 만큼 한 인간의 인격체도 다양해졌으니까요. 심지어 요즘 학교에서 성격심리검사 설문지를 나눠주면 아이들이 이렇게 질문한다고 해요.

"어느 캐릭터에 대한 성격 물어보는 거예요?"

학교에서의 나, 집에서의 나, 메타버스 안에서의 나, 로블록스나 동물의 숲에서의 나는 다 다른 나이기 때문이에요. 시간과 공간에 따라 인격체가 달라지지만 주캐릭터와 부캐릭터는 엄연히 존재하지요. 그렇기 때문에 각각의 캐릭터를 어떻게 존중하느냐도 소통에 큰 영향을 미치는 요소입니다.

최근 이런 일이 있었습니다. 제 학생 중에는 석사과정을 준비하는 20대 중반의 대학원생이 있습니다. 박사과정을 밟고 있는 선배들은 대부분 20대 후반에서 30대 초반이니, 연구실에서는 나이가 꽤 어린 편이지요. 그런데 요 녀석이 하루는 저를 가만히 보더니 당돌하게도 이렇게 말하는 겁니다.

"교수님, 선배들한테 말씀하실 때 누굴 더 예뻐하고, 누굴 덜 예뻐하시는지 완전 티 나요."

아니, 이건 또 무슨 신선한 가스라이팅입니까! 저는 억울했습니다. 저는 학생들을 차별하는 교수가 아니에요. 사람이다 보니 솔직히 더 예쁘게 느껴지는 제자가 없다고는 말 못하겠습니다. 하지만 그것은 제 마음일 뿐 최대한 똑같은 태도와 말투로 대하고, 공정성을 잃지 않으려고 노력했지요. 박사과정 학생들에겐 한 번도 들어보지 못한 얘기였고요. 그런데 예민한 20대 중반 학생의 눈에는 그 차이점이 느껴졌다는 것입니다. 그 친구 말이 제가 예뻐하는 학생에게는 칭찬할 때 '실명'을 거론한다는 거예요.

A: 야야, 영준아. 이번에 연구 계획서 작성 잘했더라?
B: 좋네, 연구 계획서 이 정도면 훌륭해!

만약 이런 대화가 오갔을 때 제가 예뻐하는 학생은 '영준'이란 이름을 부른 A였겠지요? 간담이 서늘하면서도 중요한 지적이었습니다. 이름을 부른다는 것은 그의 여러 인격체 중에서 가장 중요한 인격체이자, 중심 캐릭터를 언급한다는 얘기며, 이름 뒤에 오는 것이 칭찬이라면 그의 존재를 가치 있게 인정한다는 뜻이니까요.

그러고 보니 세계적인 오케스트라를 이끄는 한 지휘자의 칭찬과 질책에 대한 이야기가 생각나네요. 조금 오래되었지만 〈베토벤 바이러스〉라는 드라마가 있었습니다. 주인공 '강마에'는 음악적으로는 훌륭하지만 폭언과 독설을 서슴지 않는 말 그대로 성격파탄의 지휘자였어요. 연주가 마음에 안 들 때마다 단원들에게 "똥 덩어리!"라고 비아냥거렸는데 실제 음악 하시는 분들 말로는 가끔씩 예민하고 까칠한 성격의 소유자들이 좀 있다고 하네요.

지휘자가 할 말 못 할 말 가리지 않고 폭언을 한다면 다들 질려서 도망갈 법도 한데, 유난히 단원들의 근속 기간이 긴 오케스트라가 있습니다. 상황이 이쯤 되면 지휘자에게 남들이 모르는 인간적인 매력이 있는 건 아닌지 궁금해집니다. 연주자들에게 인터뷰를 해보면 대충 이런 답변들이 오간다고 해요.

기자: 굉장히 오랫동안 여기서 연주하셨는데, 지휘자님과 성격은 잘 맞으세요?

연주자: 그 양반 성격 파탄자예요. 20년 같이 일한 내가 제일 잘 알죠.

기자: 그런데 왜 같이 일하세요?

연주자: 선생님은 할 말을 절대 참지 않아요. 대신 연주가 마음에 들 때도 칭찬을 아끼지 않지요. 그리고 칭찬할 땐 이름을 불러줍니다. 욕할 땐 악기 번호를 부르고요.

예를 들면 이런 것입니다. 연습할 때 좋은 소리가 나면 그 지휘자는 이렇게 언급합니다.

"마이클, 이번 연주 아주 판타스틱했어."

그런데 연습 내용이 그다지 좋지 못할 땐, 이렇게 짜증을 내는 거지요.

"3번 바이올린, 나가 뒈져버려."

예시를 들기 위해 재미있게 상황을 만들었지만, 세계적인 지휘자 카라얀 역시 이런 스타일이었다고 하네요. 이 이야기에 감명을 받은 저는 집에서 따라해 보기도 했습니다. 미운 짓을 골라 하는 사춘기 딸이 가뭄에 콩 나듯이 예쁜 짓을 할 때엔 실컷 이름을 불러주었어요.

"시원아, 고맙다."

"시원아, 바쁜데 엄마 설거지 도와줬다며? 기특하네."

"우리 시원이, 아빠 거 챙겨준 거야? 땡큐!"

반면, 아이 때문에 열 받을 땐 참지 않고 이렇게 말합니다.

"야! 서울중학교 3학년 2반 17번! 너 미친 거 아니냐?"

해야 할 말을 참지 않았지만 아이는 느끼지 않았을까요? 3학년 2반 17번이라는 부수적인 캐릭터에 비해 시원이가 훨씬 중요한 캐릭터라는걸요. 가장 중요한 캐릭터가 가장 사랑받는다는 걸 알려주고 싶은 부모의 마음을 말입니다.

③ 의도 없는 행동

게임을 하다 보면 어쩌다 얻어걸려서 점수를 낼 때가 종종 있습니다. 간절한 마음으로 열심히 해도 2점이고, 실수로 잘못 눌러도 맞히면 똑같은 2점이지요. 그 어떤 게임도 '의도하지 않은 성공이니 점수 안 줄 거야!'라고 야박하게 굴지 않습니다. 의도했든 우연이든 그 행위가 적절하고 괜찮았다면 긍정적 피드백을 받을 수 있는 것이 게임 속 세상입니다.

인간사회는 어떤가요? 꽤 많은 사람이 자기가 시킨 일을 잘했을 때만, 혹은 의도가 훌륭했을 때에만 긍정적 피드백이나 보상, 감사의 인사를 하는 경우가 있지요. 하지만 이제 우리도 게임에게 배워야 할 것 같아요. 의도하지 않은 일에도 칭찬을 받아본 사람이 배울 수 있는 중요한 덕목이 있는데 그게 바로 '자율성'입니다.

'우리 후배가 제발 자율적으로 움직여주면 좋겠어', '시키는 것만 하지 말고 알아서 해줬으면 좋겠어'라고 푸념하는 선배들을 많이 봤습니다. 하지만 시킨 일을 잘했을 때에만 칭찬을 받은 후배는 절대로 자율적으로 일할 수 없어요. 시키지 않은 일, 내 의도와는 다른 일, 별 뜻 없이 한 일이라도 내용이 괜찮으면 반드시 "좋은데?", "괜찮다", "방금 그거 근사하네"라고 체크를 해주세요.

예전엔 소년원이라고 불렀지만 지금은 소년보호시설이라 부르는 곳에서 일하시는 보호직 공무원들은 아이들에게 칭찬할 타이

밍을 놓치지 않으려고 애를 쓴다고 합니다. 특히 시키지 않은 일을 잘했을 때, 의도와 상관없이 좋은 행동을 했을 때엔 찐한 마음을 담아서 "하, 자식, 보기보다 괜찮은 데가 있네?"라고 한마디를 던져 준대요. 많은 아이들이 그 칭찬에 밤잠을 설칠 정도로 기뻐합니다. 그 기쁨과 설렘이 그들의 삶을 바꾸겠지요?

④ 결과 VS 방법

"잘했어!"보다 훨씬 더 상대를 기분 좋게 만들고, 더 큰 변화를 이끌어내고 싶다면 이렇게 칭찬해 보세요.

"이거 어떻게 한 거야?"

세상은 점점 더 게임과 같은 패러다임으로 바뀌고 있습니다. 사람들은 같은 일을 하더라도 더 좋은 방법을 고민합니다. 잘한 일에 대해 "잘했습니다. 훌륭합니다"라는 피드백은 더 이상의 대화를 끌어내지 못합니다. 하지만 "아니 이걸 어떻게 하신 거예요?"라고 질문하면 반응이 달라집니다. 일단 상대방의 입이 오물거리는 게 느껴지실 거예요.

제가 몇 주째 금연을 하고 있다는 사실이 학교에 소문이 퍼지자 동료 교수님들이 지나가며 칭찬을 많이 해주시더라고요.

"김 교수, 벌써 2주째 성공이라며? 훌륭해!"

웃는 얼굴로 "감사합니다"라고 대답하긴 했지만 속으로는 '훌륭은 무슨, 힘들어 미치겠는데'라는 생각이 들며 칭찬마저 야속하게 느껴졌습니다. 그런데 한 선배 교수님이 오셔서 이렇게 물어보시는 거예요.

"김 교수, 지금 2주 동안이나 금연하고 있다면서? 아니 대체 어떻게 한 거야?"

스스로가 자랑스럽기도 하고, 그 교수님께 도움도 드리고 싶은 마음에 저의 수다가 봇물 터지듯 쏟아져 나왔습니다.

"교수님, 금연에 성공하려면 평소에 물을 많이 드셔야 합니다. 담배를 피고 싶은 날과 아닌 날의 편차가 있잖아요. 제가 저 스스로를 관찰해 보니 물을 마셨느냐 그렇지 않았느냐에 따라 욕구가 달라지더라고요."

"아아, 그래? 알겠어. 고마워."

그 교수님은 그 정도에서 대화를 마무리 지을 생각이셨나 봅니다. 하지만 저는 이제 시작인걸요. 다음 날에도 그 교수님 연구실을 찾아갔어요.

"왜, 왜 왔어? 또 금연 얘기하려고?"

"있어 보세요. 할 얘기가 더 남았다니까요. 교수님 술 드실 때 보통 어떻게 드세요? 소맥 즐겨 드시죠? 제가 관련 논문을 찾아보니 소주나 맥주 등 다른 종류의 알콜이 섞여서 복합적인 맛이 되면 우리 몸에 니코틴을 욕망하는 수용기들이 더 활발해진다고 해요.

제가 그래서 회식 때마다 담배 생각이 났나 봐요. 금연에 성공하고 싶으신가요? 술을 드실 거면 주종을 단일화시키셔야 합니다!"

"알았어, 알았어, 잘 알았어."

손사레를 치는 교수님 표정이 꼭 '괜히 물어봤네'라고 후회하는 것만 같았습니다. 하지만 저는 지치지 않고 다음 날도 찾아갔습니다. 또 좋은 방법이 생각나면 다시 찾아갈 계획이에요. 저보다 한참 연배도 높으시고 직급도 높은 교수님이셨습니다. 우리가 흔히 학교나 직장에서 나보다 높은 사람과의 대화는 피하려고 하잖아요. 저도 그분이 내심 어려웠는데 이 기회로 가까워지니 역시 배울 점도 많고 생각보다 훨씬 좋은 분이셨어요. 방법을 물어보면 세대를 초월한 대화가 얼마든지 가능해집니다.

골프보다 더 재밌는 게 모여서 골프 친 이야기를 하는 거잖아요. 과정에 대한 모니터링을 함께하고 방법을 공유하는 것이야말로 게임적인 요소 아닐까요? 작은 행위라도 놓치지 않고 피드백을 주고받으면 자연스럽게 플랫폼이 만들어지는 것이지요.

우리는 늙습니다. 내년엔 더 늙고, 후년엔 더 늙게 되겠지요. 그래도 지금처럼 계속 일하며 살아야 합니다. 그러기 위해서는 후배들에게 방법을 많이 물어보셔야 합니다. 더 큰 리더가 되어 조직을 관리하는 일을 하게 되더라도 계속 방법을 물어보는 게 좋을 겁니다. 방법을 묻는 리더 아래엔 남의 공을 가로채는 인간이 없기 때문이에요. 내가 한 일이 아닌데 어떻게 대답할 수 있겠어요. 방법을 물어보는 만큼 내 주변엔 점점 더 투명한 사람들이 모이니 나에겐 더욱 이득이 아닐까요?

4차 산업혁명, 메타버스, 인공지능 등 우리가 꿈꿔온 미래 기술은 이미 빠른 속도로 다가왔습니다. 복잡하고 난해해 보이지만 결국 이 모든 것은 '피드백'이라고 정의내릴 수 있습니다. 피드백 사이언스가 게임이 되었고, 피드백 시스템이 4차 산업혁명을 이끌었어요. 미래 시대의 소통은 사람과 사람 간의 피드백이고 단순히 좋은 결과를 주는 게 아니라 진행 과정과 방법을 잘 공유하는 것이 좋은 소통의 방식으로 요구될 것입니다.

아직도 길고 긴 인생이 남아 있습니다. 좋은 인생을 살기 위해 게임을 즐기듯 나의 인지와 행동, 상대의 마음을 깨우며 성장하시길 바랍니다. 우리 각자가 위대한 인간은 못되더라도 좋은 사람은 될 수 있을 테니까요.

내 삶의 기준이 되는 8가지 심리학

마음의 지혜

초판 1쇄 발행 2023년 5월 17일
초판 16쇄 발행 2024년 10월 14일

지은이 김경일
펴낸이 김선준

편집이사 서선행
책임편집 임나리(lily@forestbooks.co.kr) **편집1팀** 이주영
디자인 김예은
마케팅팀 권두리, 이진규, 신동빈
홍보팀 조아란, 장태수, 이은정, 권희, 유준상, 박미정, 이건희, 박지훈
경영지원 송현주, 권송이, 정수연

펴낸곳 ㈜콘텐츠그룹 포레스트 **출판등록** 2021년 4월 16일 제2021-000079호
주소 서울시 영등포구 여의대로 108 파크원타워1 28층
전화 02)332-5855 **팩스** 070)4170-4865
홈페이지 www.forestbooks.co.kr
종이 ㈜월드페이퍼 **출력·인쇄·후가공·제본** 한영문화사

ISBN 979-11-92625-50-8 (03810)

㈜콘텐츠그룹 포레스트는 독자 여러분의 책에 관한 아이디어와 원고 투고를 기다리고 있습니다. 책 출간을 원하시는 분은 이메일 writer@forestbooks.co.kr로 간단한 개요와 취지, 연락처 등을 보내주세요. '독자의 꿈이 이뤄지는 숲, 포레스트'에서 작가의 꿈을 이루세요.